Rosa Laner

Emmas Liebesreisen

Originalausgabe – Erstdruck

Rosa Laner

Emmas Liebesreisen

Roman

Schardt Verlag Oldenburg

Bibliographische Information der Deutschen Bibliothek:

Die Deutsche Bibliothek verzeichnet diese Publikation in *Der Deutschen Nationalbibliografie*; detaillierte bibliographische Daten sind im Internet über *www.dnb.de* abrufbar.

Titelbild und Umschlaggestaltung:
Mangoblau, Agentur für Mediendesign & Text, Oldenburg

1. Auflage 2014

Copyright © by
Schardt Verlag
Metzer Str. 10 A
26121 Oldenburg
Tel.: 0441-21 77 92 87
Fax: 0441-21 77 92 86
E-Mail: kontakt@schardtverlag.de
www.schardtverlag.de
Herstellung: Print Group z.o.o., Poland

ISBN 978-3-89841-726-6

1

Sie wälzte sich im Bett, atmete flach, ihre Brust verengte sich mit jedem Atemzug. Die Fingerspitzen kribbelten, bald würden sie taub sein. Es war wieder so weit. Ferdl hatte eine Fünftagesfahrt nach Slowenien auf dem Plan. In den Hafen der Rose, nach Portoroz. Rosig fand Marta das alles längst nicht mehr. Die Reisen mit Übernachtungen waren eine Folter für sie. Sie sah es ja immer auf den Fotos, die sie auf seiner Kamera anschaute. Er regte sich furchtbar auf, wenn sie ihn darauf ansprach. Deshalb forschte sie nur noch heimlich. Ferdl war stets umzingelt von Frauen. Er sagte, das sei rein beruflich. Die würden sonst kein zweites Mal buchen. So ein Schmarren! Am liebsten hatte Marta es, wenn er nur Tagesfahrten machen musste. Am allerliebsten, wenn er gar nicht fuhr. Wenn er Dienst in der Werkstatt hatte, Reifen wechselte, den Bus reinigte. Dann kam er abends heim und freute sich über das Essen.

Ferdl liebte seinen Beruf. Busfahrer war mehr als Arbeit, es war seine Berufung. Und das jetzt schon seit über zwanzig Jahren. Marta packte ihm nach wie vor gewissenhaft den Koffer, wenn er länger weg war. Eine Woche, da wusste der Mann doch nicht, wie viele Hosen und Socken er brauchte. Hosen hin oder her, jetzt fuhr er in den Hafen der Rose, wo es anscheinend viele Rosenstöcke gab. Wann hatte sie eigentlich die letzten Rosen von ihm bekommen? Seine Touren recherchierte er mit Begeisterung. Er kannte sich aus mit Land und Leuten, vor der Fahrt und nachher noch mehr. Ferdl musste oft mitten in der Nacht los. So wie gerade. Er stellte den Wecker nach dem ersten Mucks ab, schlich hinaus, denn er wollte Marta nicht stören. Dabei schlief sie meist nur oberflächlich. Aber sie verabschiedeten sich immer, wenn sie zu Bett gingen, manchmal schliefen sie miteinander, meist waren sie beide zu müde. Marta hatte sich lange Zeit eingebildet, wenn sie ihn vor der Tour verführte, wären andere Frauen uninteressant.

Marta hatte es nicht so einfach. Sie arbeitete in der Küche des Kurhauses. Seit der Hansi aus dem Haus war, war sie viel allein, Ferdl meldete sich freiwillig zu den Mehrtagesfahrten. Das stritt er jedoch vehement ab, wenn sie es ihm vorwarf. Manchmal kam sie mit, wenn sie Urlaub nehmen konnte. Vom Geld her müsste sie gar nicht mehr arbeiten, der Sohn verdiente selbst, das Häusle war abbezahlt. Der Verdienst vom Ferdl würde jetzt reichen. Eigentlich könnte sie immer mitfahren. Und ein Auge auf ihn haben. Aber er sagte, das sei das Ende einer guten Ehe, Kontrolle wäre zerstörerisch. Und zudem, er könne ja auch seine Stelle verlieren oder arbeitsunfähig werden, da wäre es schon wichtig, dass sie ihre Arbeit behalte. Wenigstens musste sie nur noch halbtags schaffen, seit sie keine Schulden mehr hatten. Sie hatte schon viel gelesen über Eifersucht. Wenn Ferdl fremdging, könnte er es wenigstens zugeben. Aber er stritt es ab. Und er schimpfte, dass er seine Ruhe wolle nach solch anstrengenden Touren. Sie habe keinen Grund. Sie solle zufrieden sein.

Ferdl wartete an der vereinbarten Haltestelle in Wangen auf die Gruppe. Die Lenkzeiten machten es erforderlich, dass sein Kollege Paul mit dem Zubringer die Gäste einsammelte. Er war seit zehn Jahren nicht mehr in Slowenien gewesen und gespannt, wie sich alles verändert hatte. Unabhängig war das Land bereits seit 1991, zur EU gehörte es seit 2004. Und im Januar 2007 wurde der Euro eingeführt. Solche Details wusste Ferdl, damit unterhielt er die Gäste während der Fahrt. Noch lieber kommentierte er die Regionen, man konnte schließlich keine zehn Stunden fahren ohne ein Wort der Erklärung. Die Gruppen waren sehr unterschiedlich. Manchmal kam es vor, dass kaum fünf Sätze gesprochen wurden, auch bei den Mahlzeiten herrschte Schweigen im Walde. Viele ältere Leute hörten schlecht, das war sicher ein Grund. Er hatte natürlich auch laute Fahrten, vor allem zu den Bayern-München-Spielen. Der Buskollege lenkte in die gegenüberliegende Bucht. Fünfundzwanzig Teilnehmer waren es insgesamt, das war Minimum, sonst wurden die Fahrten abgesagt. Das kam öfter vor, die Konkurrenz war groß. Das Reiseunternehmen Rädle musste hart kämpfen, um auf dem Markt zu bestehen. Ferdl kam mit seinem Chef Hermann Rädle gut aus.

Er wechselte mit Paul ein paar Worte, grüßte die Leute, und gemeinsam verluden die beiden Fahrer die Koffer vom einen in den anderen Bus. Es war diesmal eine Journalistin dabei, die hatte bei der Anmeldung angegeben, einen Reiseführer zu schreiben. Ferdl war neugierig, das hatte er noch nie. Sie stellte sich vor mit Emma Baumeister, drückte seine Hand, für seinen Geschmack ein wenig zu fest, ansonsten konnte er sie nicht einschätzen. Gestresst wirkte sie, etwas ernst, adrett war sie, seinetwegen konnte die schreiben und fotografieren, was sie wollte. Ferdl musste noch die letzten Gäste in Leutkirch einsammeln. Das gab ein großes Hallo mit Eva und Roland Kortes. Das Ehepaar war schon öfter mit ihm gefahren, die würden Stimmung in den Haufen bringen. Als Letzter stieg ein älterer kleiner Herr mit einer gigantisch großen Nase ein, da hatte Ferdl ein ungutes Gefühl. Er hätte nicht sagen können weshalb, aber mit dem würde es Ärger geben.

Dann ließ er es ruhig angehen. Manchmal kam eine Reiseleiterin aus dem Reisebüro mit, doch bei dieser Fahrt nicht. Krankheit, Mutterschaftsurlaub, der Chef konnte niemanden freistellen. Das bedeutete für ihn, sich um alles zu kümmern. Er hatte große Verantwortung. Dessen war er sich bewusst. Er bekam oft zu hören, dass er ein guter Fahrer sei. Das freute ihn.

Nach einer Viertelstunde begrüßte er die Gäste durch das Mikrofon. Danach ließ er alle noch eine Weile schlummern. Es war noch dunkel, die Oktobersonne würde sich erst in ein paar Stunden zeigen. Ob Marta schon aufgestanden war? Sie musste erst später anfangen, da konnte sie liegen bleiben. Der Bub war daheim aus- und bei seiner Freundin am anderen Ende der Stadt eingezogen. Er hatte ja auch das Alter dazu, Mitte zwanzig. Er arbeitete als Mechatroniker und verdiente nicht schlecht.

Eine Frau kam und sprach ihn leise über seine Schulter hinweg an. „Ich hab mein Trinken vergessen und sterbe vor Durst", sagte sie.

„Wollen'S Wasser oder Apfelschorle?" antwortete Ferdl. „Kaffee gibt es erst in der Pause."

„Ich dachte eher an Wein."

Fast hätte er gesagt: „Um diese Zeit?" Doch der Kunde war König.

„Unten rechts in dem Fach können'S schauen und was rausnehmen. Ich kann während dem Fahren nichts geben. Kassieren tu ich nachher", sagte er.

Die Frau kam ganz nach vorne, öffnete die Klappe des Getränkefachs und nahm eine kleine Flasche heraus. „Ein Piccolo, das ist noch besser. Der weckt die Lebensgeister", sagte sie.

Ferdl lächelte. Im Bus war es still. Außer einem Huster oder dem Rascheln von Papiertüten war nichts zu hören.

Nach gut zwei Stunden legten sie an der Autobahnraststätte die erste Pause ein. Ferdl konnte sich die Leute nun etwas genauer anschauen. Manchmal trügte der erste Eindruck, doch in der Regel konnte er sich auf seine Wahrnehmung verlassen. Vom Alter her war es gemischt, von Mitte dreißig bis achtzig, schätzte er. Bevor es weiterging, stellte Ferdl beim hinteren Einstieg den Kaffeeautomaten ein, damit es in der nächsten Pause heißen Kaffee gab. Die Weintrinkerin kam auf ihn zu und fragte, was er da mache.

„Der Kaffeeautomat geht nur bei laufendem Motor", sagte Ferdl, „in der nächsten Pause kriegen'S an frischen Kaffee."

„Könnt ich auch noch einen Piccolo kriegen?"

Ferdl sagte „Je je" und grinste sie an.

„Ich bin die Gabi. Wie heißt denn du?"

„Ferdl."

Die Gabi sah gut aus. Schwarze Haare, ganz kurz und fesch geschnitten, einen verschmitzten Blick, schlank. Salopp, dachte er, höchstens fünfunddreißig, und duzte einfach. Das trauten sich die Wenigsten. Eine etwa gleichaltrige Frau zwängte sich hinzu. Top Figur, hübsches Gesicht, ihre blonden, glatten Haare trug sie halblang. „Gabi, flirtest schon am frühen Tag?"

Ferdl und Gabi lachten. Wie auf Kommando. Die Blonde stellte sich als Geli vor, die Freundin von der Gabi. Und sie wollte auch einen Piccolo.

Das passte ja, dachte Ferdl. Gabi und Geli. Schwarz und blond.

Vor der Weiterfahrt zählte Ferdl kurz durch. Pünktlich hatten sich alle wieder eingefunden. Das war schon mal ein gutes Zeichen.

Da der Bus nur halb voll war, setzten sich einige nach hinten, um mehr Platz zu haben. Ferdl würde spätestens nach dem Abendessen im Hotel alle Namen kennen und wissen, wer zu wem gehörte. Gesichter und Namen zuzuordnen war ihm ein Leichtes.

Im Kärntnerland legten sie die versprochene Kaffeepause ein. Alle standen um den kleinen Tisch, den Ferdl für Becher, Zucker und Milch vor dem Bus aufgestellt hatte. Gabi und Geli zischten den dritten Piccolo des Morgens, sie kicherten und schnatterten in einem fort. Der Mann mit der Adlernase gesellte sich zu den beiden. „Darf ich fragen, was so lustig ist?"

„Fragen ja, ob's eine Antwort gibt, ist was andres", sagte Gabi.

„Oh, ich möchte Ihnen nicht zu nahe treten, ich dachte nur."

Ferdl, der sich gerade ein paar Schritte weiter mit seinen Bekannten unterhielt, beobachtete die Szene. Noch bevor er etwas sagen konnte, meinte Roland: „Scheint irgendwie ein Moralapostel zu sein."

Eva sagte: „Du immer mit deinen Vorurteilen. Der ist doch nett, oder Ferdl, was meinst du?"

„Ich geh mal zu denen rüber", sagte Ferdl, „nicht dass gleich ein Misston aufkommt."

Kaum war er die paar Schritte gegangen, sagte der Mann: „Sie als Busfahrer sollten ein wenig mehr Sorge tragen, diese Trinkerei ist doch nicht gut."

„Wer sind'S denn überhaupt?" fragte Gabi forsch.

„Mein Name ist Anton Bratzl."

„Ein Spatzl", lachte Geli, „wie süß."

„Bratzl, wenn ich bitten darf."

Ferdl sagte: „Meine Herrschaften, wir sollten weiterfahren, der Weg ist weit."

Manche murrten, die meisten waren froh, dass es weiter ging.

Ferdl konzentrierte sich aufs Fahren. Nach einer Weile erklärte er durch das Mikrofon: „Wir fahren heute die Tauernautobahn und kommen durch den Karawankentunnel. Er verbindet seit 1991 die österreichische Autobahn mit dem Autobahnnetz in Slowenien in Richtung Ljubljana. Der Tunnel verläuft durch die Karawanken, das ist ein Gebirgsstock der südlichen Kalkalpen."

„Was du alles weißt!" rief Gabi nach vorne. „Das ist beeindruckend."

„Mei", sagte Ferdl, „das ist meine Arbeit."

Gegen halb fünf tauchte die Adriaküste auf, und das Thermometer schnellte auf zehn Grad wärmer. Ferdl erklärte, im Hintergrund sei Triest zu sehen, also ein Stück Italien. Der Blick hinab auf Portoroz war beeindruckend. Ferdl lenkte den Bus eine Serpentine hinunter, dichte Zweige von Olivenbäumen hingen über die Straße, es würde Kratzer auf dem Lack geben. Vor dem Hotel hieß er die Gäste, noch ein wenig im Bus zu warten, er wollte erst den abendlichen Ablauf in Erfahrung bringen. Kurz darauf kam er wieder zurück. Sie sollten zunächst ihre Zimmer beziehen, dann würde es einen gemeinsamen Begrüßungscocktail geben, danach Abendessen. Er selbst musste zuerst den Bus auf den Parkplatz bringen.

Emma ließ sich zufrieden auf ihr Bett fallen. Von ihrem Zimmer aus hatte sie Blick aufs Meer, es war großartig. Sie war im Zwiespalt, ob sie duschen oder noch einen kurzen Spaziergang machen sollte. Den Cocktail wollte sie auf keinen Fall verpassen, deshalb beschloss sie, lieber ihren Koffer auszupacken und dann das Hotel zu inspizieren. Vielleicht traf sie dabei auf Ferdl. Er hatte eine Stimme wie Hansi Hinterseer. Und er sah auch ein wenig so aus. Nur dass Ferdl ein wenig älter war, doch das machte ihn sogar noch attraktiver. Als er am frühen Morgen ihre Hand gedrückt hatte, war sie schon angenehm berührt worden. Dann noch diese wundervolle Stimme, dieses rollende R, wie es nur die Allgäuer können, und dieses Wissen, er hatte so vieles erklärt während der Fahrt. Ferdl war ein Hit.

Zur selben Zeit unterhielten sich auch Gabi und Geli über den Busfahrer. Sie fanden ihn zum Anbeißen, vielmehr Gabi fand ihn zum Anbeißen, Geli fand ihn zum Fressen. „Wir haben bestimmt eine große Gaudi mit dem", lachte Geli, „des merkt man schon nach dem ersten Tag, gell."

„Wir müssen beizeiten runter, dass wir an seinen Tisch kommen", sagte Gabi.

„Lass uns erst noch einen Blick in die Minibar werfen", meinte Geli, „eine kleine Einstimmung auf den Urlaub schadet nicht."

„Meinst net, es wird zu viel, mit den ganzen Piccolo von heut?"

„Na. Einer geht noch, einer geht noch rein", trällerte Geli.

Im Zimmer nebenan packten derweil Bruni und Imme, die eigentlich Brunhilde und Irmgard hießen, ihre Koffer aus. Die beiden Frauen waren oft gemeinsam auf Reisen. Sie wohnten im selben Haus, und sie sangen in einem Sponti-Chor, eine lose Gruppe, die bei Veranstaltungen auftrat. Sie mussten beide nicht mehr arbeiten, doch das Rentenalter sah man ihnen in keinster Weise an. Imme fragte, was sie zum Cocktailempfang anziehen solle.

„Da können wir doch runter, wie wir sind", sagte Bruni, „du eh, schaust fesch aus wie immer."

Imme drehte sich vor dem großen Spiegel neben der Eingangstür. „Meine Bluse ist zerknittert, und auf der Hose habe ich einen Fleck, also ich zieh mich um."

„Ja dann", meinte Bruni und gähnte. Sie hatte ihre Kleidung im Schrank verstaut, die Wertsachen in den kleinen Safe geschlossen, nun streckte sie sich auf ihrer Bettseite aus. Großzügig hatte Imme ihr die Fensterseite mit Blick auf das Nachbarhotel überlassen. Wenn man sich weit über die Balkonbrüstung beugte, sah man runter zum Strand. Sie hätte am liebsten geschlafen, doch so viel Zeit hatten sie nicht. Es würde gewiss lustig werden, zwei Frauen waren ihr schon im Bus aufgefallen, die hatten so viel gelacht. Getrunken allerdings auch. Gerne hätte sie jetzt ihren Mann neben sich, er fehlte ihr noch immer sehr. Zwölf, genau zwölf Jahre war es her, dass sie Witwe geworden war. Und sie war seither alleine, mehr oder weniger. Die paar Bekanntschaften, die sie gemacht hatte, waren unbedeutend geblieben. Keiner konnte ihrem Ingo das Wasser reichen, der hatte Charisma gehabt. Er hatte einen erfolgreichen Cateringservice aufgebaut, Bruni hatte dort mitgearbeitet. Mit Ingos Herzinfarkt starb auch der Service, doch mit dem Erbe und ihrer Rente kam sie sehr gut über die Runden. Imme stupste sie an. „Wir müssen runter, es ist sechs", sagte sie.

„Was, schon?"

Bruni schwang sich hoch, band ihr Haar zu einem Pferdeschwanz. Das passte nicht zu jeder Frau mit siebenundsechzig, doch zu ihr schon. Niemand, der sie kennenlernte, glaubte ihr das Alter, sie wurde meist zehn oder fünfzehn Jahre jünger geschätzt. Zusammen gingen sie in die Lounge. Da herrschte ein ziemliches Durcheinander, es waren auch andere neu angereiste Hotelgäste da. Grüppchen hatten sich gebildet, manche standen an der Bar, die kleinen Tische waren alle belegt. So blieben sie neben einer Säule stehen, von wo aus sie den Überblick hatten. Eine junge Kellnerin kam und fragte, ob sie Prosecco oder einen LifeClass-Cocktail wollten. Sie bestellten beide einen LifeClass. Eine ganze Reihe von LifeClass-Hotels gehörte zu dieser Kette, alle Gebäude standen nebeneinander. Eine vornehme Dame begrüßte die Leute in verschiedenen Sprachen, auch in gebrochenem Deutsch. Erleichtert hörte Bruni, dass nicht alle hier Anwesenden im selben Hotel wohnten, somit würde sich das Ganze nach dieser Begrüßungszeremonie entzerren. Eine halbe Stunde später war großer Aufbruch zum Restaurant. Hier waren vier Tische für die Gruppe reserviert. In Windeseile schnappte sich jeder einen Stuhl, und es ergab sich, dass Gabi und Geli zusammen mit Bruni und Imme Platz nahmen. Emma fragte, ob sie dazu kommen dürfe, und Bruni sagte: „Ja super, dann sind wir ein Frauentisch."

Kaum hatte sie ausgesprochen, gesellte sich der Ferdl hinzu. Imme sagte: „Das ist gut, den wichtigsten Mann haben wir bei uns. Wir passen auf dich auf."

„Auf mich muss man nicht aufpassen", lachte Ferdl.

„Das sagen alle Männer. Aber man muss", entgegnete Imme.

„Hast du solch einen Mann daheim?" wollte Gabi wissen.

„Ich hatte mehrere solche Männer", sagte Imme, „mehrere heißt drei, um genau zu sein."

„Wow", entfuhr es Gabi, „wie hast du das geschafft?"

Imme meinte, das sei eine Geschichte, die sie ein andermal erzählen würde.

Ferdl bestellte ein Glas Rotwein. Das genehmigte er sich gerne nach einer Tagesfahrt. Daraufhin bestellten alle Wein, und es gab das offizielle Du, obwohl sich an diesem Tisch eh bereits alle geduzt hatten.

Auch Eva und Roland, er mehr noch als sie, hätten nur zu gerne an diesem lustigen Tisch gesessen. Doch so viele Stühle passten nicht hin, da war nichts zu machen. Wenigstens waren sie dicht daneben, das war ja auch schon was.

2

Anton Bratzl übersah von seinem äußeren Platz aus die Gruppe. An seinem Tisch saßen zwei Paare, vorgestellt hatten sie sich mit Thomas und Erika Blattner sowie Heinz und Grete Wallner. Anton schätzte sie auf Ende fünfzig, sie schienen sich gut zu kennen. Zu seiner linken Seite saß eine ältere Dame. Die sprach gar nichts, hatte sich nicht einmal namentlich vorgestellt. Fünfundzwanzig Reisende plus Fahrer an vier runden Tischen, an einem größeren Tisch saßen sie zu acht. Er schob sich gerade eine Gabel mit Nudeln in den Mund, als am ersten Tisch schallend gelacht wurde. Natürlich, die auffälligen Frauen aus dem Bus. Auch die anderen drehten ihre Köpfe nach vorne, da wurde soeben angestoßen, und dies mochte wohl der Grund für das Gelächter sein. Erika sagte: „Wenn die so weitermachen, liegen sie in einer Stunde im Bett."

„Fragt sich nur in welchem", sagte Anton kühl.

Grete lächelte. „Das dürfte ein ziemliches Gerangel geben bei dem Frauenüberschuss."

Erika kicherte, und Thomas sagte: „Bloß gut, dass bei uns alles geschwätzt ist."

„Wie bitte?" Anton blickte ihn fragend an.

„Wir sind zufrieden, wie es ist", sagte Thomas.

„Genau", bestätigte Erika mit Nachdruck. „Und was ist mit Ihnen, Sie reisen allein?"

„In der Tat. So ist es. Ich mache mein eigenes Programm, wissen Sie."

„Aha. Aber morgen kommst du schon mit auf den Tagesausflug?" wollte Heinz wissen.

„Ja. In der Tat. Wissen Sie, ich bin schon sehr gespannt."

Heinz entging das Sie nicht. Auch recht. Zu dem Herrn passte eh ein Sie besser. Irgendwie hatte der etwas Seltsames an sich.

Als Anton zum Buffet ging, standen bereits andere aus der Gruppe mit ihren Tellern da. Man nickte sich zu, wechselte Nettigkeiten, doch Anton hatte nur Augen für den Tisch Nummer eins. Die führten sich auf wie die Berserker. Im ganzen Saal war es nicht so laut wie bei denen. Allen voran die Trinkweiber.

Siebenhundert Kilometer waren sie gefahren. Das erklärte Ferdl nach dem Essen seiner Frau am Telefon.

„Wie sind die Leut' so?" wollte sie wissen.

„Gemischt. Aber es sieht ganz gut aus."

„Was heißt, es sieht gut aus. Meinst, sie sieht gut aus?"

Ferdl stand draußen vor dem Hotel. Die frische Luft tat ihm gut. Seine misstrauische Frau hingegen weniger. „Marta", sagte er, „ich kann dich jeden Abend anrufen und dir erzählen, was ich gemacht habe. Bist du dann beruhigt?"

„Ja, das wäre nett", sagte sie.

„Dann bis morgen, und schlaf gut." Kaum hatte er den roten Ausknopf gedrückt, kamen Geli und Gabi. Sie waren die Einzigen, die nach dem Abendessen nicht sofort auf ihre Zimmer wollten. Roland wäre auch noch gerne mit in eine Bar gegangen, aber Eva hatte darauf bestanden, dass er mit ihr aufs Zimmer ging. Also zogen sie zu dritt los, einen Absacker wollten sie sich noch genehmigen. Ferdl musste anderntags fahren, da war nicht mehr drin.

Links wurde er von Geli und rechts von Gabi untergehakt. Er genoss es. So umworben zu werden war für ihn nichts Neues. Er kannte seine Wirkung auf Frauen nur allzu gut. Die meisten waren von seinen blauen Augen hin und weg. Das sagten sie zumindest. Einmal hatte er eine Verehrerin gehabt, die hatte ihm geschworen, dass ihn seine blauen Augen noch einmal ins Grab bringen würden. Das war aber schon einige Jahre her, und er lebte immer noch.

„Man merkt, dass Nachsaison ist. Echt nicht viel los", bedauerte Gabi.

„Nur gut, dass wir dich haben", lachte Geli. Ferdl lachte auch. Aber er dachte an das Telefonat von gerade. Er war froh, dass er seine Marta hatte. Das bedeutete stets frische Wäsche. Die Hemden, die er auf den Fahrten tragen musste, hätte er niemals so schön gebügelt bekommen. Sie kochte auch die besten sauren Bohnen, die man sich nur vorstellen konnte. Sie war sein großes Glück. Nur diese ewige Eifersucht und Missgunst nervte ihn. Dabei konnte er ihr tausendmal sagen, dass es keinen Grund gab. Gut, jetzt im Moment so eingehakt zwischen den beiden Superweibern an der Strandpromenade entlang zu gehen, das war schon was. Doch er hätte sich eh nicht entscheiden können. Zudem waren auch die anderen an seinem Tisch recht sympathisch.

Emma hatte sich in ihrem Bett eingekuschelt. Da sie bei offenem Fenster schlief, hörte sie das Rauschen des Meeres. Vielleicht war es auch die Lüftungsanlage. Sie war todmüde, einschlafen konnte sie nicht. Sie wusste, dass der Busfahrer mit den beiden losgezogen war. Ferdl hatte alle am

Tisch gefragt, ob sie noch mitkommen wollten. Was trinken gehen. Doch sie war wirklich zu müde, und auch Bruni und Imme waren aufs Zimmer gegangen. Was hatte Ferdl, überlegte sie. Seine Wirkung auf Frauen schien offensichtlich. Womöglich war es sein Beruf. Man lieferte sich ihm aus; wenn man in den Bus einstieg, war man in seiner Hand. Er würde auch anderntags beim Tagesausflug fahren. Sie müsste ihrem Job nachkommen, fotografieren und schreiben, und sie würde Ferdl mit der Kamera verfolgen. Geistig ging sie die Tische durch, wollte alle Teilnehmer der Gruppe zuordnen. Anfangs war das sehr verwirrend, all die Namen, all die Gesichter, wer zu wem gehörte, wer wie gestrickt war. Zu wem würde man engeren Kontakt bekommen, zu wem gar keinen. Das war spannend.

Ihr eigener Tisch war klar. Geli mit Gabi, Imme mit Bruni, der Fahrer und sie. Der diagonal stehende Tisch war auch einfach, zwei Ehepaare, über die sie noch nichts sagen konnte, und dieser Mann mit Haarkranz und Adlernase. Der erinnerte sie an Dagobert Duck. Dann saß da noch eine ruhige ältere Dame, Fräulein Charlotte. Am Tisch rechts saßen zwei weitere Paare mittleren Alters und dazu drei grauhaarige Damen mit demselben Gesicht. Sie mussten Schwestern sein. Am Tisch links waren dieser Roland mit seiner Eva, die den Busfahrer bereits kannten. Und dann noch zwei weitere Ehepaare, alle schätzungsweise Anfang vierzig. Es war schon erstaunlich, wie viele Ehepaare miteinander verreisten. Emma war es gewohnt, alleine unterwegs zu sein. Sie hatte seit langem keine Beziehung mehr gehabt, verheiratet war sie nie gewesen, und inzwischen wollte sie das auch nicht mehr sein. Zumindest nicht mehr so vehement, wie es schon war. Manchmal loggte sie sich in Internet-Singlebörsen ein. Es war haarsträubend, was sie da alles zu sehen bekam. Emma war achtundvierzig. Natürlich hatte der Zahn der Zeit an ihr genagt, doch sie fand sich noch attraktiv genug, um mit anderen Frauen mithalten zu können. Sie ging jede Woche zweimal ins Fitnessstudio, und sie achtete auf ihre Ernährung. Alle zwei Monate ließ sie die Haare blond nachtönen, so kam der Kurzhaarschnitt besser heraus und machte jünger. Sie hatte sich in den letzten Jahren immer mehr darauf konzentriert, in der Gegenwart zu leben. Gerne besuchte sie Kurse und Vorträge mit allen möglichen Lebensthemen. Es bringe nichts, sich ständig um die Zukunft zu sorgen, wurde da stets betont.

Emma hatte einen Klappkalender mit Tagessprüchen und schönen Bildern. Am Morgen, bevor sie das Haus zu dieser Reise verlassen hatte, war es eine Weisheit aus Afrika, welche sie besonders gut fand: Wende dein Gesicht der Sonne zu, dann fallen die Schatten hinter dich.

Anton Bratzl stand auf dem Balkon und beugte sich über die Brüstung. Unten war dieser Busfahrer mit den beiden Drosseln. Es war unglaublich, schon am ersten Abend warfen sie sich dem Mann an den Hals. Das gehörte sich nicht, und früher hätte es sowas niemals gegeben. Was sollte das? Nur gut, dass er nicht an deren Tisch speisen musste. Das hätte ihm den ganzen Urlaub vermiest. Die Herrschaften an seinem Tisch waren friedliebend. Jetzt hakten die sich auch noch unter, es wurde ja immer noch wilder. Für einen Moment überlegte er, nach unten zu gehen und den dreien nachzulaufen. Doch er war nicht mehr der Jüngste. Gut, achtundsechzig war heutzutage kein Alter. Als er noch an der Schule unterrichtete, lief er jeden Tag unzählige Treppen im Schulhaus rauf und runter. Er wollte sich doch lieber schlafen legen, morgen würde der Wecker um sechs schellen. Dann könnte er Gymnastik machen und vor dem Frühstück in die Therme gehen. So würde er es machen. In der Tat.

Zum Frühstück saßen alle pünktlich im Restaurant. Zu gerne hätte Anton Bratzl gewusst, wie lange der Busfahrer am Abend noch aus gewesen war. Und ob die Damen noch mit auf seinem Zimmer gewesen waren. Oder eine davon, all diese Fragen beschäftigten ihn sehr. Er war ein neugieriger Mensch. Das konnte er nicht ändern, wieso sollte er auch. Neugierde war eine positive Eigenschaft. Das brachte einen voran. Wenigstens war es morgens still. Auch am Trinktisch gegenüber. Die Drosseln waren noch müde. Diese eine Frau sah aufmerksam zu ihm herüber. Was wollte die? Sie hatte eine Kameratasche am Stuhl hängen. Wozu brauchte die eine Kamera zum Frühstück? Er war fit. Die Gymnastik und die Therme hatten sämtliche Lebensgeister in ihm geweckt. Eva und Roland Kortes waren auch in der Therme gewesen, sie schwamm wie ein Aal. Er hing mehr an den Düsen und ließ sich anblubbern. Immerhin, sie drei waren die Einzigen gewesen in der Früh.

Jetzt nahm die auch noch den Fotoapparat aus der Tasche. Schreck lass nach, ein Paparazzo! Oder hieß die weibliche Form Paparazza? Egal, sie fotografierte das Glas mit dem Müsli. Was sollte denn das!? War das, weil der Busfahrer davor stand? Da bemerkte sie, dass er sie anstarrte. Und sie knipste ihn. Unverblümt. Ohne zu fragen. Anton Bratzl stand auf und ging zu ihr hin an die Müslitheke. „Sie haben mich fotografiert?"

„Hier, schauen Sie, ein gutes Bild!" sagte Emma und hielt ihm das Display unter die Nase.

„Ich möchte nicht geknipst werden. Dürfen Sie das überhaupt, wahllos Leute fotografieren?"

„Schon. Hier ist doch alles öffentlich."

„Ich habe da meine Zweifel. Bitte löschen'S mich."

„Mach ich", sagte sie und ließ ihn stehen.

Später erzählte sie es leise am Tisch. Gelöscht hatte sie den Bratzl allerdings nicht. Ferdl sagte, dass sie die Geschichte mit der Reportage nachher durch das Mikrofon im Bus erklären müsse, schließlich sollten die Leute wissen, weshalb sie so viele Fotos mache und alles aufschreibe.

„Und wie war es gestern noch?" platzte Imme mitten hinein.

Gabi und Geli lachten. „Gut. Sehr gut. Gell, Ferdl?"

„Ist doch schön, wenn d' Leut einen Humor haben", sagte Ferdl.

Imme meinte mit vollem Mund: „Wir kommen heute Abend auf jeden Fall auch mit."

„Und ich ebenfalls", sagte Emma. Dabei schaute sie dem Ferdl in die Augen. So schöne blaue Augen. Es könnte seit langem ein interessanter Mann sein. Ein sehr interessanter Mann.

Über das Hotel war die Reiseleiterin Dietha angeheuert worden. Sie begrüßte jeden mit Handschlag und der Frage, ob die Pässe im Gepäck seien. Ohne Ausweis durfte man nicht mit. „Kroatien gehört noch nicht so lange zur Europäischen Union, da weiß man nie", erklärte sie. Ausgerechnet der Bratzl hatte seinen Ausweis auf dem Zimmer vergessen, es war ihm jedoch keine Spur unangenehm, dass alle im Bus auf ihn warten mussten.

Bevor sie losfuhren, durfte Emma nach vorne kommen und sich vorstellen. „Ich schreibe einen Reiseführer, und ich werde viele Fotos machen. Wenn jemand von Ihnen partout auf keinem Bild sein möchte, sagen Sie es mir bitte. Aber ich verspreche, ich wähle nur solche aus, wo alle gut drauf aussehen."

Einige klatschten, und Dietha nahm das Mikrofon nun selbst in die Hand. Sie wusste während der Fahrt vieles zu berichten. Am Ortsausgang erstreckten sich große, braune Felder entlang der Küste. „Es sind unsere Salzgärten", erklärte sie, „mit einem Ausmaß an 650 Hektar. Sie sind schon über siebenhundert Jahre alt. Man muss wissen, dass auch die Adria Ebbe und Flut hat. Die Flut füllt täglich die Becken bei einem Höhenunterschied von sechzig Zentimetern. Das Wasser verdunstet wieder, zurück bleibt das Meersalz. Das können Sie nehmen für die Badewanne, zur Beruhigung oder auch zum Einreiben von luftgetrocknetem Schinken. Ein guter Schinken trocknet ein Jahr an der Luft."

Alle hörten aufmerksam zu. Sie waren unterdessen an der Grenze von Slowenien nach Kroatien angekommen. Dietha sprach mit den Grenzbeamten, und sie durften problemlos passieren.

Der Bratzl rief nach vorne: „Da hätte ich ja meinen Ausweis nicht gebraucht."

Dietha rief zurück: „Jetzt sind wir erst draußen. Aber heute Abend wollen wir wieder zurück, dann wird es spannend."

Mürrischer alter Mann, dachte Emma. Sie genoss die wundervolle Landschaft, hörte Dietha zu, die nun über die Istrische Halbinsel erzählte, dass drei Länder dazugehörten, nämlich Italien mit Triest, die Küsten Sloweniens und Kroatiens. Jemand fragte nach den Sprachen, worauf sie etwas von alten slawischen Sprachen erzählte, dass man Slowenisch und Kroatisch etwa wie Deutsch und Holländisch miteinander vergleichen könne. Dann setzte sie noch hinzu: „Es geht alles. Wo ein Wille ist, ist ein Gebüsch." Alle bis auf Bratzl lachten. Und Fräulein Charlotte lachte auch nicht, die war eingeschlafen.

Die erste Pause legten sie in Porec ein. Die Gruppe ging geschlossen in die Stadt, alle plauderten miteinander, es schien ungezwungen und fröhlich. Wohlgemerkt, es schien nur so. Ferdl merkte es nicht, Männer merken ja meistens nichts. Doch es war ein beständiges Gedränge und Geschubse um ihn, Gabi und Geli, dicht gefolgt von Imme und Bruni, dazwischen Emma. Auch Roland und Eva quetschten sich in die vorderste Front, sie wollten endlich auch einmal etwas von ihrem alten Bekannten haben. Man vereinbarte in einer Stunde einen Treffpunkt, bis dahin stand freie Zeit zur Verfügung.

Fräulein Charlotte hatte man im Bus sitzen lassen, sie war zwar aufgewacht, doch die Rumlauferei war ihr zu viel. Wäre Fräulein Charlotte nicht im Bus geblieben, hätte Emma sich den Ferdl geschnappt und wäre mit ihm in den Bus gegangen. Sie hätte gerne ein Interview unter vier Augen geführt. Eine solch gute Gelegenheit wäre das gewesen. So aber musste sie mit den anderen kämpfen, um überhaupt in seine Nähe zu kommen. Ferdl bekam dauernd den kleinen Fotoapparat von Gabi, damit musste er dann Gabi und Geli fotografieren, wie sie ihre Köpfe zusammensteckten. Vor der Kirche. In der Kirche. Am Ufer. Vor der Palme. Es war unmöglich, etwas gegen die beiden auszurichten. Kaum hatte sie sich neben ihn geschoben, wurde sie wieder abgedrängt. Roland und seine Eva ließen auch nicht locker und folgten Ferdl auf den Fersen. Nach einer halben Stunde gaben Emma, Bruni und Imme den Kampf auf und beschlossen, einen Kaffee zu trinken. Sie fanden ein nettes Straßencafé mit Blick zum Meer, es gab genügend freie Tische, und sie setzten sich mitten hinein.

„Hier hat man das Gefühl, in Italien zu sein", sagte Emma, „die Bauweise der Häuser, die Palmen, das Meer, wirklich sehr schön."

„Jetzt fehlt nur noch ein Casanova", sagte Imme in ihrer trockenen Art, „oder nein, drei Casanovas."

„Aber die müssten so charmant wie unser Ferdl sein", meinte Bruni.

„Man kann gar nicht genau sagen, was an ihm so zauberhaft ist", sagte Emma, „ich jedenfalls kann es nicht."

„Er verhext einen", sagte Imme.

Ihr Kaffee wurde serviert, Imme hatte ein Stück Torte dazu bestellt, ein hoher Sahneberg auf einem flachen Boden. Der war so hart, dass sie kaum etwas abstechen konnte. Sie drückte fest mit der Gabel hinein, woraufhin das Tortenstück in hohem Bogen über den Tellerrand auf ihre Hose schoss und dann zu Boden stürzte. Nun zwängte sie sich ebenfalls etwas ungelenkig unter den Tisch und versuchte, die Pampe in ein Papiertaschentuch zu schieben. „Eine Sauerei ist das", schimpfte sie dabei, „so eine Sauerei. Das geht gar nicht mehr weg." Bruni und Emma lachten, woraufhin Imme noch wilder mit dem zerfetzten Taschentuch ribbelte.

Gerade in diesem Augenblick standen Ferdl, Geli und Gabi da, aufgetaucht wie aus dem Nichts. „Was habt ihr denn zu lachen?" fragte Geli.

„Tortenschlacht unter dem Tisch", japste Bruni, „das ist einfach zu komisch."

Imme tauchte mit hochrotem Gesicht wieder auf.

„Jetzt sieht es da drunten noch schlimmer aus als vorher", meinte Emma, „Imme, das hast du gut hingekriegt."

Ferdl zog sich einen Stuhl heran, und auch Geli und Gabi machten es ihm nach. Kaum dass sie saßen, sagte Imme: „Wenn jemand eine Torte will, bitte schön, da unten gibt's welche."

Ferdl lachte auch, Gabi und Geli schüttelten verständnislos den Kopf.

„Wo sind denn Roland und Eva abgeblieben?" fragte Emma schließlich.

„Sie sind plötzlich weg gewesen", antwortete Ferdl, „die gehen schon nicht verloren."

Klar, dachte Emma, wahrscheinlich hatten sie eh kaum eine Chance gehabt, mit Ferdl zu sprechen. Sie würde in Zukunft nur noch von GGF sprechen, Gabi, Geli, Ferdl, das Trio von Istrien. GGF könnte ja auch bedeuten ‚Ganz Große Freude'. Oder ‚Ganz Ganz Furchtbar'.

Als der Kellner die weitere Bestellung aufnahm, verlangte Imme eine frische Torte. „Aber eine mit einem weichen Boden", sagte sie, „sonst muss ich wieder putzen."

„Imme, deinen Humor möchte ich haben", sagte Ferdl.

„Ja, gell", setzte Gabi hinzu.

Wie gescheit die war, dachte Emma. „Wir müssen uns aber beeilen, in zehn Minuten sollten wir los zu unserem Treffpunkt", sagte sie, „nicht dass wir zu spät kommen."

„Das reicht ewig", meinte Geli, „sportlich wie wir sind, kommen wir schnell."

Jetzt lachten Geli und Gabi, und Ferdl fragte amüsiert, wie das gemeint wäre.

Imme meinte, bei ihr ginge es nicht so schnell, woraufhin sie noch lauter prusteten.

Der Kellner brachte ihr eine Cremeschnitte, sie stach sofort mit ihrer Kuchengabel hinein. „Butterweich. Aber jetzt habe ich keine Zeit mehr zu essen, wenn wir schon bezahlen müssen." Sie verlangte nach einem Stück Papier, um ihre Schnitte einzupacken und mitzunehmen. „Die bringe ich jetzt Fräulein Charlotte, dann hat sie auch was", meinte Imme. Sie bezahlten, jeder getrennt, auch Ferdl, was Emma mit großer Genugtuung beobachtete.

Dietha lobte die Gruppe, so pünktlich seien nur die Deutschen zurück. Fräulein Charlotte freute sich über Immes Torte. Dietha wurde um ihren Platz neben dem Busfahrer beneidet, nicht nur von Emma. Auch andere wären gerne ganz vorne gesessen. Dietha wurde nach ihrer Herkunft gefragt, sie sei aus den Niederlanden und durch die Heirat mit einem Slowenier hier gelandet. Sie berichtete über die Geschichte des Landes, dass Istrien von 1300 bis 1800 unter venezianischer Herrschaft gewesen sei, dann hätten die Habsburger das Land besetzt, Jugoslawien sei viel später daraus geworden, und die Unabhängigkeit habe Slowenien erst im Jahr 1991 erhalten. „Das haben Sie schon erzählt", behauptete Roland, „und dass Slowenien seit 2004 zur Europäischen Union gehört und dass seit Januar 2007 der Euro eingeführt ist."

Dietha schnalzte mit der Zunge durchs Mikrofon. „Ein Assistent an meiner Seite, das kann ich brauchen", sagte sie.

Roland ließ sich das nicht zweimal sagen und ging nach vorne, wo er sich auf den zweiten Reiseleiter-Platz setzte.

„Was weiß mein Assistent denn noch?" fragte Dietha.

Roland sagte: „Ja, also ich weiß zum Beispiel, dass die in Porec ein Schweinegeld an Eintritt für die Besichtigung der Basilika verlangen."

Dietha schnalzte abermals durchs Mikrofon. „Ja, das ist in der Tat teuer. Diese Basilika ist die besterhaltene frühchristliche Kirche aus dem sechsten Jahrhundert, muss man wissen. Sie steht unter UNESCO-Schutz."

„Und unter wessen Schutz steht unsere Reiseleiterin?" fragte Roland.

Dietha lachte. „Unter deinem, wenn du willst."

„Oh, ich durfte noch nie eine Reiseleiterin beschützen. Das ist großartig."

„Artig musst du schon bleiben", neckte Dietha, „auch wenn du groß bist."

Einige lachten. Da die beiden nach wie vor durch das Mikrofon sprachen, hörte die ganze Gesellschaft die Unterhaltung mit.

Roland fragte: „Wohin geht es jetzt?"

„Jetzt", sagte Dietha, „geht es nach Rovinj. Jeder, der dort hinkommt, ist begeistert."

Eva rief laut nach vorne: „Und ich wäre begeistert, wenn mein Mann wieder an meiner Seite Platz nehmen würde."

„Geh, mein Beschützer, nicht dass es noch Ärger gibt."

Roland wankte zurück, die Straße war ziemlich kurvenreich. Fast war er an seinem Platz, da machte der Bus einen Schlenker, und er fiel auf Fräulein Charlottes Schoß, vielmehr auf das Tortenstück, das diese soeben ausgepackt hatte.

Sie ließ einen spitzen Schrei los. „Die Torte, jetzt ist sie Matsch!"

Dietha meinte: „Jetzt gibt es keine Torte zum Vernaschen, da muss unser süßer Busfahrer herhalten."

Ferdl grinste. Imme sagte zu Bruni, dass sie diesmal wenigstens nicht putzen müsse, für den Fleck auf Rolands Hose sei sie zum Glück nicht zuständig.

Sie fuhren durch ein imposantes bewaldetes Naturschutzgebiet. Dietha sagte: „Es gibt hier noch Braunbären. Aber meine lieben Leute, ich sage, dass ich mehr Angst vor manchen Busfahrern als vor Braunbären habe."

„Aber nicht vor unserem, oder?" schrie Gabi nach vorne.

„Nicht doch, unserer ist eher ein süßer Gummibär!" rief Dietha.

Abermals lachten einige, und Ferdl sagte: „So eine Reiseleiterin hat man auch nicht alle Tage."

Anton Bratzl schrieb die ganze Zeit etwas in ein kleines Buch. Emma konnte es genau sehen, denn sie saß schräg hinter ihm. Dabei war es ihre Aufgabe, diese Reise festzuhalten. Natürlich interessierte sie sich für die einheimische Bevölkerung, für die Landschaft, die Geschichte, die Kultur. Das war Basis ihrer Reportage. Doch sie schenkte den Mitreisenden die größere Aufmerksamkeit, so nervig diese Konstellation GGF war, so spannend war sie. Dietha hatte schon recht, der Ferdl war ein süßer Gummibär. Sie selbst hatte auch schon lange nichts mehr genascht. Deshalb würde sie in Rovinj nicht mehr von seiner Seite weichen. Da konnten die beiden Weiber tun, was sie wollten.

Leider stieg Ferdl gar nicht aus, er musste den Bus auf einen ausgewiesenen Parkplatz am Ortsrand bringen und wollte dann nachkommen. So stand die Gruppe nun am Hafen, mit Blick auf die idyllische Stadt, doch ohne Ferdl war es für einige nur die halbe Freude. Dietha scheuchte die Gruppe zu einem im Zentrum gelegenen Restaurant. Dort hatte sie Tische für das Mittagessen vorbestellt. Fräulein Charlotte war das Tempo zu schnell, auch der Bratzl, wie er inzwischen geistig von den meisten genannt wurde, schimpfte. Das sei Abzocke, wer habe sich denn das ausgedacht, er habe seine belegten Brote und Obst dabei. Imme fragte, ob er das beim Frühstück habe mitgehen lassen, und er bekam einen roten Kopf.

Man ging langsamer, bewunderte die Bauten, alle waren begeistert vom südländischen Charme Rovinjs.

Emma musste dem Bratzl insgeheim zustimmen. Sie hatte auch keine Lust, mit der ganzen Gruppe zu speisen. Doch was blieb ihr anderes übrig, wenn sie den Ferdl an ihrer Seite haben wollte.

Eva und Roland gingen händchenhaltend. Emma stellte sich vor, wie sie mit Ferdl ebenfalls Hand in Hand durch diese bezaubernde Stadt schlendern würde. Eva sagte, als könne sie Gedanken lesen: „Ach, Emma, weshalb ist eigentlich dein Mann nicht mitgekommen?"

Emma lächelte. „Weil ich nicht verheiratet bin."

„Geschieden?" wollte Roland wissen.

„Ledig. Und einen Freund habe ich derzeit auch nicht", sagte Emma.

Gabi, die in Hörweite ging, sagte: „Da bleibt dir viel erspart."

„Was?" fragte Emma.

„Ich bin frisch geschieden, und es ist alles andere als lustig."

„Ach", sagte Roland, „geschieden, das wusste ich gar nicht."

Eva schüttelte den Kopf. „Wieso solltest du das wissen? Gabi hat noch nie darüber gesprochen. Und zudem, es geht uns nichts an."

Gabi meinte, es sei nichts Geheimes dabei, der Ferdl wisse es auch.

„Wieso denn der Ferdl?" Emma hatte einen bissigen Ton, doch sie konnte nicht anders.

„Wieso nicht?!" In Gabis Augen blitzte Kampfeslust.

Da fuhr unerwartet Geli dazwischen: „Bleibt mal stehen, da hinten kommt der Ferdl im Stechschritt."

Eva und Roland schlenderten weiter, der Gruppe hinterher. Gabi, Geli und Emma warteten auf Ferdl. Stutenbissig, ging es Emma durch den Kopf, in diesem Moment spürte sie am eigenen Leib, was es mit diesem Wort auf sich hatte.

Selbst völlig außer Atem war er delikat. Seine Augen wanderten von einer zur andern, er schnaufte tief durch und sagte: „Wisst ihr schon, was ihr essen werdet?"

Emma hätte am liebsten gesagt: dich. Natürlich tat sie das nicht. Gabi und Geli bezogen wieder Stellung zu seiner rechten und linken Seite. Diesmal ging Emma einfach vor Ferdl, dicht vor Ferdl, so dass er praktisch eingekreist war. Doch er merkte es nicht, oder er machte gute Miene, oder er fühlte sich geschmeichelt. Abrupt blieb Emma stehen, als sie an einem besonders hübschen Haus vorbeikamen. „Wie entzückend, gell?"

Ferdl lachte, als er auf Emma prallte. „Mädle", sagte er, „pass auf, sonst passiert noch was."

„Exakt, sonst passiert noch was", plapperte Geli ihm hinterher.

Emma sagte: „Was soll schon passieren?"

Sie gingen weiter, erreichten das Restaurant, in dem die anderen bereits auf der Terrasse ihre Plätze eingenommen hatten. Zur einen Seite hatten sie die Altstadt und zur anderen den Hafen vor Augen. Es gab noch freie Stühle am Tisch von Bratzl und Fräulein Charlotte. Bratzl sagte: „Ich trinke nur eine Tasse Kaffee. Essen mag ich nicht."

Klar, der hatte auch das halbe Frühstücksbuffet im Gepäck. Fräulein Charlotte sagte: „Ach, Herr Ferdl, es ist so eine Freude, diese Reise ist ein Traum."

Herr Ferdl, das gefiel Emma. Mit der Zeit kämen urige Eigennamen zusammen, der Bratzl, Herr Ferdl, GGF, alles musste sie sich notieren, um ja nichts zu vergessen für ihren Bericht.

Sie bestellte Fisch, zu trinken den berühmten Mischmasch, von dem Dietha gesprochen hatte. Dietha saß am Nebentisch bei Eva und Roland, sie lachte über alles, was Roland zum Besten gab.

Gabi und Geli nahmen Ferdl wie gewohnt in Beschlag. Er musste sie wieder fotografieren, dann fotografierten sie ihn, schließlich befragten sie ihn, was an den folgenden Tagen auf dem Programm stünde und ob er jeden Tag fahren müsse, ob er auch einmal mit in die Therme komme, ob er lieber Rotwein oder Weißwein möge.

Emma sagte: „Ferdl, was macht eigentlich deine Frau?"

Ferdl sah sie eigentümlich an. Zumindest empfand Emma das so. „Sie arbeitet im Kurhaus. Und sie sorgt für mich."

„Wie schön, im Kurhaus, das ist gewiss eine abwechslungsreiche Tätigkeit. Was genau macht sie da?"

„Mei, halt in der Küche", sagte Ferdl.

„Ach, in der Küche", sagte Gabi.

Emma meinte: „Aber bei deinem Beruf ist deine Frau bestimmt viel allein, oder?" Sie war fest entschlossen, diesmal die Unterhaltung an sich zu reißen.

Ferdl antwortete, sie hätten sich längst daran gewöhnt, mal viel und mal gar keine Zeit füreinander zu haben. Das sei normal.

Das Essen wurde serviert. Nebenan lachte Dietha. Roland auch. Sonst niemand.

„Was habt ihr denn dauernd zu lachen?" fragte der Bratzl.

„Dietha hat dermaßen lustige Sprüche drauf", sagte Roland, „zum Wegwerfen."

Bratzl verzog keine Miene. Er trank seinen Kaffee aus, legte einen Euro fünfzig hin und verabschiedete sich mit den Worten. „In der Tat, der Kaffee war gut." Niemand hatte Kuna, also Geld in der Landeswährung dabei, doch der Euro wurde gerne genommen. Fräulein Charlotte schienen die Augen zufallen zu wollen, sie war schon wieder so müde, dass sie fragte, ob sie nicht zum Bus könne und einen Mittagsschlaf halten.

Ferdl meinte, der sei weit draußen, das wäre schwierig. Emma bot an, mit Fräulein Charlotte zum Bus zu gehen. Sie nahm an, dass Ferdl niemals den Schlüssel hergeben und sich deshalb mit ihnen gemeinsam auf den Rückweg machen würde. Doch da hatte sie sich getäuscht. Ferdl dankte

Emma für ihre Fürsorglichkeit, aber der Bus sei tabu. Am besten, Emma und Fräulein Charlotte blieben noch sitzen, er würde mit der Gruppe Rovinj besichtigen.

Als alle weg waren, sagte Fräulein Charlotte: „Der würde Ihnen gefallen, nicht wahr."

Emma spürte, wie sie rot wurde.

„Er ist nett."

„Ich verfolge das schon sehr aufmerksam", meinte Fräulein Charlotte, „Sie haben die besseren Karten, auch wenn er ständig mit den beiden Damen unterwegs ist."

„Ach, das ist freundlich. Aber Ferdl ist eh verheiratet."

„Ja und. Was macht das schon?"

„Aber Fräulein Charlotte, Sie sind mir ja eine", tat Emma empört.

„Es ist doch nichts dabei, ein wenig Spaß zu haben. Mehr wollen Sie schließlich auch nicht, nehme ich an. Ich denke, Ferdl ist von der alten Schule. Hat Manieren, ist humorvoll, er ist sehr gepflegt. Das Entscheidende, er ist ein hervorragender Busfahrer und Reiseleiter. Ihm kann man sich vertrauensvoll in die Hände begeben. Wenn ich jünger wäre, mir könnte er auch gefallen."

Beide lachten. Dann fuhr Fräulein Charlotte ernst fort: „Sie wollen ihn doch nicht zu einem Seitensprung verführen?"

„Ideen haben Sie!" rief Emma. „Das traut man Ihnen gar nicht zu!"

Sie wusste nicht, wie weit sie gehen würde. Fakt war, dass sie schon lange keinen Mann mehr im Bett hatte. Verheiratet hin oder her, wenn er den ersten Schritt machen würde, könnte sie sich alles vorstellen.

„Der andere jüngere Mann, dieser Roland, was halten Sie denn von dem?" fragte Emma.

„Er und seine Frau sitzen direkt hinter mir im Bus", sagte Fräulein Charlotte. „Auch wenn alle denken, ich sei schwerhörig und würde nur schlafen, so ist es nicht. Ich denke, seine Frau ist ein Klammeraffe. Andererseits, er lässt sie oft links liegen, wenn er mit anderen spricht. Das ist auch nicht die feine Art."

Emma war das auch schon aufgefallen. Aber Roland war ihr piepsegal. „Wollen wir noch ein wenig die Stadt anschauen?"

Fräulein Charlotte hatte sich etwas erholt und freute sich, dass Emma sich ihrer annahm. Sie bestand darauf, die Rechnung von Emma mitzubezahlen. Gemächlich gingen sie sodann Richtung Hafen, die Mittagssonne trug noch die Kraft des Sommers in sich. Die wenigen Leute, die unterwegs waren, suchten die schattige Straßenseite auf. Auch am Hafen war nicht viel los. Einige Leute saßen auf den Bänkchen mit Blick zum Meer. Boote schaukelten auf dem azurblauen Wasser. So kitschig, dachte Emma, wie im Bilderbuch. Aber real. Sie spazierten ein Stück am Hafen entlang, lauschten dem Plätschern des Wassers, auffallend große Seemöwen lungerten nach Krümeln. Fräulein Charlotte seufzte. „Solch ein schöner Frieden", sagte sie, „das ist doch ein Geschenk, dass wir hier sein dürfen."

Emma nickte. Imme und Bruni kamen auf sie zu. Das war sehr nett, immer wieder traf man auf Leute aus der Gruppe, man fühlte sich nie allein, dachte Emma. Die vier schlenderten gemeinsam weiter, plauderten, lachten, bewunderten die Stadt. Für eine kurze Zeit konnte Emma sogar den Busfahrer und sein Gefolge vergessen.

Am Spätnachmittag versammelten sich alle am vereinbarten Platz. Ferdl, erklärten Gabi und Geli, sei unterwegs, den Bus holen. Er müsse bald da sein. Dietha war wohl mit ihm gegangen, jedenfalls saß sie schon drin, als Ferdl vorfuhr. Die Stimmung war heiter, fast alle hatten Souvenirs gekauft.

Ferdl wollte Behagen bereiten und sagte, dass er einen etwas weiteren Weg nehmen und über Land zurückfahren werde. Eine reizvolle Landschaft tat sich auf, bewaldete Berghänge, Pinien, Feigenbäume, an den Hängen malerische Dörfer, der Himmel in warme Farben getaucht. Obwohl die meisten schläfrig waren, hielten sie ihre Augen auf. So wundervoll war es, selbst Fräulein Charlotte verzichtete auf ein Nickerchen.

Bis zum Abendessen war noch etwas Zeit. Manche wollten diese nutzen und die Hotel-Therme aufsuchen. Emma fragte, ob Ferdl auch eine Runde schwimme. „Es spricht eigentlich nichts dagegen", meinte er. Das Grand Hotel schrieb in einem Flyer von Entspannung im Wellness-Center mit dem komplettesten Thermal-, Gesundheits- und Wellness-Angebot weit und breit. Emma fand, das sei noch untertrieben, so hin und weg war sie, als sie die Bäderlandschaft betrat. Sie hatte auf dem Zimmer den Badeanzug angezogen und den weißen Frotteebademantel, der im Schrank hing, übergestreift, ebenso die weichen weißen Frottee-Pantöffelchen. Man musste sich merken, auf welchem Liegestuhl man seine Sachen ablegte, denn auf jedem zweiten fand sich ein weißer Bademantel nebst weißen Schläppchen. Imme und Bruni winkten ihr aus dem Sprudelbad zu, Emma winkte zurück. Sie hielt Ausschau, konnte Ferdl nirgends entdecken, und so stieg sie zu den beiden ins Becken. Eine wohlige warme Temperatur umfing sie, das Salzige war gewiss gesund für die Haut. Es blubberte und sprudelte aus verschiedensten Düsen, vom Fußboden und vom Beckenrand, aus der Höhe klatschen ebenfalls ein paar Fontänen herunter. Imme rief: „Da kommst du wie ein neuer Mensch raus!"

Eine Wasserorgel prasselte auf Emma, das war zu heftig, und zudem klebten die Haare am Kopf. Ferdl, wie aus dem Nichts aufgetaucht, schwamm zwischen den Frauen durch. Ausgerechnet jetzt, ärgerte sich Emma, sie konnte sich vorstellen, wie sie mit dem nassen angepatschten Haar aussah. Doch Ferdl hatte eh keine Augen für sie. Am anderen Ende des Beckens entdeckte sie nun ebenfalls das Ziel seiner Schwimmkünste. GG. Emma erzählte von ihrer Namensgebung, und Imme fand das super. Bruni sagte: „Ach Emma, was die können, können wir schon lange. Komm, wir verfolgen ihn einfach."

„Und los!" rief Imme, „wer ist zuerst am Ziel!"

Zu dritt kraulten sie los, spritzten um sich, prusteten und erreichten gemeinsam mit Ferdl Gabi und Geli. Bruni und Imme veranstalteten eine Wasserschlacht, Emma fand die Idee genial, sie besprizten sich mit Schwallen, bedachten auch Ferdl, Gabi und Geli mit dem nassen Segen. Sie lachten, Ferdl am lautesten. Am Ende hatten alle die gleiche Frisur.

Imme, Bruni und Emma hatten genug. Sie wollten noch duschen, so schwammen sie zum Eingangsbereich. Als sie weit genug weg waren, gackerten sie wieder, diesmal aber von Herzen. „Willkommen im Club der Patschköpfe", sagte Imme.

„Das ist bestimmt nur für Ferdl lustig gewesen", meinte Emma, „hast du die Blicke von Gabi und Geli gesehen?"

Bruni sagte: „Oh ja, wenn Blicke töten könnten!"

Als sie aus dem Wasser stiegen, schauten sie noch einmal zurück. Imme sagte: „GGF sind bestimmt im Jungbrunnen."

„Da gehören sie hin", sagte Bruni.

„Und wir gehören jetzt zusammen", bestimmte Emma, „das ist echt toll mit euch."

Das fanden auch Imme und Bruni. Nachdem jede ihre weiße Frotteeausrüstung angelegt hatte, trotteten sie zufrieden auf ihre Zimmer.

Während des Abendessens ging Ferdl von Tisch zu Tisch und fragte, wer anderntags mit zu einer Bootsfahrt kommen wolle. Er sah fesch aus. Jedenfalls meinte das Fräulein Charlotte. Sie sagte das so laut, dass alle es hören konnten. Der Bratzl schimpfte, da man für den Ausflug zwanzig Euro bezahlen musste. Schließlich habe er die Reise pauschal gebucht, und da könne er erwarten, dass eine läppische Kahnfahrt inklusive wäre. Die beiden Ehepaare am Tisch schüttelten den Kopf. Dieser Mann war eine Strafe für jeden, kein Wunder war der alleweil alleine.

„Soll ich Ihnen den Ausflug spendieren?" fragte Fräulein Charlotte.

Bratzl brummte vor sich hin.

„Ich würde das gerne tun, es wäre kein Problem für mich."

„Haben Sie einen Geldscheißer?" fragte Bratzl.

„Nein, das nicht gerade", antwortete sie. „Wissen Sie, Herr Bratzl, ich habe es nur gut gemeint."

Ferdl lächelte. „Das ist sehr freundlich. Aber es passt schon. Somit sind es an diesem Tisch fünf Personen."

Bratzl wollte noch etwas sagen, doch Ferdl eilte weiter. Er musste sich schließlich um alle Teilnehmer kümmern, einige kamen ohnehin zu kurz. Am großen Achtertisch saßen die Ruhigen, die Unauffälligen.

Wie am Abend zuvor gab es ein reichhaltiges Salatangebot, Vorspeisen, zwei Suppen zur Auswahl, Fisch, Fleisch und zum Nachtisch Obst, Käse, Cremes und Kuchen. Im Hotel waren nur wenige Gäste, ohne die Gruppe wäre es gar trostlos gewesen. Der Vorteil, man musste nie anstehen, konnte das Buffet von allen Seiten begehen, die Köche standen parat und warteten darauf, die Deckel von den Behältern zu heben. Emma und Fräulein Charlotte hatten dieselbe Vorliebe für Kuchen, so trafen sie zweimal vor dem Süßspeisentisch zusammen. Emma grinste, Fräulein Charlotte hatte auch noch dieselben Stücke ausgewählt wie sie. „Wäre das schön, wenn wir zusammen sitzen könnten", sagte Fräulein Charlotte. „Die beiden Ehepaare sind ja nett, aber die genügen sich selbst. Spielen jeden Abend auf den Zimmern Karten, die brauchen keine weitere Gesellschaft. Und der Herr Bratzl, du meine Güte, das ist ein schwieriger Fall."

Emma meinte: „Ich weiß, aber wir können nachher noch ein Glas Wein an der Bar trinken, haben Sie Lust?"

„Sehr gerne. Aber jetzt lassen wir uns den Kuchen schmecken."

Es saßen noch mehr Leute an der Bar und an den Tischchen vor dem Tresen, auch Imme und Bruni, Roland und Eva. Fräulein Charlotte war außerordentlich trinkfreudig, was niemand vermutet hätte. „Emma, Sie erinnern mich an meine Tochter", sagte sie beim zweiten Glas Wein.

„Wirklich, ich wusste gar nicht, dass Sie eine Tochter haben. Ich weiß eigentlich gar nichts über Sie", sagte Emma.

„Sie lebt nicht mehr."

Emma schaute betroffen. „Das ist ja furchtbar", sagte sie, „wollen Sie darüber sprechen?"

„Sie hatte Krebs. Im Alter von dreißig ist sie gestorben, sie wollten heiraten, doch dazu ist es nicht mehr gekommen."

„Schlimm. Sehr schlimm ist so etwas."

„Ja. Das ist es. Damals lebte mein Mann noch, zehn Jahre ist es her. Aber inzwischen ist er auch verstorben. Jetzt bin ich alleine."

Emma seufzte.

Imme sagte: „Bruni und ich sind auch verwitwet."

Emma antwortete: „Ihr habt wenigstens alle Männer gehabt. Ich war noch gar nie verheiratet. Ich bin höchstens mit meiner Arbeit inniglich verbunden."

„Aber was nicht ist, kann ja noch werden." Fräulein Charlotte zwinkerte. „Ich denke, für mich ist es jetzt Zeit. Ich wünsche allen eine gute Nacht." Sie bezahlte und ging kerzengerade hinaus.

Eigentlich wollte Emma auch gehen, gerade als sie ihr Portemonnaie aus der Handtasche kramte, kamen GGF. GG aufgemotzt bis obenhin. Wieso waren die so gestylt? Und wieso kamen die zusammen?

Imme, sie war in Emmas Augen wirklich ein Phänomen, rief lauthals durch die Bar: „Ja sagt einmal, wo kommt ihr drei denn jetzt her?"

„Wir haben uns grade getroffen", meinte Ferdl, „wollen ins Casino."

„Da kommen wir doch mit", sagte Bruni, „ich war noch nie in einem Casino."

„Aber da muss man doch gerichtet sein", meinte Eva, „und das sind nur Gabi und Geli."

„Ach was", frohlockte Ferdl, „ihr könnt alle mit, wie ihr seid. Auf geht's."

Emma sah genau, wie sich die Mienen GGs verfinsterten. „Ja logisch kommen wir mit", rief sie entzückt.

Und so marschierten sie wenig später an der Promenade entlang Richtung Casino. Der Ferdl voran, dicht flankiert von Gabi und Geli, hinterdrein Imme, Bruni, Emma und Roland mit Eva. Der harte Kern.

3

Es war ein feuchter, windiger Tag, von einem goldenen Oktober weit entfernt. Doch Marta war das Wetter egal, sie hatte in der Küche alle Hände voll zu tun. Einige Kollegen hatten die Grippe, deshalb mussten die Verbliebenen für zwei arbeiten. Das Kurhaus war wie immer voll ausgebucht, so viele Erholungsbedürftige gab es. Sie selbst hätte auch eine Kur brauchen können. Oder einen Urlaub. Aber da war nichts drin. Sie bereitete eine Kürbiscremesuppe zu, die musste schön sämig sein. Woher wohl das Wort sämig stammte? Von Samen? Ihr Sohnemann wollte abends noch vorbeikommen mit seiner Freundin Alexa. Was die Mädchen heutzutage für Namen hatten. Der Chefkoch rannte umher wie ein aufgescheuchtes Suppenhuhn, gab Befehle und machte alle verrückt. Nach Feierabend würde Ferdl anrufen. Er würde ihr erzählen, wie anstrengend die Gruppe sei. Wie langweilig das Leben im Hotel. Wie schlecht das Essen. Irgendwelche negativen Dinge eben. Er wollte sie nicht neidisch machen. Und nicht misstrauisch. Marta ließ sich längst kein X mehr für ein U vormachen. Sie wusste um seine Wirkung auf Frauen. Ferdl wusste das auch. Absolut sicher war sie sich nie, ob er fremdging. Sein Kollege, der Paul, kam manchmal auf ein Feierabendbier, sie unterhielten sich über den Chef, über das Unternehmen, aber nie über Frauen. Paul war sehr loyal, gegenüber Rädle Reisen und gegenüber Ferdl. Bei Paul war sie mit Ferdl einmal privat mitgefahren, vor zig Jahren, nach Rom. Sie hatten dort ihren Hochzeitstag verbracht, und es war so schön gewesen. Paul war ein guter Fahrer. Ferdl auch. Es gab nur sehr wenige Busfahrerinnen, Marta hätte diesen Beruf auch nicht machen wollen. Die Suppe war fertig und köchelte vor sich hin. Als Nächstes musste sie die Schweinelendchen zubereiten. Fleisch machte sie nicht gerne. All das Blut. Sie konnte kein Blut sehen. Ein Steak medium würde sie niemals essen. Und wenn sich jemand in den Finger schnitt, suchte sie das Weite. Auf ihre eigenen Finger passte sie auf, sie hatte sich noch nie geschnitten. Wenn Ferdl heute Abend anrief, würde sie ihm einen Kuss durch das Telefon geben. Sie liebte ihn wie am Anfang, fast noch mehr. Rom, da könnten sie mal wieder hin. Oder nach Paris. Aber Ferdl mochte in seiner freien Zeit gar nie weg, fahren schon zweimal nicht. Ihm gefiel es daheim, in seinem Garten, er sagte immer, es sei sein Garten, obwohl sie die Gartenarbeit machte. Außer Rasenmähen, das war seine Aufgabe. Der Chefkoch schrie den Lehrling an, er solle besser aufpassen und das Spatzenwasser nicht überkochen lassen. Marta schwieg. Manchmal setzte sie sich für den Jungen ein, er war doch noch am Lernen, und da musste man auch mal nachsichtig sein. Aber heute hatte sie keine Lust auf eine Auseinandersetzung. Sie wollte nur schnellstmöglich raus aus dieser Küche, heim. Wenn der Hansi mit der Alexa kam, musste sie auch was hinstellen. Sie wusste noch gar nicht, was sie daheim kochen würde. Er mochte eigentlich alles. Alexa war etwas heikel. Saure Bohnen, dazu die Spatzen vom Vortag. Und Saitenwürstle. Schade, dass der Ferdl nicht da war, das schmeckte ihm immer besonders gut.

Ferdl hatte sich im Casino hinter einem Italiener postiert. Er beobachtete haarscharf, nach welchem Muster der seine Jetons legte. Aber es schien eher Willkür. Ferdl hatte fünfzig Euro dabei, die würde er entweder verspielen oder vermehren. Letzteres hieß, die Damen einzuladen. Er konnte an diesem Abend ebenfalls trinken, da er anderntags nicht hinterm Steuer sitzen musste. Dietha hatte sich angeboten, eine weitere Tagestour zu begleiten, doch so viel Zeit hatten sie gar nicht. Nach der morgigen Bootstour stand eine Wanderung auf dem Plan, dann noch ein Tag zur freien Verfügung, und danach ging es schon wieder zurück. Gabi und Geli hatten mittlerweile gesetzt, die andern wollten nicht spielen. Die liefen herum und schauten alles an. Auch er versuchte sein Glück. Erst auf rot und ungerade und auf eine Reihe. Alles weg. Dann auf schwarz, gerade und ein Quadrat. Er gewann den Einsatz von schwarz, und Gabi klatschte in die Hände. Die Jetons gingen und kamen, und sie hatten eine Riesengaudi. Wenn die Marta ihn sehen könnte, wäre sie geschockt. Die Marta, fuhr es ihm durch Mark und Bein, die hatte er ganz vergessen. Nach dem Abendessen hätte er sie anrufen sollen. Wieso um alles in der Welt hatte er ihr versprochen, jeden Abend anzurufen? Nur, weil er das Geschäftshandy dabei hatte und es nichts kostete, bestand sie darauf. Die paar Cent. Er sah auf seine Armbanduhr. Fast zehn. Zu spät. Es würde auch anderntags noch reichen.

Als sie eine Stunde später an der Uferpromenade zurückliefen, hatte Ferdl hundertfünfzig Euro in der Tasche, Geli und Gabi hatten ihren gesamten Einsatz verspielt. Der Spaß sei es wert gewesen, meinten die beiden vergnügt. Der Rest der Gruppe kam etwas gelangweilt daher, Emma ärgerte sich im Nachhinein, nicht gespielt zu haben. Ferdl lud alle auf ein Glas ein, so peilten sie die nächste Bar an. Wie auch immer es zuging, Ferdl saß am oberen Tischende zwischen Gabi und Geli, Emma am unteren Tischende bei Bruni und Imme, dazwischen Roland und Eva. Imme wollte endlich einen Mischmasch probieren, Rotwein mit Fanta gemischt, anscheinend das slowenische Erfrischungsgetränk Nummer eins im Sommer. Emma und Bruni bestellten dasselbe, Gabi und Geli wollten einen Cocktail nach Art des Hauses, Ferdl ein Bier, Roland auch einen Cocktail und Eva Rotwein. Der Kellner schien bei der Aufnahme der Bestellung überfordert zu sein. Er fragte alles dreimal. Sein Kollege werkelte hinter einem Tresen, belud ein Tablett mit den Cocktails und dem Bier. Der Kellner trug es galant heran. Es ging blitzschnell, das Tablett kippte aus seiner Hand, direkt über Ferdl. Hemd, Hose, Schuhe, rundum ein Volltreffer. Auch Geli und Gabi bekamen ein paar Spritzer ab. Imme, Bruni und Emma prusteten los, es sah einfach zu komisch aus, wie der Ferdl dasaß. Vor allem die Orangenscheiben und Minzeblätter auf seinem Kopf. „Begossener Pudel", brüllte Imme durch das Lokal, woraufhin auch Roland und Eva lachten. Ferdl fand es nicht lustig. Der Kellner auch nicht, er machte sich schleunigst davon. Geli und Gabi zeterten und zupften an sich herum, als hätten sie alles abbekommen.

„Wir gehen", sagte Geli, „so eine Schweinerei!"

Geli, Gabi und Ferdl standen wie auf Kommando miteinander auf und brausten hinaus.

„Ohne zu bezahlen", sagte Roland, „war wohl nichts mit der Einladung."

Gemütlich war es danach nicht mehr. Der tollpatschige Kellner ließ sich nicht mehr blicken. Der andere brachte die restlichen Getränke, dass man hier aufwischen könnte, auf diese Idee kam er nicht. Die Krönung war dann, als er fragte, wer die Cocktails und das Bier bezahle.

Marta war saurer, als ihr Bohnengericht es je hätte sein können. Hansi und Alexa hatten kurzfristig abgesagt, Alexa fühle sich nicht wohl. Und Ferdl rief auch nicht an, sie konnte das Telefon anstarren, so lange sie wollte. Mittlerweile hatte sie eine doppelte Portion verdrückt, auch nicht gut auf die Nacht hin, das würde sich auf den Hüften festsetzen. Doch eine Freude brauchte der Mensch. Gegen neun hielt sie es nicht mehr aus, so teuer würde das Gespräch schon nicht werden. Alles, was sie zu hören bekam, war: „Der Teilnehmer ist nicht erreichbar, versuchen Sie es später noch einmal." Der Bazi hatte das Handy ausgeschaltet. Wollte ungestört sein. Da brauchte sie nicht viel Phantasie und außerdem noch die dritte Portion Spätzle mit Bohnen. Das büßte sie die ganze Nacht. Sie hatte Bauchweh und konnte partout nicht schlafen. Immerzu sah sie den Ferdl mit einer anderen Frau, kaum zu ertragen war das. Im tiefsten Grunde ihres Herzens sagte eine Stimme, es sei alles nur ihre Einbildung. Ferdl würde nie mit einer anderen ins Bett gehen. Doch sie konnte sich ihrer Phantasien nicht erwehren. Sie würde die Wahrheit schon noch erfahren.

Auch andere Menschen schliefen in jener Nacht nicht gut. Eva lag glockenwach neben ihrem schnarchenden Roland. Sie klemmte ihm immer wieder die Nase zu, das half für eine kurze Weile. Sie waren glücklich, doch wirklich. Aber nicht so selbstverständlich wie andere Paare. Sie beobachtete die Leute ganz genau, und sie wünschte sich, sie gehörten so zweifelsohne zusammen wie andere. Die beiden Ehepaare an ihrem Tisch waren so verbunden. Da passte einer auf den anderen auf. Sie brachten sich Speisen vom Buffet mit, teilten das Brot, aßen gegenseitig von den Tellern, es war so harmonisch. Es hieß, wie man aß, so war die Beziehung, und so war es im Bett. Roland streckte die ganze Zeit den Kopf zum Nachbartisch hinüber, er wollte sich mit Ferdl unterhalten. Dabei interessierte er sich viel mehr für Gabi und Geli, das war so offensichtlich wie ein aufgeschlagenes Tagebuch. Wenn sie herumalberten, musste er auch seinen Kommentar abgeben. Oder heute Abend, als er diesen Cocktail bestellt hatte, so was trank er sonst nie. Und dann bezahlte er auch noch die verschütteten Drinks von Gabi und Geli und das Bier von Ferdl. So gestritten hatte sie mit ihm deswegen, als sie endlich auf ihrem Zimmer waren. Doch ihn hatte es kalt gelassen, sie rege sich unnötig auf, war alles, was er dagegenzuhalten hatte. Sie drückte ihm die Nase zu, so fest, dass er ihre Hand weg schlug. Dann grunzte er und drehte sich zur anderen Seite. Eva zwang sich, ruhig liegen zu bleiben. Auch wenn man nicht schlief, konnte man sich erholen.

Emma war zwar schnell eingeschlafen, doch gegen halb sechs wieder aufgewacht. Sie stand auf, um an ihrer Reportage weiterzuschreiben. Die Geschichte der Istrien-Halbinsel spiegelte sich im Essen, ein gutes Thema fand sie. Pizza, Knödel und Cevapcici. Das wäre ein hübscher Titel. Das Essen war ein wichtiges Thema. Die Küche und die Liebe. Ferdl hatte seine Zimmernummer nicht genannt, doch die hatte Emma längst rausbekommen. Unter dem fadenscheinigen Vorwand, ihm eine Nachricht überbringen zu müssen, dazu ein gekonnter Augenaufschlag, das war alles gewesen. Sie könnte zu ihm, zweite Etage, Zimmer zweihundertsiebzehn. Doch sie wusste nicht, wer neben Ferdl untergebracht war, ihr Klopfen hätte womöglich die Falschen geweckt. Sie würde eine gute Stunde schreiben und danach ein paar Runden schwimmen. Dann wäre sie fit und frisch für den Tag.

Ferdl wachte mit Kopfweh auf. Viel zu früh, es war erst kurz vor sieben. Nachdem sie sich umgezogen hatten, waren sie noch einmal in die entgegengesetzte Richtung losgezogen und versackt. Ob er jetzt schon Marta anrufen könnte? Nein, er würde bis nach dem Frühstück warten. Wenn er sich entscheiden müsste, würde er immer Marta wählen. Doch es gab nichts zu entscheiden. Die beiden waren nett und anhänglich und wollten etwas erleben, das war alles. Er brauchte sich also nicht den Kopf zu zerbrechen. Um sieben öffnete die Therme, ein wenig entspannen, das würde seinem Kopf guttun. Ferdl stand auf, bedauerte, dass es noch keinen Kaffee gab. Gähnende Leere im Bad. Er suchte sich eine Düse am Beckenrand, welche die richtige Höhe für seinen Nacken hatte, baumelte davor wie ein Affe und schloss die Augen. Das prasselnde Wasser tat seinen Halswirbeln gut. Plötzlich wurde er angesprochen, Emma wedelte neben ihm mit den Armen. „Ferdl, dass du schon auf bist", sagte sie.

„Da staunst du, was!"

„Schon, bist alleine?"

Ferdl musterte sie von der Seite. „Wer sollte denn bei mir sein?"

„Mei, ich frag ja nur."

„Emma, sei mir nicht böse, aber ich muss wieder die Augen zumachen", sagte Ferdl, „ein wenig ruhen und entspannen."

„Ich möchte eh ein paar Runden schwimmen", sagte Emma. So kühl wie ihre Stimme war fühlte sie sich auch.

Ohne noch einmal nach ihm zu schauen, zog sie ihre Bahnen im Becken daneben und verließ das Bad.

Die Stimmung beim Frühstück war gelassen. Gabi und Geli fehlten noch, sie würden vermutlich mit den letzten essen. Ferdl war sehr nett zu Emma, zumindest bildete sie sich das ein. Keine Spur mehr von Müdigkeit. Er fragte, ob sie noch schön geschwommen sei, und er erzählte, dass er jetzt gleich seine Frau anrufen wolle. Emma überlegte, weshalb er das sagte. Imme meinte: „Da kann sich deine Frau aber freuen, wenn du sie schon morgens anrufst."

„Ja, ich rufe sie regelmäßig an", sagte Ferdl, „gestern habe ich es völlig vergessen."

Vor lauter Gabi und Geli, hätte Emma am liebsten gesagt, doch sie ließ es.

Eine Stunde später traf sich die Gruppe vor dem Schiff. Auch der Bratzl stand da, obwohl er sich gar nicht angemeldet hatte. Einer mehr sei kein Problem, meinte der Kapitän. Es war ein dunkelholziges, nachgebildetes Wikingerschiff und versprühte einen Hauch von Abenteuer. Zwar wehte ein frischer Wind – es hatte in der Nacht stark geregnet –, doch nun schien die Sonne, und fast alle suchten sich einen Platz auf dem oberen Deck. Emma setzte sich neben Fräulein Charlotte, natürlich war neben Ferdl nichts mehr frei. In anderthalb Stunden seien sie in Isola, erklärte der Kapitän, ein reizender Ort. Doch die Fahrt an sich sei das gewinnendste Erlebnis. Kaum hatten sie abgelegt, kam der Kapitän und verteilte Wasser und Wein auf den Tischen. Fräulein Charlotte meinte, das sei aber noch früh für Wein, doch der Kapitän lachte bärig. Bratzl hatte sich auf eine Bank ohne Tisch gesetzt. Da niemand nach ihm schaute, rief er lauthals, ob ihm jemand was zu trinken bringen könne, das sei ja wohl nicht zu viel verlangt, in der Tat! Fräulein Charlotte rief zurück: „Selbst ist der Mann. Holen'S halt irgendwo einen Becher und schenken'S was ein, steht ja alles hier." Bratzl jammerte, bei dem schwankenden Boot könne er nicht aufstehen.

Bruni hatte Erbarmen. „Herr Bratzl, ich bringe Ihnen was." Sie füllte einen Becher mit Wasser. Bratzl nahm ihn knurrend entgegen und nippte. „Ja pfui, wieso ist das kein Wein!"

Imme meinte, sie habe jetzt genug. „Wenn der jetzt keine Ruhe gibt, passiert was."

Emma sagte: „Nicht aufregen. Der ist, wie er ist."

Geli und Gabi füllten bereits zum zweiten Mal ihre Becher nach, Wein pur. „Wasser hat es genug in der Adria, das brauchen wir nicht zu trinken", sagte Geli. Gabi gackerte.

„Immerzu habt ihr etwas zu lachen", sagte Ferdl, „ihr seid schon zwei Frohnaturen."

Fräulein Charlotte zwinkerte. „Frohnaturen oder Trinknaturen, das weiß man nicht so genau, was deren wahre Natur ist", flüsterte sie Emma ins Ohr.

Emma packte ihren Fotoapparat aus. „Dieser bezaubernde Küstenstreifen, den muss ich festhalten", sagte sie. „Ferdl, noch bezaubernder wäre es mit dir drauf."

Ferdl stellte sich in Pose und fragte, ob er dann auf die Titelseite käme. Noch ehe Emma eine Antwort geben konnte, nahmen Gabi und Geli ihn in die Mitte.

Emma lächelte. „Das wäre ein charmantes Titelbild. Da hätte auch deine Frau ihre Freude dran, gell."

Ferdl verzog keine Miene. Seine Frau, die hatte er nach dem Frühstück wieder nicht angerufen. Er wollte nun doch nicht fotografiert werden, meinte, Gabi und Geli seien eh graziöser als er. Mit seinem Handy verzog er sich in eine stille Ecke, doch er hatte keinen Empfang.

Emma warf ein, Gabi und Geli seien schon auf genügend Fotos. Sie hätte gerne Fräulein Charlotte als Model. Die hob ihren Becher an und lachte in die Kamera.

Ferdl kam zurück, stellte sich an die Reling und sagte: „Im Hintergrund sehen wir die Julischen Alpen, den höchsten Gebirgszug Sloweniens. Gegenüber liegt Grado, das ist oberhalb von Jesolo."

„Was der alles weiß", meinte Fräulein Charlotte, „er ist solch ein guter Begleiter." Ferdl hörte das und begann nun ausführlich zu berichten. Die Julischen Alpen seien vom Namen her bezogen auf Gaius Julius Caesar. In der Antike hätten die Julischen Alpen auch Gebirge weiter südlich umfasst, so gehörten die im heutigen Slowenien liegenden Mittelgebirge des Ternowaner und des Birnbaumer Waldes dazu, während sie heute eigenständige Regionen bildeten. Mittlerweile hörten ihm alle zu, und Ferdl redete sich in Fahrt. „Die Julischen Alpen sind ein sehr schroffer Gebirgsstock mit Höhen bis 2.750 Metern. Höchster Berg ist der Triglav, das bedeutet Dreikopf. Er hat 2.864 Meter und ist zugleich höchster Berg Sloweniens und des früheren Jugoslawiens. Vereinzelt finden sich sogar noch Kargletscher. Die Julischen Alpen werden durch das Raibler Tal, den Predilpass und das Tal der Koritnica und Soča in eine östliche und eine westliche Gruppe geteilt."

Bratzl meinte bissig, ob er das vor der Abfahrt auswendig gelernt habe. Kein normaler Mensch könne so etwas wissen. „Bestimmt, um gewissen Damen zu imponieren", endete er, was einen weiteren Lachanfall Gabis und Gelis auslöste.

Emma fragte: „Wie ist es denn um die Wirtschaft bestellt?"

Ferdl freute sich offensichtlich über das Interesse. „Nicht gerade rosig", fuhr er fort, dabei schaute er Emma an, „es ist ein strukturschwaches Gebiet. Der Bleibergbau kam bereits im späten 20. Jahrhundert zum Erliegen, und der Niedergang der Landwirtschaft traf ein derart schwer zu bewirtschaftendes Gebiet besonders. Es gibt jedoch einige Gemeinden wie Tarvis, Ratschach und Kronau, die gut vom kleinen Grenzverkehr am Dreiländereck Slowenien, Italien und Österreich leben."

Gabi stellte sich direkt vor Ferdl hin, so dass ihm der Blick auf Emma versperrt war. „Ferdl, weißt du auch etwas über die dortige Bevölkerung?"

Nun visierte er Gabi. „Ja, klar weiß ich was."

Emma beobachtete die Szene genau. Ferdl schwatzte weiter über das Habsburgerreich, dass auch Deutsche vereinzelt Fuß gefasst hätten. Dass Italien von Österreich einen Anteil an den Julischen Alpen bekommen habe. Im Ersten Weltkrieg sei in den Juliern ein zermürbender Stellungskrieg geführt worden, noch heute gebe es Stacheldrahtreste und Blindgänger. An dieser Stelle rief Gabi: „Meine Güte, wie spannend", und Geli sagte: „Ferdl, erzähl doch weiter."

Das hätte er ohnehin getan, dachte Emma verärgert. Die beiden mussten sich wie immer nur wichtigmachen. Ferdl berichtete nun, dass nach dem Ersten Weltkrieg Italien den Großteil der Julier erhielt, nach dem Zweiten Weltkrieg hätten sie sich jedoch zurückziehen müssen. Der Rest sei an Jugoslawien beziehungsweise an den Freistaat Triest gefallen.

Nach dieser Tirade musste Ferdl etwas trinken, Gabi und Geli schenkten seinen und ihre Becher voll, danach hatte Ferdl nur noch Ohren und Augen für die beiden.

Als das Schiff eine Stunde später in dem kleinen Fischerhafen anlegte, waren Emma und Fräulein Charlotte vertieft in ein Gespräch mit Imme und Bruni. Imme erzählte, wie sie ihre drei Männer zu Grabe gebracht und vier Kinder groß gezogen hatte. Der Erste war an einem Herzinfarkt gestorben. Er hatte hundertfünfzig Kilo und verweigerte Sport und jegliche Diät. Der Sarg sei so schwer gewesen, dass man einen zusätzlichen Träger gebraucht habe. Der zweite Mann war bei einem Verkehrsunfall umgekommen, er hatte vor einer Kurve überholt und war in ein entgegenkommendes Auto gekracht. Wie durch ein Wunder habe der andere überlebt. Damals habe man von Selbstmord gesprochen. Doch Imme war überzeugt davon, dass es Leichtsinn war. Der dritte Mann war mit dem Motorrad eine Böschung hinuntergerast. Anscheinend hatten die Bremsen blockiert, doch Imme schwor, dass er gewissenhaft gewesen sei und dass er sein Motorrad gehegt und geliebt habe. Von dem letzten Mann hatte sie keine Kinder, von den ersten beiden je zwei. Sie schilderte alles sehr sachlich, und sie meinte, jetzt wolle sie nicht noch einmal am Grab stehen und schon gar kein weiteres pflegen müssen.

Emma und Fräulein Charlotte waren erschüttert, Bruni kannte die Geschichte bereits, und deshalb meinte sie: „Jetzt ist genug in der Vergangenheit gewühlt, mir scheint, wir legen schon an. Schaut nur wie malerisch dieser Hafen daliegt, all die Fischerboote, diese Ruhe. Fast keine Leute."

Fräulein Charlotte hoffte, dass kein Feiertag sei, sonst könnten sie gar nicht einkaufen. „Ich möchte unserem Busfahrer ein kleines Geschenk machen", meinte sie.

Emma ärgerte sich, dass sie nicht selbst auf diesen glorreichen Einfall gekommen war.

Ferdl stand inmitten der Gruppe, alle hatten sich um ihn geschart, nachdem sie das Schiff verlassen hatten. Nun stand Zeit zur freien Verfügung, sie konnten Isola auf eigene Faust erkunden. Emma wollte das Schiff fotografieren, Ferdl hatte dieselbe Idee. Wie durch ein Wunder stand Emma plötzlich alleine mit ihm da. Sie konnte es kaum fassen, auch Ferdl blickte sich überrascht um.

„Wo sind die denn alle hin?" fragte Emma.

„Die treffen wir schon wieder. Komm, wir gehen ein Stück da lang", Ferdl zeigte Richtung Hafen, und sie gingen nebeneinander her, ließen die Boote und das Hafenbecken hinter sich. Emma sah weit und breit keinen aus der Gruppe, gewiss waren die alle in die andere Richtung gegangen. Er legte den Arm um ihre Schulter und drückte sie kurz an sich. „Emma, wie wundervoll ist das hier", sagte er.

„Ist es", mehr brachte sie nicht heraus. Jetzt wusste sie Bescheid. Sie war die Auserkorene in seinem Arm. Alles andere war nur Tarnung. Ferdl empfand dieselbe Anziehung. Sie hätte sich gewünscht, dass er den Arm da ließe, aber natürlich konnte er das nicht. Es hätte jederzeit jemand vor ihnen stehen können.

Emma wusste nicht, was sagen. Ein entscheidender, feierlicher Augenblick. Ein Wendepunkt in ihrem Leben. Sie fragte nun das Allerfalscheste, doch ob sie wollte oder nicht, die Worte kamen einfach aus ihr heraus. „Ferdl, hast du heute schon mit deiner Frau telefoniert?"

Ferdl klatschte sich auf die Stirn. „Emma, wie gut, dass du mich erinnerst", sagte er, „warte mal." Er zog sein Handy aus der Hosentasche, und Emma wäre am liebsten im Erdboden versunken.

„Sie ist nicht zu erreichen, bestimmt schon bei der Arbeit", meinte Ferdl leichthin. „Ich versuche es heute Abend noch einmal. Jetzt schau mal, das sind doch Feigen in diesem Garten!"

Feigen. Das Feigenblatt. Adam und Eva. So also drückte er sich aus.

„Ferdl, kannst du mal ein Blatt abpflücken, aber schön langsam, ich denke, das gibt ein geniales Foto", dirigierte sie.

Ferdl streckte den Arm über den Gartenzaun, legte seine Hand auf ein Feigenblatt und zwinkerte in die Kamera. Nachdem sie fünfmal den Auslöser gedrückt hatte, riss er das Blatt ab. „Schenke ich dir."

Emma nahm es und hielt es nach unten, als sei es ein Strauß frischer Blumen. Sie müsste es unbedingt heil nach Hause bringen. Sie waren in einer kleinen Wohnsiedlung gelandet, die Häuser sahen etwas erbärmlich aus, doch die Gärten waren eine Pracht. Zitronen, Mandarinen, Oliven und Kaki wuchsen in Fülle. Ferdl kannte die Namen vieler Blumen und beeindruckte Emma abermals mit seinem Wissen. Es duftete aus manchen Häusern nach Mittagessen. Sie malte sich aus, wie sie in solch einem Häuschen für ihn am Herd stünde. Emma fotografierte alles, Hecken, Bäume, Palmen, auch eine schlafende Katze auf einer Steinmauer, stets darauf bedacht, Ferdl mit drauf zu haben. An einem Aussichtspunkt konnten sie auf das Meer blicken. „Da drüben ist Triest", sagte Ferdl.

„Wollen wir uns ein wenig hinsetzen?" Emma deutete auf eine verwitterte Holzbank, die gewiss schon bessere Tage gesehen hatte.

Ferdl zog ein Taschentuch aus dem Hosensack, in dem auch sein Handy steckte. Er wischte über das Holz. „Bitte schön", lud er sie mit einer galanten Handbewegung ein.

„Sag mal, was hast du eigentlich alles in deinen Hosensäcken verstaut?"

„Alles, was der Mann so braucht", lachte Ferdl.

„Was braucht denn der Mann so?"

„Geh, Emma, das muss ich dir doch nicht erzählen!"

„Taschenmesser, Kompass, Kondome", sagte sie.

Ferdl lachte. „Meinst?!"

Emma nickte.

Ferdl sah sie an. „Lass uns weitergehen. Irgendwie habe ich eine Unruhe in mir."

Die hab ich auch, dachte sie gerührt. Schweigend setzten sie ihren Weg fort. Emma fand, es war ein gutes Schweigen. Ein harmonisches. Es gab auch ein wüstes Schweigen, eines, das Aggressionen hervorrief. Doch dieses war ein Schweigen der Liebe. Schließlich hatten sie den Ort nahezu umrundet. Er lud sie in einem kleinen Straßencafé auf einen Cappuccino ein. So viel gelacht hatte sie lange nicht. Ferdl erzählte von seinen Reiseerlebnissen, in all den Jahren kam da allerhand zusammen. Einmal hatten sie einen Gast auf der Raststätte vergessen, das sei eine Aufregung gewesen. Noch bevor er mitteilen konnte, wie das geendet hatte, standen sie da. „Ja mei!" rief der Ferdl, „ihr!"

Es ging blitzschnell. Gabi setzte sich links neben Ferdl und Geli zog einen Stuhl vom Nachbartisch weg, quetschte sich zwischen ihn und Emma. Sie schaute Ferdl an, der bedauernd die Schultern hob. Emma wusste, dass auch er lieber mit ihr alleine Kaffee getrunken hätte. Und deshalb ärgerte sie sich diesmal nicht über GG. Vielmehr fragte sie, wo denn die ganzen Leute abgeblieben seien, fast schon unheimlich sei es, niemanden zu treffen. „Alle beim Einkehren oder Bummeln", meinte Gabi, „da gibt es einen Markt mit frischem Zeugs."

Als Emma ausgetrunken hatte, verabschiedete sie sich. Sie wollte auch noch einkaufen. Nun, da sie wusste, wie es um Ferdl wirklich stand, konnte sie die halbe Stunde bis zum Ablegen des Schiffes auch ohne ihn verbringen.

Sie suchte in einem Geschäft für Touristen. Dabei fiel ihr auf, wie wenig sie über Ferdl wusste. Seine Vorlieben, seine Hobbys, was er gerne aß oder trank. Sie müsste noch vieles an ihm entdecken. Und umgekehrt. Schließlich kaufte sie auf dem Markt frische Feigen, obenauf legte sie das Feigenblatt, das er ihr geschenkt hatte. Sie würde es ihm zurückgeben, und damit symbolisch sich selbst schenken. Was Besseres gab es in ganz Isola nicht zu finden.

Fräulein Charlotte, Roland und Eva winkten ihr von Weitem zu, als Emma zurück zum Hafen lief. Die drei hatten sich in einem Restaurant Fisch bestellt und schwärmten, wie gut der geschmeckt habe. Emma fragte, ob Fräulein Charlotte denn auch ein Geschenk gekauft habe. „Oh ja, ich habe etwas Reizendes gefunden." Sie schwang einen grellgelben Regenschirm mit weißen Tupfen in die Höh. „Ideal für einen Reiseleiter, den kann er bei Städteführungen in die Luft halten, und jeder findet ihn", erklärte sie.

Nach und nach kehrten alle zurück. Der Kapitän teilte eine weitere Runde Wein und Wasser aus. Diesmal hatte der Bratzl einen Platz an einem der Tische erwischt. Er hielt die Flasche in der Hand, und jeder, der davon wollte, musste danach verlangen.

Fräulein Charlotte bot Imme, Bruni und Emma offiziell das Du an. Als Ferdl von Tisch zu Tisch ging, um nach dem Befinden zu fragen, überreichte sie ihm den Schirm. Ferdl freute sich, einen Regenschirm habe ihm noch nie jemand geschenkt. Emma malte sich aus, wie sehr er sich erst freuen würde, wenn sie ihm in trauter Zweisamkeit ihr Geschenk machen würde.

Sie waren zurück. Im Hafen von Portoroz ankerten Segelboote und kleine Motoryachten. Unter ihnen stach das Wikingerschiff geradezu heraus. Die Sonne spiegelte sich auf dem klaren Wasser, der frische Wind des Morgens hatte sich in einen lauen Sommerwind gewandelt.

„Wer hat Lust, eine Runde im Meer zu schwimmen?" rief Imme.

„Meinst nicht, es ist zu kalt?" Bruni sah zweifelnd ins Wasser, als könne sie die Temperatur per Auge fühlen. „Es ist immerhin Oktober."

Gabi und Geli fanden diese Idee großartig, sie wollten nur rasch hinüber ins Hotel und das Badezeug holen. Einige ältere Leute schüttelten verständnislos den Kopf, da gab es eine warme Therme im Hotel, wozu sollte man sich ins kalte Meer stürzen? Am Ende hielten Imme, Geli und Gabi die Zehen ins Wasser, schrien, wie kalt es sei. Nur Emma, Eva und Bruni schwammen hinaus bis zum Ende des langen Bootsstegs. Emma fand es ebenfalls zu kalt, doch die Tatsache, dass Ferdl am Ufer stand und sie beobachtete, ließ sie tapfer durchhalten.

Als die drei Schwimmerinnen wieder am Strand anlangten, war niemand mehr da.

4

Ich muss Ferdl haben, bevor diese Reise zu Ende ist, das war das Einzige, was Emma noch denken konnte. Sie stellte sich Marta vor, blond, dunkel, dick, dünn, aber er sprach nicht über seine Frau. Sie war nicht real. Real waren Gabi und Geli. Real und ein Hindernis. Hatten sie ins Wasser gescheucht, um dann mit Ferdl abzuhauen. Sie stand in ihrem kleinen Badezimmer und föhnte das Haar. Emma gefiel sich, so schön wie GG war sie allemal. Eine Lösung gab es für jedes Problem. Leichen gab es nicht nur in Krimis.

Am Abend, noch vor dem Abendessen, gab's eine Weinprobe in der Hotelbar. Die Winzer stellten ihre neuen Jahrgänge vor, es wurde tüchtig probiert. „Wenn es nichts kostet", sagte Bratzl und ließ sich beständig nachschenken. Er saß bei Emma, Charlotte, Roland und Eva an einem der kleinen Tische, die es in der Bar gab.

Am Nebentisch das übliche Bild. Ferdl, Geli, Gabi und einige Ehepaare. „Es lachen immer die Gleichen", sagte Bratzl, „wenn die wüssten!"

„Was heißt, wenn die wüssten." Charlotte sah ihn fragend an.

Auch Imme polterte: „Jetzt, Herr Bratzl, raus mit der Sprache!"

„In der Tat, es ist so, dass der Herr Busfahrer etwas gesagt hat, was ich gehört habe."

„Zu wem?" Imme blickte ihn streng an. „Und was?"

„Zu wem ist schnell gesagt, vorher draußen, da hat er wohl mit seiner Frau telefoniert."

Er verschränkte die Arme vor seiner Brust und presste die Lippen aufeinander. Doch Imme ließ nicht locker. „Jetzt lassen Sie sich nicht hundertmal bitten. Was hat er zu seiner Frau gesagt?"

„Nun", er räusperte sich, „er meinte, es sei hier keine einzige Frau, derentwegen sie sich Sorgen machen müsste. Nur langweilige Seniorinnen. Und dabei sieht doch ein Blinder, wie die hinter ihm her sind, wie die ihn anschmachten, dass ich nicht lache! Glauben Sie mir, er interessiert sich einen Dreck für sie. Bloß kapieren die Weiber das nicht. Das meine ich damit."

„Wieso sind Sie so feindselig?" Charlotte fixierte ihn mit ihrem Blick.

„Ich sag nur die Wahrheit."

Roland meinte: „Macht euch nichts daraus. Er ist betrunken und weiß nicht, was er sagt."

„Betrunkene und Narren sagen die Wahrheit", erwiderte Eva.

Emma meinte, es sei Zeit zum Abendessen. Und danach könnten sie doch alle an der Talentshow teilnehmen, die es später in der Hotelbar geben würde.

„Wir haben uns aber nicht vorbereitet", bedauerte Imme.

„Egal, ist ja nur zum Spaß", sagte Emma, „ich fände es jedenfalls spannend, wenn wir mitmachen würden."

„Ich auch", stimmte Bruni ein, „Imme, wir brauchen doch keine Vorbereitung, ein Lied geht immer, was meinst du?"

Imme nickte. „Meinetwegen. Wir singen nämlich im Chor", sagte sie stolz.

„Da bin ich mal gespannt", meinte Charlotte.

„Ich auch", brummte Bratzl.

Beschwingt gingen sie die paar Stufen hoch zum Restaurant. Wenig später trudelten die anderen der Gruppe ein. Gabi und Geli waren erstaunlich ruhig, vielleicht hatten sie zu viel Wein probiert. Auch Ferdl aß recht schweigsam. Emma fragte, ob sie nachher zum Talentwettbewerb kämen.

Gabi und Geli blickten sie fragend an.

„Na ja", sagte Emma mit vollem Mund, „ich habe es auf diesem Zettel gelesen, der im Foyer hängt. Jeden Abend haben sie ein anderes Angebot auf dem Programm, heute Talentwettbewerb."

Ferdl fragte, über welches Talent sie verfüge.

„Ich könnte zum Beispiel ein Gedicht aufsagen", meinte Emma.

„Aha." Ferdl aß seine Nudeln ohne aufzuschauen.

Gabi fand die Idee nicht schlecht. „Ich könnte tanzen oder so was in der Art."

Jetzt sah Ferdl amüsiert auf. „Einen Striptease, oder an was denkst du?"

Geli lachte. „Gabi und eine Stripperin, das ist zu komisch!"

„Was gibt es da zu lachen?" fragte Gabi.

„Ich mein ja nur, das würdest du dich nie trauen!"

„Sollen wir wetten?" sagte Gabi.

Alle sahen sie jetzt ungläubig an. Emma fand als Erste die Sprache wieder. „Im Ernst, würdest du dich auf die Bühne stellen und dich vor allen ausziehen?"

„Wäre schließlich nichts dabei", sagte Gabi, „vielleicht tu ich's."

„Denk nur mal an den Bratzl", flüsterte nun Geli, „dem würden die Augen aus dem Kopf fallen."

Ferdl lachte. „Das kann ja noch ein heiterer Abend werden. Ich bin auf jeden Fall unter dem Publikum und nicht unter den Talenten auf der Bühne."

Bevor alle davonlaufen konnten, ging Ferdl von Tisch zu Tisch und fragte, wer denn beim Talentwettbewerb etwas zum Besten geben wolle. Man müsse sich anmelden, und er würde das gerne übernehmen. Gabi, Geli, Emma, Imme und Bruni sowie Roland wollten etwas vorführen. Alle anderen zogen das Zuschauen vor.

Es war so gut wie keine Zeit für große Vorbereitungen. Durch die Weinprobe war das Abendessen etwas später, und somit blieb nur noch eine gute halbe Stunde. An der Rezeption nahm ein Animateur die Anmeldungen entgegen, er moderierte das Programm und legte den Ablauf fest. Es traten außer den sechs der Gruppe noch zwei weitere auf, beides ältere Herren. Diese durften den Anfang machen. Die Bühne war ein Podest neben der Theke mit einem imposanten Flügel, davor standen in loser Anordnung die kleinen Tische.

Die Zuschauer hatten sich schick gemacht, sie saßen an den Tischen verteilt, Charlotte ganz vorne neben Eva, Anton Bratzl und Ferdl. Die Künstler mussten in einem abgetrennten Nebenraum hinter dem Podest warten. Doch sie konnten durch den Spalt einer Schiebetür spähen und somit das Geschehen wenigstens von hinten sehen.

Ein junger Animateur moderierte, er sagte alles auf Englisch, Italienisch und Deutsch. Am Ende müsse das Publikum durch Beifall den Sieger oder die Siegerin ermitteln. Der oder die erhalte einen Überraschungspreis. Den ersten Herrn stellte er vor als Mister Zauberer. Tatsächlich hatte er einen netten Kartentrick auf Lager. Charlotte durfte sich eine Karte aus seinem Spiel nehmen, diese den anderen Zuschauern zeigen, und er erriet, welche es war. Danach sollte der Bratzl eine Karte ziehen, doch der winkte verächtlich ab. „So einen Schmarren", schimpfte er. Ferdl sagte, er würde gerne eine nehmen. Auch diese erriet Mister Zauberer. Er bekam verhaltenen Beifall, dennoch verneigte er sich galant. Da er fertig war, durfte er vorne beim Publikum Platz nehmen.

Der zweite Herr wurde vorgestellt als Mister Kabarett. Das Kabarettistische war ein Witz, den er, stocksteif dastehend, erzählte. Es war ein schlechter Blondinenwitz, und nur Bratzl schlug sich auf die Schenkel, prustete und lachte wie verrückt. Charlotte rollte mit den Augen und schüttelte nur den Kopf. Der Witze-Erzähler fragte, ob sie noch einen hören wollten, Ferdl meinte höflich, gerne.

„Also", fuhr Mister Kabarett hocherfreut fort, „die Tochter sitzt im Zimmer und versucht ein Kreuzworträtsel zu lösen. Da hält sie inne und fragt ihren Papa: Vati, Lebensende mit drei Buchstaben? Der sagt: Ehe."

Bratzl lachte wieder, noch einige Herren ebenfalls, Charlotte und Eva sahen sich nur an und verzogen keine Miene.

Bevor der Erzähler einen dritten Witz vortragen konnte, schwang sich der Animateur neben ihn, bedankte sich und meinte, nun seien zwei Damen mit dem Auftritt dran. Imme und Bruni betraten die Bühne. Sie trugen beide ein Dirndl, Bruni in blau-weiß mit karierter Schürze und Imme rosarot mit Blümchen. Beide hatten ein großes gespanntes grünes Netz in der Hand, mit solchen bedeckte man im Sommer die Beeren-Sträucher zum Schutz vor gefräßigen Vögeln. Sie verbeugten sich mit dem straff gespannten Netz, dann ließ Bruni ihren Zipfel fallen und setzte sich an den Flügel. Sie spielte die Fischerin vom Bodensee, und Imme sang herzerfrischend dazu. Sie drehte sich mit dem Netz, so dass dieses sich um ihre Beine wickelte und sie zum Fallen brachte. Bratzl wieherte wie ein Gaul, so lustig fand er das. Imme sang tapfer weiter: „Die Fischerin vom Bodensee ist eine schöne Maid juchhe", und dabei zerrte sie an dem Netz und machte alles nur noch schlimmer. Bruni spielte weiter ungeachtet der Verwicklungen. Niemand wusste, ob dies nun beabsichtigt war oder nicht. Durch das eiserne Singen Immes hatte die Nummer eine solch komische Betonung, dass nach und nach alle in brüllendes Gelächter verfielen. Imme sang: „Dann wirft sie ihre Netze aus", doch an dieser Stelle war das Netz so eng um ihre Füße verheddert, dass sie die Schuhe ausziehen musste, um das Netz nach unten streifen zu können. Dabei hob sie ihren Po an, was zu neuerlichen Lachsalven führte. Zum Refrain „Ein weißer Schwan zieht den Kahn mit der schönen Fischerin auf dem blauen See dahin" stimmte das Publikum mit ein, zumindest alle, die aus dem Süden Deutschlands kamen. Imme stand wieder, ohne Schuhe, das Netz zu ihren Füßen, sie legte die Hände gekreuzt über ihre Brüste und sang: „Im Abendrot schimmert das Boot. Lieder klingen von der Höh am schönen Bodensee."

Am Ende des Liedes verneigten sich Bruni und Imme, und das Publikum brüllte „Zugabe".

Imme sagte, die Zugabe sei ohne Netz, und alle lachten abermals. Bruni langte noch einmal in die Tasten, und Imme forderte auf, mitzusingen. Bei der Stelle „Da kommt ein alter Hecht daher übers große Schwabenmeer, übers große Schwabenmeer da kommt ein alter Hecht daher", ging sie hinunter vom Podest direkt auf Ferdl zu. Sie legte ihm eine Hand auf die Schulter und sang: „Er möchte auch ins Netz hinein, möchte bei der Maid gefangen sein, doch zieht die Fischerin im Nu das Netz schon wieder zu."

Ferdl lachte. Imme ging weiter zu Bratzl und legte auch ihm die Hand auf die Schulter: „Es kam ein junger Fischersmann mit einer Rut drei Meter lang. Mit einer Rut drei Meter lang kam da ein junger Fischersmann. Der wollt der Fischerin ans Hemd, ihm gar so sehr die Hosn brennt, doch hatte sie die Hand am Knie; glaubt mir, so klappt das nie."

Bratzl bekam dunkelrote Ohrläppchen. Diesmal lachten alle anderen, nur der Bratzl nicht.

Bruni und Imme bekamen langanhaltenden Applaus. Der Animateur räumte das Netz zur Seite. Das sei von einem Weinstock, erklärte er nebenbei, er habe es den Damen gegeben und nicht gewusst, welch lustige Dinge man damit machen könne.

Roland war dran. Für ihn zerrte der Animateur eine Bodenmatte herbei, die hatte er zuvor aus dem Fitnessraum geholt. Roland machte Handstand, Rad, Kopfstand und danach zwanzig akkurate Liegestützen. Er trug eine sehr enganliegende Hose, seine Männlichkeit war deutlich abgeformt. Charlotte fragte Eva leise, ob die Legging von ihr sei, und Eva grinste. Auch er erhielt Beifall, vor allem von den anwesenden Damen.

Im Anschluss verkündete der Animateur eine zehnminütige Pause. Geli, Gabi und Emma waren noch die Einzigen im Nebenraum. Sie wollten nicht nach vorne, das Lampenfieber hatte sie mittlerweile alle drei gepackt. Emma hatte von ihrem Vorhaben nichts verraten. Sie ging auf die Toilette, als sie zurückkam, tuschelten Geli und Gabi. Bei ihrem Eintreten verstummten sie. „Habt ihr über mich gesprochen?" fragte sie.

„Nein, wie kommst du denn darauf?" sagte Geli. „Wir haben uns nur Gedanken über den Preis gemacht."

„Niemand weiß, was das ist", sagte Emma, „aber ich schätz mal, es gibt eine Flasche Sekt oder Wein für den Gewinner."

Es ging weiter, Geli wurde auf die Bühne gebeten. Sie hatte sich schick angezogen, ein enges, schwarzes Kleid, bodenlang, mit Pailletten übersät. Die glitzerten im Scheinwerferlicht und zogen magisch den Blick an. Man schaute mehr auf ihr Kleid als in ihr Gesicht. Dabei hatte sie sich große Mühe mit Make-up und Frisur gegeben, die Haare toupiert und hinter das linke Ohr eine glitzernde Stoffblume geklemmt. Der Animateur stellte sie vor als Madame Butterfly. Charlotte flüsterte Eva zu, dass der gewiss keine Ahnung habe, sonst würde er Geli nicht so nennen. Schließlich sei Geli eine Frohnatur und Madame Butterfly eine überaus tragische Oper.

Geli stellte sich aufrecht hin, sie hatte ein zusammengefaltetes Blatt Papier in der Hand, das sie nun öffnete. „Ich werde ein Gedicht von Friedrich Schiller aufsagen. An die Sonne. Preis dir, die du dorten herauf strahlst, Tochter des Himmels! Preis dem lieblichen Glanz deines Lächelns, der alles begrüßet und alles erfreuet! Trüb in Schauern und Nacht stand begraben die prächtige Schöpfung. Tot war die Schönheit. Lang dem lechzenden Blick. Aber liebevoll stiegst du früh aus dem rosigen Schoße deiner Wolken empor, wecktest uns auf die Morgenröte; und freundlich schimmert diese herfür über die Berg' und verkündete deine süße Hervorkunft. Schnell begann nun das Grauen. Sich zu wälzen dahin in ungeheuern Gebürgen. Dann erschienest du selbst. Herrliche du, und verschwunden waren die neblichte Riesen! Ach! Wie Liebende nun, lange getrennt, liebäugelt der Himmel zur Erden, und diese lächelt zum Liebling empor. Und es küssen die Wolken am Saume der Höhe die Hügel. Süßer atmet die Luft. Alle Fluren baden in deines Angesichts Abglanz sich, und es wirbelt der Chor des Gevögels aus der vergoldeten Grüne der Wälder Freudenlieder hinauf. Alle Wesen taumeln wie am Busen der Wonne: Selig die ganze Natur! Und dies alles, o Sonn', entquoll deiner himmlischen Liebe. Vater der Heil'gen, vergib, o vergib mir, dass ich auf mein Angesicht falle und anbete dein Werk! Aber nun schwebet sie fort im Zug der Purpurgewölke. Über der Könige Reich, über die unabsehbarn Wasser, über das Weltall. Unter ihr werden zu Staub. Alle Thronen. Moder die himmelaufschimmernden Städte. Ach, die Erde ist selbst Grabeshügel geworden. Sie aber bleibt in der Höhe, lächelt der Mörderin Zeit und erfüllet ihr großes Geschäft. Erleuchtet die Sphären. O besuche noch lang, herrlichstes Fürbild der Edeln mit mildem, freundlichem Blicke unsre Wohnung. Bis einst vor dem Schelten des Ewigen sinken die Sterne. Und du selbsten erbleichst."

Es dauerte, bis die ersten klatschten. Eva sagte gedämpft über den Tisch hinweg: „Die hat einfach ein Gedicht heruntergelesen, ohne den Sinn zu begreifen. Schade."

„Und ohne jegliche Betonung", bedauerte Charlotte.

„Aber sie sieht verdammt gut aus", sagte Ferdl.

Sie bekam schließlich großen Applaus, mehr von den Männern, was vermutlich damit zusammenhing, dass beim Verneigen ihre prallen Brüste keck aus dem Ausschnitt quollen. Dann schob sie einen Stuhl an den vorderen Tisch und quetsche sich neben Ferdl. „Gut gemacht", sagte er und tätschelte ihre Hand.

„Nun kommen wir zum nächsten Programmpunkt", verkündete der Moderator, „dazu brauchen wir Musik." Er reichte dem Barkeeper eine CD und flüsterte ihm etwas ins Ohr. Daraufhin wurde das Licht im Raum gedämpft, ein Spot strahlte auf das Podest. „Je t'aime ... moi non plus" von Jane Birkin und Serge Gainsbourg erfüllte den Raum, Gabi betrat das Rampenlicht. Sie hatte ein weißes Leintuch um sich gewickelt und dieses vorne mit einer Brosche zusammengesteckt.

Ferdl fispelte Geli zu: „Zieht die sich jetzt tatsächlich aus?"

„Wirst schon sehen", hauchte sie ihm ins Ohr.

Gabi nestelte derweil an der Brosche herum, die Nadel klemmte. Doch sie überspielte es galant, drehte sich, wackelte mit dem Po, völlig unerwartet warf sie die Brosche ins Publikum, punktgenau landete diese auf Bratzls Kopf. Sein Aufschrei durchbrach das erotische „Je t'aime mon amour", was Gabi dazu veranlasste, vom Podest herunterzusteigen, noch hielt sie das Leintuch mit der Hand zu. Sie tänzelte zu Bratzl hin, stellte sich hinter seinen Stuhl, besah seinen Kopf, pustete auf die Glatze, umrundete den Tisch mit aalglatten Schlangenbewegungen. Bratzl saß aufrecht, machte keinen Mucks. Die Stelle blutete ein wenig, Gabi zog nun an ihrem Leintuch, entwickelte sich, tupfte mit dem Zipfel die Blutstropfen weg. Unter dem Leintuch hatte sie einen Bikini an. Das Leintuch ließ sie bei Bratzl liegen. Sie ging zurück auf die Bühne, das „Je t'aime" neigte sich dem Ende zu, und sie konnte sich gerade noch verbeugen, bevor es ganz aus war.

„So viel zum Thema Striptease", lachte Ferdl.

Charlotte fragte Bratzl, ob er ein Pflaster brauche, doch er meinte, er habe ja das Leintuch. Es sah nach Krankenhaus aus, wie er dasaß, das Laken auf dem Schoß, immer wieder den Kopf abtupfend. Die roten Flecke auf dem weißen Stoff für jeden gut sichtbar. Gabi ging wieder in das hintere Zimmer, sie hatte Tränen in den Augen. Emma, die den Auftritt durch den Türspalt gesehen hatte, sagte: „Es hätte schlimmer ausgehen können." Daraufhin heulte Gabi richtig los.

Emma wurde auf die Bühne geholt. Mittlerweile war der Raum wieder erhellt, und das Publikum blickte erwartungsvoll drein. Emma sagte: „Ich finde, Sie, meine lieben Damen und Herren, sitzen nun schon lange genug als Zuschauer hier. Es ist an der Zeit, dass Sie auch ein wenig mitmachen.

Bitte alle mal aufstehen, die Tische zur Seite schieben, ja bitte, nur keine Angst, es passiert schon nichts." Dabei zwinkerte sie Bratzl zu. Sie hatte ebenfalls eine CD zum Abspielen, der Barkeeper legte sie ein. Emma wies ihn an, die Musik auf ihr Zeichen hin zu starten. Zunächst mussten sich alle an den Händen fassen und einen großen Kreis bilden. Ein Mann sagte, sie seien doch nicht im Kindergarten, doch die Frau neben ihm machte „pscht", und er gab Ruhe. Bratzl wollte als Einziger nicht mitmachen, er setzte sich mit seinem Blutstuch an den Rand. Auch Gabi ließ sich nicht blicken, Emma vermutete, sie müsse zuerst ihr Make-up erneuern. Emma sagte: „Zunächst möchte ich mich bei unserem Moderator bedanken, er hat mir die nötige Musik in solch kurzer Zeit besorgt, vielen Dank." Dieser hatte sich ebenfalls im Kreis eingereiht.

„Nun verraten Sie uns noch Ihren Namen", sagte Emma.

„Ivan."

„Schön", fuhr Emma fort, „Ivan, ich brauche Sie an meiner Seite."

Ivan durchquerte den Kreis und reihte sich neben Emma ein. Sie nahm seine Hand. „Wir lernen nun gemeinsam ein paar slowenische Tänze. Einige davon sind Paartänze, doch etliche Volkstänze werden im Kreis getanzt. Ivan ist mein Partner, wir machen die Schritte zuerst trocken vor, dann dürfen Sie es wiederholen. Und danach tanzen wir auf Musik."

Einige murrten, doch nach und nach wurden sie angesteckt von Emmas Euphorie. Sie tanzten auch steirisch, Walzer, einige einfachere Kreistänze, und alle hatten größten Spaß. Emma schielte immerzu auf Geli und Ferdl, die natürlich die Paartänze gemeinsam hinlegten, doch mit Ivan zu tanzen war auch nicht schlecht. Ivan stellte sich sehr gut an, als Animateur war es ihm ein Leichtes, die Schritte zu erlernen. Charlotte tanzte mit dem Herrn, der den Kartentrick gemacht hatte. Bei einem der Kreistänze gab es ein Durcheinander, als die Damen zum nächsten Herrn weitergereicht wurden. Das fanden sie eine Gaudi. Als die CD aus war, wollten einige noch einmal von vorne anfangen, doch Ivan meinte, man müsse vor Mitternacht zur Siegerehrung kommen. Sie könnten ja anderntags wieder tanzen. Daraufhin wurden die Tische wieder zurückgestellt, alle nahmen ihre Plätze ein. Die Akteure mussten gemeinsam auf das Podest, inzwischen hatte sich Gabi wieder eingefunden. Sie hatte allerdings nicht mitgetanzt, sondern an der Bar zwei Mischmasch getrunken. Entsprechend wankte sie ein wenig, als sie auf das Podest stieg.

Ivan erklärte, dass man klatschen solle auf einer Skala von eins bis sechs. Ganz fest für sehr gut, kaum für nicht gut, gar nicht für schlecht.

„Ich weiß, dass es schwierig ist, alle waren sehr gut. Und allen unser Dank für den Mut", sagte er, „aber es kann nur einer gewinnen." Im Schnelldurchgang sagte er noch einmal, was jeder vorgeführt habe. Zauberer, Kabarettist, Fischerinnen vom Bodensee, Sportvorführung, Poesie, Broschentanz und Slowenische Tänze.

Am Anfang erhielten alle gleich starken Applaus. Dann ermahnte Ivan, der Sieger müsse ermittelt werden. So gab es am Ende ein Kopf-an-Kopf-Rennen zwischen den Fischerinnen vom Bodensee, dem Leintuchtanz und den Slowenischen Tänzen. Da sagte Charlotte: „Die Emma hat als Einzige keinen Applaus nach ihrer Vorführung bekommen. Dabei hat es allen so viel Spaß gemacht zu tanzen. Wenn man nun den vergessenen Applaus dem Wertungsbeifall zufügt, ist sie meiner Meinung nach die Siegerin."

Imme und Bruni fanden das eine gute Lösung. Sie verzichteten freiwillig auf den ersten Platz. Nun standen noch Gabi und Emma auf dem Podest. Ivan sagte: „Das Publikum hat für beide gleich stark geklatscht. Ich muss nun die Entscheidung treffen. Gabi, dein Auftritt war sehr spontan. Wirklich sehr mutig. Das Malheur mit der Brosche hast du sehr gut gelöst. Aber ich möchte Emma zur Siegerin erklären. Es war das erste Mal, dass mich bei der Talentshow jemand nach meinem Namen gefragt hat. Das war sehr achtsam. Sie hat etwas gesucht, was aus unserem Land stammt, auch das war sehr aufmerksam. Und schließlich hat Emma sich etwas ausgedacht für die Gruppe, sie hat alle mit einbezogen. Wir hatten großen Spaß. Hiermit erkläre ich Emma zur Siegerin."

Gabi reichte Emma die Hand und gratulierte kühl: „Na dann Glückwunsch."

Emma erhielt einen Korb überreicht, gefüllt mit einer Stange Salami, einem Packen Badesalz, einer Flasche Wein und einer Tüte Gebäck. Sie schlug vor, den Wein gleich zu öffnen, doch Ferdl meinte, es wäre gescheiter, schlafen zu gehen. Zur Wanderung anderntags müssten alle fit sein.

5

Marta saß bei einer Tasse Kaffee und einem Marmeladenbrot, als Ferdl anrief. „Guten Morgen, mein Schatz", sagte er, „bist schon munter?"

„Ferdl, hast du sie noch alle", zeterte sie, „jetzt rufst an, um sieben morgens. Ich habe mir solche Sorgen gemacht!"

„Aber Marta, das brauchst du nicht. Es ist alles in bester Ordnung."

Sie schnaubte. „Du hättest dich längst melden sollen. Und zu erreichen warst du auch nicht, ich habe es nämlich ein paarmal probiert."

„Hier ist ein schlechtes Netz", sagte er, „aber ich sag ja, brauchst dir keine Sorgen zu machen. Ist daheim alles gut?"

„Mir geht es gut, falls du das meinst. Der Bub lässt sich nicht mehr blicken, seit er bei der Alexa wohnt. Ich hab extra gekocht, dann sagen die Herrschaften ab."

„Kochst halt für mich was Feines, wenn ich wieder da bin. Die Zeit geht rum wie nix", meinte Ferdl gutgelaunt. „Heut gehen wir wandern."

„Na dann viel Spaß. Verlauf dich ja nicht." Marta legte auf.

Ferdl war zufrieden, sie war halt seine Marta. Hoffentlich macht sie saure Bohnen für mich, dachte er. Dann schlüpfte er in seine Badehose, zog Bademantel und die Pantöffelchen an und begab sich in die Therme. Bis zum Frühstück war noch Zeit. Eva und Roland zogen bereits ihre Bahnen.

Sie winkten sich zu, kaum dass Ferdl im Wasser war, stieg auch Emma ins warme Nass. „Wo kommst du denn her?" fragte Ferdl. „Ich habe dich gar nicht kommen sehen."

„Na ja, hast schließlich keine Augen im Hinterkopf", sagte Emma. Zu schade, dass Eva und Roland schwammen, sonst wäre sie mit Ferdl alleine gewesen.

Nun wusste sie nicht, ob sie neben ihm bleiben oder das Weite suchen sollte. Doch Ferdl nahm ihr die Entscheidung ab. „Kommt, wir schwimmen um die Wette", forderte er alle auf. Dazu hatte nur Roland Lust. So kauerte sie sich mit Eva unter die Düsen am Beckenrand, während die Männer kindisch wetteiferten.

„Ich würde das niemals aushalten", sagte Eva.

„Was?"

„Na, der Ferdl."

„Was ist mit ihm?"

„Dem seine Frau", fuhr Eva fort, „die ist doch dauernd alleine daheim."

„Ach so, das meinst du."

Eva schaute Emma von der Seite her an. „Was sonst soll ich meinen?"

„Keine Ahnung", sagte Emma.

„Der Roland und ich, wir fahren immer zu zweit in Urlaub. Am Wochenende unternehmen wir auch gemeinsam etwas. Einzig seinen Sport macht er alleine. Aber da ist ja auch nichts dabei."

Emma drehte sich zur anderen Seite, so dass die linke Schulter unter den Wasserstrudel kam. Deshalb konnte Eva ihr Gesicht nicht mehr sehen. „Ständig zusammen zu sein blockiert einen in der Entfaltung. Ich finde, man muss sich in einer Beziehung auch Freiheiten lassen. Wo ist denn sonst das Vertrauen?"

„Du bist Single, gell", sagte Eva schnippisch.

Im Moment, aber das ändert sich bald wieder, dachte Emma. Doch sie behielt es für sich.

Als Ferdl und Roland herangeprustet kamen, bekam Roland einen Kuss von Eva. Emma und Ferdl sahen sich an. Emma dachte, wenn es eine Steigerungsform von tief gibt, dann war dieser Blick kellertief bis unterirdisch. Das würde sie nachher gleich aufschreiben. Und wären Roland und Eva nicht hier gewesen, hätten Ferdl und sie sich geküsst. Im Strudelbecken, megaunterirdisch wäre das gewesen.

Während des Frühstücks herrschte gute Laune an den Tischen. Manche schmierten sich unauffällig für die Wanderung ein Brötchen mit Butter, belegten es mit Schnittkäse oder Salami. Bratzl holte sich drei gekochte Eier, einen Stapel Wurstaufschnitt, Käseschnitten und wickelte den Packen in seine Stoffserviette. Ungeniert holte er Obst, Brötchen und Croissants am Buffet und ließ alles in einen Rucksack gleiten, den er neben seinem Stuhl deponiert hatte.

Die Sonne bahnte sich durch die Wolken, laut Wetterbericht würde es ein angenehmer Tag werden. Um neun Uhr trafen sich alle, die mitlaufen wollten, vor der Rezeption. Ivan stand schon bereit. Nach dem gestrigen Abend sei es ihm eine Freude, die Wanderung leiten zu dürfen, sagte er zu Emma.

Ferdl kam in einer dreiviertellangen grünen Cordhose daher, ein bisschen zu allgäuerisch, fand Emma. Andererseits lugten seine feschen Waden heraus, das war durchaus sexy. Nahezu die ganze Gruppe lief mit, nur die vier Kartenspieler zogen es vor, im Hotel zu bleiben.

Ivan legte stramm vor, die Strecke führte am Ufer entlang in das Fischerdorf Piran, bei diesem Tempo knappe zwei Stunden, erklärte Ivan beschwingt. Gabi und Geli nahmen ihn samt Ferdl in ihre Mitte, das übliche Gelächter und Geschnatter. Da das Tempo für Charlotte zu flott war, gingen Imme, Bruni und Emma ebenfalls etwas langsamer. Eigentlich, dachte Emma, wäre sie lieber vorne bei Ferdl, doch sie hatte am frühen Morgen seinen tiefgründigen Blick bekommen, der sie nun über den Tag rettete.

„So erholsam ist es hier", sagte Bruni, „schaut nur, wie klar und sauber das Wasser ist. Ich würde am liebsten die erste Pause machen."

„Wenn wir uns auf eine Bank setzen, kommen wir nicht mehr hinterher. Ivan merkt gar nicht, dass wir so weit hinten sind", warf Emma ein.

Charlotte meinte, er sei ein schlechter Führer. „Eigentlich richtet sich das Tempo nach dem Schwächsten", sagte sie.

Sie blieben stehen und schauten sich um. Sie waren nicht das Schlusslicht, ungefähr zwanzig Meter hinter ihnen kam noch einer daher.

Bruni lachte. „Bratzl hat einen prallvollen Rucksack auf dem Buckel, kein Wunder kann der nicht schneller laufen."

„Auf den warten wir aber nicht", sagte Imme, „soll er doch schauen, wo er bleibt."

Charlotte hatte Mitleid. „Auf die paar Minuten kommt es doch nicht an. Wenn er aufgeschlossen hat, gehen wir weiter."

Als er bei den Frauen angelangt war, keuchte er: „Verreck noch mal, wieso rennen die da vorne so? Man könnte grade glauben, der Teufel sei hinter ihnen her."

„Die warten bestimmt irgendwo auf uns", sagte Emma.

Bratzl hatte einen roten Kopf, und sein schwerer Atem ging mit seinem bleiernen Schritt einher. Charlotte fragte: „Herr Bratzl, haben Sie denn Steine in Ihrem Rucksack?"

„Unsinn", schnaubte er, „ein Vesper hab ich und sonst gar nichts."

„Wenn wir nicht schneller gehen, sind die da vorne bald nicht mehr zu sehen", sagte Imme. Sie legte zwei Finger zwischen die Lippen und stieß einen gellenden Pfiff aus.

„Sie bleiben tatsächlich stehen", sagte Bruni, „Imme, wenn wir dich nicht hätten!"

Als sie aufgeholt hatten, keuchte Bratzl: „Das soll eine Gruppenwanderung sein, dass ich nicht lache!"

Ivan sagte: „Oh keine Sorge, hier geht keiner verloren. Hier am Strand entlang kann nichts geschehen. Und in Piran treffen wir uns alle am Hafen."

„Das ist beruhigend, dass nichts geschehen kann", sagte Charlotte.

„Einzig der Weg über den Höhenzug im Hinterland, den würde ich nicht empfehlen", sagte Ivan.

„Wieso nicht?" wollte Geli wissen.

„Er ist unsicher. Man kann abstürzen, sich verlaufen, es gibt Wildschweine, es ist einfach gefährlich. Deshalb gehen wir hier", meinte Ivan.

„Wann machen wir Pause?" wollte Bratzl wissen.

„Oh, wir gehen durch bis Piran, dort können Sie ausruhen", sagte Ivan.

„Woher kannst du so gut deutsch?" fragte Geli.

„Sprachbegabt", winkte Ivan ab.

Emma genoss es, dass Ivan den Rest des Weges neben ihr ging. Er unterhielt sich mit ihr über den vergangenen Abend, und sie hatten jede Menge Spaß.

Nach gut zwei Stunden erreichten sie Piran. Malerisch und friedlich lagen einzelne Boote im Hafen, keine paar Schritte weiter sahen sie Geschäfte und zwei Restaurants. Nachdem Ivan auf dem Dorfplatz ein wenig über Geschichte und Bewohner erzählt hatte, meinte er, sie könnten nun ohne ihn zur Anhöhe gehen, dort die Kirche besichtigen und zudem den traumhaften Ausblick genießen. Und danach könne jeder machen, was er wolle.

„Und wie kommen wir wieder zurück?" fragte Bratzl.

„Sie gehen am Strand entlang, oder Sie fahren mit dem Bus ein Stück und gehen den Rest zu Fuß, oder Sie fahren mit dem kleinen Zug für Touristen."

Sodann verabschiedete er sich von der Gruppe. Er fragte Emma, ob sie noch einen Kaffee trinken wolle, und sie sagte nein. Sie wollte mit Ferdl Kaffee trinken, nicht mit Ivan. Und wenn sie jetzt mit Ivan ginge, wäre Ferdl mit Gabi und Geli womöglich auf und davon. Doch Ivan ließ nicht so schnell locker, er bestand darauf. Die Siegerin des letzten Abends konnte er doch nicht unverrichteter Dinge ziehen lassen, meinte er mit Nachdruck.

Emma wollte wissen, was sie unter unverrichteten Dingen verstehen solle, und er lachte. Er gefiel ihr, seine weißen Zähne blitzten im Kontrast zu seinen dunklen Augen. Er hatte Charisma. Und er interessierte sich offenbar wirklich für sie. Er hätte ja auch mit GG Kaffee trinken können.

Zudem könnte Ferdl ruhig sehen, dass es noch andere Männer gab. Plötzlich standen sie alleine auf dem Platz, die anderen hatten sich im wahrsten Sinne des Wortes in Luft aufgelöst.

Sie setzten sich in ein Straßencafé mit Blick zu den Booten. Sie musste trotz der Sonne ihre Jacke anlassen, der Wind war frisch. Ivan bestellte für sie beide einen großen Cappuccino. Er bot ihr eine Zigarette an, und sie nahm eine. „Ich rauche nur in ganz außergewöhnlichen Situationen", sagte sie.

„Und jetzt ist solch eine Situation?" Er blinzelte.

„Ja. Jetzt sitze ich hier am Hafen, die Möwen schreien gegen den Wind, und in mir schreit es: Wie romantisch ist es, und wie beglückend ist dies!"

Ivan lachte. „Du bist poetisch, wie komisch."

„Was bitte ist an Poesie komisch?"

„Ich meine, es ist verrückt mit dir."

„Ivan, erzähle doch ein wenig über dich. Weshalb sprichst du so perfekt deutsch?"

„Meine Mutter ist eine Deutsche, mein Vater ist von hier. Ich bin zweisprachig aufgewachsen."

„Wie geschickt. Und was machst du, wenn das Hotel zu hat? Im Winter zum Beispiel?"

„Es gibt immer was zu tun."

„Es ist gewiss sehr abwechslungsreich, nicht wahr?" Emma wischte sich den Schaum von der Lippe.

„Oh, es ist ein Job. Ich studiere auch, ich werde nicht ein Leben lang Späße mit Touristen machen."

„Wie interessant. Und was studierst du, und wo?"

„Ich studiere Hotelmanagement, berufsbegleitend sozusagen. Dann kann ich eines Tages mein eigenes Hotel eröffnen."

„Jetzt bin ich aber platt. Und hast du eine Familie?"

„Ich wohne bei meinen Eltern. Die richtige Frau ist noch nicht gekommen. Aber wer weiß!" Ivan durchbohrte sie geradezu mit seinem Blick.

Emma lachte. „Ivan, ich denke, dir laufen viele Frauen nach, sei ehrlich!"

„Aber keine, die Volkstanz macht. Sag, ist Tanzen dein Beruf?"

Emma trank einen Schluck. „Ich schreibe Reiseberichte."

„Oh, kann man davon leben?"

„Ja, ganz gut sogar."

Ivan meinte, er müsse nun zurück zum Hotel, er habe dort noch Dienst. Emma wollte sich noch umschauen. „Ich werde später mit dem Bus zurückfahren", sagte sie.

Ivan verabschiedete sich mit einem Kuss auf ihre Wange. Emma eilte zur Kirche hoch, doch der Einzige, den sie dort antraf, war Bratzl. Er saß auf einer Bank an der Mauer und vesperte. „Die anderen sind schon weiter", sagte er schmatzend, „manche wollten Mittagessen im Dorf."

„Und die nicht essen wollen?"

„Sind auf der Suche nach dem Höhenweg."

„Jetzt sagen Sie bloß, einige laufen diesen gefährlichen Weg zurück?"

„So ist's." Bratzl schälte ein Ei, die Schalen ließ er in die Stoffserviette fallen.

„Die gebe ich natürlich zurück", sagte er.

„Was?"

„Die Serviette."

„Und wer geht den Höhenweg?"

Bratzl kaute auf seinem Ei herum, als sei es ein harter Knochen. „Keine Ahnung. Hab es nur gehört, dass ein paar das möchten."

„Und wo ist Charlotte?"

„Woher soll ich das wissen." Er schien an einer weiteren Unterhaltung nicht interessiert zu sein. Emma machte sich auf den Weg ins Dorf hinunter. Vieles ging ihr durch den Kopf. Ivan, der war höchstens Ende, eher Mitte zwanzig. War ein netter Kerl. Bestimmt hatte er eine Freundin. So gutaussehend wie der war. Von Weitem schon sah sie Imme, Bruni und Charlotte in einem Strandrestaurant sitzen. Wenigstens was.

Sie zog einen Stuhl von einem anderen Tisch weg und setzte sich dazu.

„Und?" fragte Imme.

„Und was?" fragte Emma zurück.

„Ivan der Schreckliche?"

„Ivan der Nette." Emma hatte keine Lust, über Ivan zu reden. Was auch, es gab nichts zu erzählen. Sie fragte nach den anderen.

Charlotte sagte: „Es ist unverantwortlich, Ferdl, Geli, Gabi und dieser Roland sind zusammen auf diesem Höhenweg."

„Roland, wieso der denn?" Emma schaute fragend drein.

„Woher sollen wir das wissen", sagte Imme.

„Und wo ist Eva?"

„Sie wollte shoppen", sagte Bruni.

„Wisst ihr, in welche Richtung es zu diesem Höhenweg geht?" fragte Emma.

„Nö. Irgendwo hinter der Kirche. Wieso?" sagte Imme.

„Weil ich diesen Höhenweg jetzt suchen werde." Emma stand auf.

„Nicht doch, die anderen sind schon seit einer halben Stunde unterwegs, die sind nicht einzuholen." Charlotte klang besorgt.

„Es gibt garantiert Schilder. Und gewiss gehen die so langsam, wenn sie zu viert sind, dass ich sie hundertmal einhole. Wir sehen uns im Hotel."

„Bitte nicht, Emma, das ist viel zu gefährlich!" beschwor Charlotte sie.

„Ach was. Außerdem habe ich ein Handy und die Nummer vom Hotel."

Sie lief zügig zurück zur Kirche hoch. Der Wind hatte an Stärke zugenommen. Sie hatte weder ein Handy dabei geschweige denn die Telefonnummer des Hotels, doch sie wollte Charlotte nicht beunruhigen. Sie würde nur ein Stück gehen, wenn sie nach einer halbe Stunde niemanden sah, würde sie umkehren. Alleine die Vorstellung, dass Gabi und Geli mit Ferdl auf dem Abenteuerpfad waren, regte sie schrecklich auf. Was wollten die von ihm? Er hatte kein Interesse an ihnen, das musste den beiden doch klar sein. Und dann noch dieser Roland, der sollte sich lieber um seine Frau kümmern.

Das Quartett kam nicht weit. Der Waldweg, den sie eingeschlagen hatten, führte bis zu einem Jägerstand, dahinter war wüstes Dickicht. Ferdl schlug vor, ins Dorf umzukehren.

Alle waren einverstanden. Gabi stolperte über eine Wurzel, fiel der Länge nach hin, und ihr Aufschrei ließ alle erstarren. Sie könne keinen Schritt mehr tun, wehklagte sie, dabei umfasste sie ihren Knöchel. Ferdl und Roland halfen ihr auf die Beine, sie schrie „Aua!", woraufhin die Männer sie zu beiden Seiten stützten. In kleinen Schritten tappten sie weiter, Geli lief hinterdrein. Über den Baumspitzen brauten sich dunkle Wolken zusammen. „Es wird bald regnen", sagte Ferdl, „und wenn wir Pech haben, auch noch gewittern dazu. Wir sollten schleunigst aus dem Wald heraus."

Doch Gabi konnte nicht schneller, sie stöhnte und ächzte bei jedem Schritt. Roland hatte schon einen roten Kopf, er redete kein Wort mehr. Ferdl hatte bereits zweimal versucht, mit seinem Handy im Hotel anzurufen, doch dieser Wald war ein einziges großes Funkloch. Und dann kam eine aufgescheuchte Wildsau auf sie zugeschossen. Geli schrie, und das

Schwein schlug einen Haken. Roland sagte, sie müssten jetzt ganz ruhig stehen bleiben, die Sau käme gewiss zurück. Doch Ferdl meinte, wenn es erst zu gewittern anfinge, wolle er aus dem Wald heraus sein, Wildschwein hin oder her. So versuchten sie möglichst geräuschlos weiterzugehen. Es war ihnen allen gleichermaßen mulmig zumute. Womöglich wurden sie nicht nur von einer Sau, sondern von einem ganzen Rudel umschlichen und als Beute in die Enge getrieben.

Geli sagte leise, wenn sie das hier heil überstanden hätte, würde sie in die Kirche gehen.

„Da vorne kommt jemand", sagte Roland.

„Das gibt es doch nicht, es ist Emma!" rief Ferdl. „Emma, Emma, wo kommst du denn her?!"

„Noch blöder kann man nicht rufen", sagte Geli. „Wo soll sie schon herkommen? Vom Dorf natürlich. Und schrei nicht so, sonst haben wir gleich wieder die Sau am Hals."

„Die ist doch längst weg", sagte Ferdl.

Emma winkte und beschleunigte ihren Schritt. „Haaalo", schrie sie.

Es war ein eigentümliches Aufeinandertreffen. Gabi, gestützt von Roland und Ferdl, schräg dahinter Geli, alle sahen erleichtert und mürrisch zugleich drein.

„Ich bin vielleicht froh, euch zu treffen." Emma hatte ein gerötetes Gesicht, und ihr Haar klebte am Kopf.

„Sag bloß, was tust du hier?" fragte Ferdl.

„Na, ich wollte auch auf dem Abenteuerweg zurück. Ich bin so schnell gelaufen, wie ich konnte, um euch einzuholen. Und nun kommt ihr mir entgegen, wie kann das denn sein?"

Roland sagte: „Da vorne ist der Weg zu Ende, und wir kehrten um."

„Welch ein Glück", sagte Emma. „Und was ist mit dir?"

„Gestürzt", jammerte Gabi, „tut echt weh."

Geli meinte, sie könnten doch eine kleine Pause einlegen.

„Nein, wir sollten weitergehen, und zwar schleunigst, die ersten Tropfen fallen schon, und zudem sind wir alle froh, dass kein Wildschwein uns weiter verfolgt. Vorhin war nämlich eines hinter uns her!" sagte Ferdl nervös.

Emma hätte beinahe gelacht. Die waren zu viert und machten solch ein Theater, sie war mutterseelenalleine durch den Wald geirrt und hätte mehr Grund zur Sorge gehabt.

Sie kamen zu einer Gabelung, doch sie waren sich uneinig. Ferdl und Roland behaupteten links, Emma war sicher, dass sie von dem rechten Weg gekommen war. Geli und Gabi hatten keine Ahnung. Die Mehrheit siegte. Emma schimpfte vor sich hin, das Meer müsse rechts hinten sein, und wo das Meer sei, da sei auch dieses vermaledeite Dorf. Ein heftiger Regen setzte ein, und Blitz und Donner ließen nicht lange auf sich warten.

Roland mahnte, sie müssten weg von den hohen Bäumen, da schlage der Blitz zuerst ein. Es grollte gewaltig, kaum hatte er das gesagt. Gabi klammerte sich an ihm und Ferdl fest, und Emma betrachtete die Szenerie mit Wut und Neid. Sie hätte an Ferdls Arm gehört, nicht diese hinkende G. Zu allem Überfluss musste sie neben der anderen G hinterdrein laufen, da der Weg zu eng für sie alle war.

Ferdl meinte: „Wir können jetzt nichts anderes tun als weitergehen."

Geli begann, von ihrem Kind und Mann zu erzählen, das hatte sie bisher noch nie getan. Sie redete sich regelrecht in Fahrt. Nick sei jetzt im Kindergarten, ihr Mann hätte immer so viel Arbeit, sie wohnten im Haus seiner Eltern, was zwar Vorteile, aber auch große Nachteile habe. Nie seien sie wirklich für sich, ständig mische sich jemand ein. Andererseits könne sie ungehindert kommen und gehen, es sei immer jemand für Nick da.

Gabi zischte, sie solle endlich die Klappe halten, dieses Gejammer sei nicht auszuhalten. Roland sagte: „Das ist doch kein Gejammer, ich finde es interessant."

Ferdl meinte: „Ach Gabi, vielleicht hilft es dir, deinen Fuß zu vergessen, wenn du auch ein wenig über dich erzählst."

Gabi schnaubte. „Meine Geschichte ist kurz und bündig. Ich bin frisch geschieden, kinderlos, ich arbeite auf einer Bank, verdiene gut, das war's."

Roland fragte: „Seit wann bist du geschieden?"

„Halbes Jahr."

„Darf man den Grund erfahren?"

„Wieso willst du das wissen?"

„Ich frag ja nur", sagte Roland, „da ist doch heutzutage nichts dabei. Es gibt mehr geschiedene Ehen als gute."

„Das wäre mir aber neu", warf Ferdl ein, „solch eine Statistik habe ich noch nie gesehen."

„Na ja, ich habe etwas übertrieben. Aber ein Drittel der Ehen wird geschieden, das ist die Realität", sagte Roland.

Geli sagte: „Also sie ist selbst schuld, sie ist fremdgegangen, und das nicht nur einmal, da hat er die Scheidung eingereicht."

„Was musst du das jetzt herausposaunen", sagte Gabi giftig, „das geht keinen was an."

„Meine Güte, was wahr ist, kann man doch sagen. Ferdl, bist du eigentlich glücklich verheiratet?" fragte Geli.

„Ja."

Das hatte Emma nicht hören wollen. Ferdl sprach gewiss nicht die Wahrheit, niemals im Leben war er glücklich verheiratet. Dann wäre seine Frau mit auf dieser Reise. Dann wüsste jeder hier, wie seine Frau aussah, wie sie hieß, ob sie berufstätig war, einfach solche Dinge. Doch Ferdl sprach nie über seine Eheliebste.

Ihr fiel jene Weisheit aus Afrika ein, und sie sagte: „Wende dein Gesicht der Sonne zu, dann fallen die Schatten hinter dich."

„Hier gibt es weit und breit keine Sonne", maulte Geli, „so ein Quatsch."

Emma hatte keine Lust auf die Symbolhaftigkeit dieser Aussage einzugehen. Zumal Ferdl sie pries: „Ach, unsere Emma, immer positiv."

6

Emma liebte ihre Arbeit als Redakteurin. Sie brachten verschiedene Magazine und in loser Folge Reiseführer heraus. Josef Bachmüller, ihr Chef, war ihr wohlgesonnen. Die besten Themen vergab er meist an Emma. Dass sie auf diese Fahrt nach Slowenien mitdurfte, hatte sie auch ihm zu verdanken. Der Verlag übernahm die Reisekosten, so dass sie quasi im Urlaub Geld verdiente. Josef Bachmüller achtete sie, denn sie war zuverlässig, verstand etwas vom Fotografieren und hatte eine flotte Schreibe. Alle nannten ihn Prinzen-Sepp, da er etwas Aristokratisches und ein Faible für Pferde hatte. Er hätte perfekt auf den Royal Ascot gepasst.

Sie versuchte ihre Gedanken zu ordnen. Ferdl und seine weiblichen Fans waren kein Thema für ihre Reportage. Doch aus dieser abenteuerlichen Wanderung könnte sie etwas Brauchbares basteln. Die Fotos waren Garant für eine kühne Geschichte. Sie hatte zwar nur die kleine Kamera dabei, da diese in ihre Handtasche passte, doch die Qualität der Aufnahmen konnte sich dennoch sehen lassen. Sie hatte bisher nur Landschaftsaufnahmen geschossen, die nassen tropfenden Zweige und Blätter waren faszinierend und bizarr in ihren Augen. Doch sie wollte auch Menschen auf den Bildern. Sie fragte, ob sie ein paar Aufnahmen von der Gruppe machen dürfe, und erntete nur böse Blicke. „Geschmacklos", schimpfte Gabi, was Emma allerdings nicht davon abhielt, heimlich einige Male den Auslöser zu drücken. Dann steckte sie die Kamera doch in die Tasche, aus Sorge, dass der Regen das Objektiv beschädigen könnte.

Emma lebte mit Engeln. Sie glaubte fest an deren Existenz, und sie erbat ihre Engel oftmals um das, was sie gerade benötigte. Momentan war es der Engel der Erkenntnis, der sie heil durch dieses Gewitter und aus diesem Wald führen sollte. Und der Ferdl die Augen öffnen sollte. Doch der Engel schien weit entfernt zu sein. Ein Blitz erhellte den Himmel direkt über ihnen, der Donner krachte. Sie wusste, dass man zwischen Blitz und Donner zählen konnte, je länger, desto weiter war das Gewitter entfernt. Dieses hier war direkt über ihnen. Gabi schrie auf, als der nächste Blitz zischte.

„Ich kann nicht mehr", ächzte Geli, „ich mache keinen Schritt weiter."

Der Trupp blieb stehen. Ferdl und Roland wandten ihre Köpfe. Ferdl sagte: „Wir können hier nirgends unterstehen, reiß dich zusammen."

Geli stampfte auf. „Keinen Schritt weiter!" schrie sie hysterisch.

Roland ließ den Arm von Gabi ab, kam zu Geli und legte ihr die Hand auf die Schulter. „Nur noch ein kleines Stück, dann sind wir durch", sagte er.

Emma zischte. „Das wären wir, wenn wir meinem Weg gefolgt wären. Aber ihr musstet ja unbedingt diesen wählen."

„Jetzt macht die Pferde nicht scheu", sagte Ferdl, „das Gezeter hilft auch nicht weiter."

„Wer bitte zetert denn hier?" schimpfte Emma. „Hier jammern doch nur zwei herum!"

„Was soll das!" maulte Geli. „Wenn man am Ende seiner Kräfte ist, braucht man nicht auch noch angegoscht zu werden."

Plötzlich hatte Emma das Gefühl, alle gegen sich zu haben. Nur weil sie die Wahrheit sagte, nämlich dass ihr Vorschlag für den Rückweg der richtige gewesen wäre.

„Lasst das", sagte Ferdl, „es bringt uns auch nicht weiter."

„Wir machen jetzt Folgendes", meinte Roland bestimmt, „wir Männer gehen alleine weiter, und ihr Frauen kauert euch unter einen Busch. Wir kommen dann zurück mit einem fahrbaren Untersatz."

„Spinnst du!" schrie Gabi. „Erstens bleibe ich auf keinen Fall mit den beiden alleine hier, und zweitens, wo willst du einen fahrbaren Untersatz herbekommen? Und drittens, das kann Stunden dauern, bis dahin sind wir verhungert oder verdurstet oder vom Blitz erschlagen."

„Was soll das denn wieder heißen, mit den beiden bleibst du nicht alleine hier?" fragte Emma böse.

„Ist doch wahr, wenn ein wildes Tier kommt, willst du mich etwa beschützen", schlug Geli denselben Ton an.

Emma hatte genug. „Wisst ihr was, ihr könnt hier bleiben oder weiter gehen, es ist mir egal. Ich gehe jetzt zurück und biege an der Gabelung dort ab, wo wir schon vor Stunden hätten abbiegen sollen."

„Nein, wir bleiben auf diesem Weg", sagte Ferdl.

„Könnt ihr ja, ich jedenfalls kehre um."

Emma fackelte nicht lange, sie ließ die Gruppe stehen und marschierte zurück. Dicke Tränen kullerten über ihre eh schon nassen Wangen. Sie hatte Hunger. Sie hatte Angst. Am meisten jedoch ärgerte sie sich darüber, dass Ferdl nicht hinterher kam. Es war nicht zu fassen. Sie lief und lief, hatte jegliches Zeitgefühl verloren. Als sie jene Weggabelung erreichte, war sie mehr als erleichtert. Als sie auf „ihrem" Weg weiter ging, lichtete sich alsbald der Wald. Und wie verhext, auch das Gewitter hatte sich verzogen, und einige blaue Stellen am Himmel schoben sich hervor. Sie lief weiter und kam schließlich oberhalb des Dorfes heraus, genau dort, wo sie auch den Waldweg betreten hatte. Die Tränen der Erleichterung lösten die der Wut ab. Ihr Blick glitt über das Meer, es dampfte von den Gassen herauf. Nass wie sie war, ging sie in die Kirche und dankte ihrem Engel.

Im Dorf kaufte sie ein Tuch, wickelte es um sich, dann trank sie einen heißen Kaffee, verdrückte eine Pizza und setzte sich schließlich in einen Bus, der zum Hotel zurückfuhr. An der Rezeption fragte sie nach den anderen. Die waren nicht hier. Sie wählten die Handynummer des Busfahrers, die hier für Notfälle hinterlegt worden war. Man solle es später versuchen, sagte eine Frauenstimme auf Englisch: „Try it later."

Emma machte sich nun doch große Vorwürfe. Andererseits, sie hätten ja nur mit ihr gehen müssen. Der Hotelchef wurde angerufen und um Rat gefragt. Nachdem er Emmas Geschichte gehört hatte, schüttelte er den Kopf. „Dass die nicht gescheiter sind!" sagte er böse. Er beauftragte einen Trupp von Mitarbeitern, sich in verschiedene Richtungen auf die Suche zu machen. Auch Ivan war dabei. Emma durfte sich trockene Kleider anziehen und musste dann als Begleiterin mit. Sie bestiegen einen klapprigen Geländewagen und fuhren die Waldwege ab, die Emma zuvor gegangen war. Von den vieren war nichts zu sehen. „Man darf sich in solch einer Situation nicht trennen", sagte Ivan vorwurfsvoll.

„Sie waren so bockig, nicht ich. Wären sie mit mir gegangen, wären wir jetzt nicht hier und müssten sie suchen", meinte Emma beleidigt. „Gibt es im Dorf eigentlich einen Arzt? Vielleicht sind sie ja dort!" hatte sie eine Geisteseingabe.

„Das wollen wir hoffen", sagte Ivan.

So karrten sie zurück, hinunter zum Dorf. Es gab einen Arzt, allerdings war seine Praxis nicht so, wie Emma sich das vorgestellt hatte. Sie hielten vor einem baufälligen Haus, nicht gerade vertrauenerweckend.

Ivan und Emma gingen hinein. Wie abgesprochen kamen just in diesem Augenblick Ferdl und Gabi aus einem Zimmer. Gabi hatte einen gipsartigen Verband, der bis unter das Knie reichte. Roland und Geli saßen in einem kleinen Warteraum. Total durchnässt und mit verdreckten Hosen sahen sie aus wie Vagabunden.

Emma war verstimmt, dass Ferdl mit Gabi beim Arzt war. Er hätte ja auch ins Wartezimmer sitzen und Roland diesen Part überlassen können.

Statt einer freudigen Wiedersehensszene wurde Emma mit feindseligen Blicken beschossen.

„Was ist bloß in dich gefahren", schimpfte Ferdl, „einfach davonzurennen!"

„Was ist mit deinem Fuß?" fragte Emma, Ferdl ignorierend.

„Verstaucht", sagte sie.

„Und da bekommst du solch einen Verband?"

„Ich muss den Fuß schonen", sagte Gabi.

Ivan musste nun mit dem Arzt sprechen, die Auslandsreiseversicherung würde die Behandlung übernehmen, den Papierkram könnten sie später erledigen.

Die Rückfahrt verlief recht schweigsam. Es war bereits Zeit zum Abendessen. Ferdl fragte, ob Gabi alleine zurechtkäme, und sie nickte. Emma fand das mehr als überflüssig, schließlich war Gabi mit Geli in einem Zimmer und alles andere als alleine. Nachdem sich alle frisch gemacht hatten, kamen sie in den Speisesaal. Gabi legte einen ganz großen Auftritt hin, sie hatte einen kurzen Rock angezogen, dass auch jeder ihren Verband sehen konnte. Dieser Ausflug war Gesprächsthema Nummer eins, bald wussten alle, was geschehen war. Charlotte stand bei Emma am Buffet. „Emma, meine Liebe, ich wäre an deiner Stelle auch umgekehrt, wenn die anderen so dickköpfig sind, ist es nicht deine Schuld."

Emma traten Tränen in die Augen. „Danke. Alle tun hier so, als ob ich das zu verantworten hätte."

„Ist doch nur eine Verstauchung. In zwei Tagen rennt die wieder", sagte Eva, die unbemerkt hinzugetreten war. „Ich bin so wütend auf meinen Mann. Wenn der sich nur halb so viel um mein Befinden kümmern würde!"

Sie schlug vor, nach dem Abendessen in die Bar zu gehen, Emma und Charlotte fanden dies eine gute Idee. Später standen Tanz und Tombola auf dem Programm, die Zeit bis dahin galt es zu überbrücken.

So kam es, dass die drei Frauen kurz darauf an der Theke saßen, jede hatte einen grünen Cocktail nach Art des Hauses vor sich stehen. Die anderen waren zum Ausruhen auf die Zimmer gegangen und wollten in einer halben Stunde wieder hier sein.

Eva sagte: „Ich hab so nen Hals auf diese Weiber. Es reicht mir wirklich."

Charlotte nickte. „Es ist mir ein Rätsel, was die Männer an den beiden finden."

Eva wollte genau wissen, was Roland gemacht habe. Emma beruhigte sie, Roland habe nur die hinkende Gabi gestützt, er sei beim Arzt im Wartezimmer gesessen, während Ferdl wohl bei der Untersuchung dabei gewesen sei.

„Jedenfalls lasse ich Roland mit denen nicht mehr alleine losziehen", sagte Eva. „Ich hocke hier, mache mir die größten Sorgen, während er fremde Damen verhätschelt."

„Habt ihr gestritten?" fragte Charlotte.

„Na ja, ein Lob hat er nicht bekommen." Eva nahm einen großen Schluck, stellte das Glas energisch auf den Tresen.

Nach und nach kamen die Gäste, der Raum füllte sich. Auch die Hocker an der Bar gingen weg wie warme Semmeln, und sie waren froh, schon hier zu sitzen. Sie bestellten eine weitere Runde. Ivan griff zum Mikrofon und eröffnete den Abend offiziell. Es wurden Lose verkauft, der Hauptpreis für die Tombola war eine Überraschung und wurde noch geheim gehalten. Drei Musiker nahmen ihre Plätze auf der Bühne ein und spielten einen Foxtrott. Da Ferdl und Roland noch auf den Zimmern waren, hatten sie keine Männer zum Tanzen. Bis auf Bratzl, der Charlotte aufforderte. Sie bereitete ihm die Freude und ließ sich über die Tanzfläche führen. Es sah lustig aus, da Bratzl kleiner war als sie. Beinahe versenkte er sein Haupt zwischen ihren Brüsten. Nach einer Runde war Charlotte wieder zurück an der Bar, Bratzl ließ sich nicht mehr abwimmeln. Er nahm sich einen freien Hocker, der einem tanzenden Mann gehörte.

Die Losverkäufer gingen noch einmal durch die Reihen, und alle kauften ein zweites Los. Bratzl forderte nun Emma auf, die ihm allerdings einen Korb gab. „Mir tun die Füße weh von der Wanderung", sagte sie entschuldigend. Darauf hatte Eva das Vergnügen. Während sie sich mit ihm auf dem Tanzboden quälte, amüsierten sich Charlotte und Emma.

„Emma, ich würde mich so freuen, wenn wir auch nach der Reise in Kontakt blieben", sagte sie.

„Das ist schön, sehr gerne." Emma hob ihr Glas, und sie leerten die grüne Flüssigkeit, um sofort Nachschub zu bestellen.

„Auf uns", sagte Emma, „Prost, liebe Charlotte."

„Der Bratzl ist hier der Einzige, der konsequent Sie zu allen sagt und sich von allen siezen lässt", sagte Charlotte.

„Aber er tut mir irgendwie leid", sagte Emma. „Er ist immer alleine, selbst wenn er in Gesellschaft ist."

„Das ist sein Verhalten", meinte Charlotte, „wir sind auch Singles in der Gruppe, aber ich habe nie das Gefühl, nicht dazuzugehören."

Ferdl, Roland, Geli und Gabi kamen gemeinsam in die Bar. Emma flüsterte: „Man könnte meinen, die vier gehörten zusammen. Unmöglich."

„Der Ferdl ist ein attraktiver Mann, aber weshalb er allen Frauen so den Kopf verdreht, ist mir ein Rätsel."

Das Quartett kam an die Bar. Roland sah, wie seine Frau mit Anton Bratzl tanzte, und ein Grinsen trat in sein Gesicht.

Gabi setzte sich auf den freien Hocker, und alle konnten ihren Gipsverband betrachten. Auf Emmas Frage, ob der Fuß weh tue, sagte sie: „Nein, jetzt ist es gut. Ich könnte sogar tanzen." Dabei musterte sie Ferdl, und er forderte sie auf. „Noch nie habe ich mit einer Dame in Gips getanzt", sagte er.

Roland forderte Geli auf, und auch die beiden gingen zur Tanzfläche. Charlotte meinte, das Hinkebein würde sich gut schlagen, und es sehe gar nicht schlecht aus, wie sie sich bewege.

„Ihr ganzes Gejammer war nur Getue, sonst könnte sie hier niemals tanzen. Und dieser Arzt ist ebenfalls darauf hereingefallen. Solch einen Gipsverband anzulegen halte ich für reichlich übertrieben."

Imme und Bruni kamen nun ebenfalls hinzu. Imme bestellte eine Flasche Wein und zog weitere freie Hocker heran.

„Die gehören aber jemandem", erklärte Charlotte.

„Wer lange fackelt, geht leer aus. So ist das im Leben", sagte sie. Dabei sah sie demonstrativ von Emma zu Ferdl, und zu allem Überfluss zwinkerte sie auch noch auffällig mit einem Auge.

Als die Musik aussetzte, wurden die Gewinnnummern der Tombola bekanntgegeben. Es gab Weinflaschen, Badesalz, Gebäcktüten und dergleichen. Die Gewinner durften der Reihe nach ihre Preise bei Ivan abholen. „Nun kommen wir zur Ziehung des Hauptpreises", gab er in verschiedenen Sprachen bekannt, „die Nummer ist 1737."

„Ich!" schrie Emma auf. „Ich habe die Nummer 1737!" Sie eilte nach vorne und bekam von Ivan einen Blumenstrauß überreicht. „Duftende Blumen für eine zauberhafte Dame", sagte er galant mit honigsüßem Lächeln. „Und hier nun der Umschlag mit dem Hauptgewinn. Es ist ein Gutschein für eine Wellness-Behandlung für zwei Personen."

Emma bedankte sich mit einer innigen Umarmung. „Wunderbar, morgen steht der Tag ohnehin zur freien Verfügung, da kann ich den Bon einlösen."

Sie bekam Beifall und fragte sich, wofür. Als sie wieder bei den anderen war, wollte sie Ferdl einladen. Doch sie fühlte sich Charlotte gegenüber verpflichtet, sie war einfach immer so nett zu ihr. „Es ehrt mich", sagte diese, „doch ich habe bereits für eine Anwendung bezahlt, und somit wäre der Gutschein vergeudet."

„Ferdl, möchtest du mit in die Wellness-Oase?" fragte Emma darauf erleichtert. Und Ferdl sagte: „Nichts lieber als das."

Dann tanzte Ferdl mit Emma, und als sie die bösen Blicke Gabis und Gelis sah, drückte sie sich ganz eng an ihn. Sie überlegte, ob sie ihn küssen sollte. Doch wenn man dies überlegte, war es nichts. Es musste sich spontan ergeben. Zumindest gestellt spontan. So fragte sie nach der Tanzrunde, ob er mit ihr ein wenig frische Luft schnappen wolle. Er sagte ja, und sie gingen gemeinsam durch die Schwingtür hinaus. „Lass uns rüber zum Wasser gehen", sagte Ferdl, „ein wenig laufen."

Er legte einen Arm um ihre Hüfte, und Emma schmiegte sich an ihn. „Wenn uns jemand sieht, werden wir für ein Liebespaar gehalten", flüsterte sie.

„Ja."

Sie blieben stehen und schauten aufs Meer. Dann küssten sie sich. So musste es sein. Ferdl wollte sie gar nicht mehr loslassen. Emma ihn schon zweimal nicht. „Kommst du noch mit auf mein Zimmer?" fragte er.

„Hältst du das für eine gute Idee?"

„Nein. Aber manchmal muss man auch schlechten Ideen eine Chance geben."

Emma dachte in diesem Moment weder an Geli noch an Gabi, sie stellte sich seine Frau vor. Wenn sie ihn jetzt darauf anspräche, wäre es vorbei mit der Romantik. Es müsste ja nicht zum Äußersten kommen. Ein letztes Glas auf seinem Zimmer, da war nichts dabei.

„Wir müssen durch den Hintereingang rein, sonst können wir uns nicht einfach verdrücken", sagte sie.

Ferdl meinte, das Hotel habe keinen Hintereingang. Jedes Hotel habe das, sagte Emma, sie müssten einfach mal rundum suchen.

Sie fanden keinen, und somit blieb ihnen nichts anderes übrig, als noch einmal zu den anderen zurückzugehen. Die Musik spielte immer noch, es wurde getanzt, getrunken und gelacht. Ferdl forderte noch einmal die anwesenden Damen auf, Emma machte es gar nichts aus. Sie wusste, wer das Schlusslicht bildete. Und dass der Augenblick käme, ihm die Feigen und das Feigenblatt zu schenken.

Zwei Stunden später klopfte sie an seine Zimmertür. Er öffnete, und sie schlüpfte hinein. Blieb allerdings wie erstarrt stehen, denn Gabi saß auf seinem Bett.

„Ihr Bein schmerzt so sehr", sagte Ferdl. „Ich soll es mir anschauen."

Gabi lächelte blöde. „Und was suchst du um diese Stunde hier?" fragte sie.

„Ich habe Kopfschmerzen und brauche eine Tablette", antwortete Emma. Die Feigenkreation hielt sie verkrampft hinter sich auf dem Rücken.

Ferdl suchte in seinem Waschbeutel, fand jedoch keine Pillen.

„Und wie bitte soll er dein Bein anschauen mit diesem Verband?" fragte Emma aggressiv.

„Das kann ich wirklich nicht", sagte Ferdl entschuldigend. „Und zudem bin ich jetzt hundemüde und möchte gerne schlafen. Wenn ihr also so gut wärt?!"

Emma und Gabi gingen schweigend aus dem Zimmer. Sie standen im Flur, alle schienen bereits zu schlafen, zumindest war kein Mensch unterwegs. Emma war so wütend auf Gabi, mehr noch auf Ferdl. Erst lud er sie ein, dann warf er sie raus. „Ich muss jetzt noch einen Drink haben", sagte Emma, „hoffentlich ist die Bar noch auf."

Gabi verabschiedete sich, Emma fuhr mit dem Fahrstuhl ins Erdgeschoss. In der Bar waren nur noch wenige Gäste, Ivan unterhielt sich mit dem Barkeeper. Er freute sich, Emma zu sehen. Sie legte das Feigenblatt mit den Feigen darauf vor ihn hin und sagte: „Für dich."

„Oh, so was habe ich noch nie bekommen. Danke." Er strahlte sie an.

„Ich kann noch nicht schlafen, was empfiehlst du mir denn da?" fragte sie.

Ivan sagte: „Einen Rotwein ex und dann eine Rückenmassage."

„Klingt gut."

„Na dann", sagte Ivan, „ich leiste dir gerne Gesellschaft."

Er trank ein Glas mit ihr, wohl das schnellste ihres Lebens, danach ging sie ohne ein weiteres Wort zu verlieren mit ihm. Vielmehr, er ging mit ihr. Der Kuss fühlte sich nicht so gut an wie der von Ferdl. Ivan fühlte sich überhaupt nicht so gut an wie Ferdl. Aber Ivan war willig und Ferdl nicht. Besser ein Spatz in der Hand als die Taube auf dem Dach. Und so endete Emmas Abend doch noch ganz ordentlich.

Anderntags erwachte Emma mit Kopfweh. Welch ein Glück, dass sie den Gutschein hatte. Sie würde sich die Schmerzen wegmassieren lassen.

Noch vor dem Frühstück ging sie an den Empfang und meldete sich für alle inbegriffenen Behandlungen an. Sich und den Ferdl. Ivan war schon wieder im Dienst hinter der Theke, und es gefiel ihm nicht besonders, Ferdls Namen eintragen zu müssen.

„Ist doch nichts dabei", sagte sie und tätschelte dabei seine Hand.

Beim Frühstück ging es munter zu. Die Leute verabredeten sich zu Spaziergängen, Einkaufstouren, zum Schwimmen, und Emma und Ferdl trafen sich in ihren weißen Morgenmänteln vor der Wellness-Oase. Gabi und Geli standen auch da.

„Was macht ihr denn hier?" fragte Emma.

„Wir lassen es uns auch gutgehen", antwortete Geli schnippisch.

„Wellness ist für alle was", meinte Gabi, „wir haben dasselbe Programm wie ihr."

„Wie?" Emma sah fragend drein.

„Ivan hat uns netterweise zu denselben Behandlungen eingetragen", meinte Gabi.

„Und dein Fuß?"

„Ein Verband ist doch kein Hindernis", sagte Gabi und triumphierte: „Gut, gell!"

Ferdl lachte. „Ja fein, das wird spaßig."

Etwas in Emma klickte. Sie wusste nicht genau was, aber sie spürte es deutlich. Ferdl war ein Idiot. Was hatte sie nur an ihm finden können!? Und dieser Fuß von Gabi war nicht wirklich verletzt, die hatte alles nur vorgespielt, um im Mittelpunkt zu stehen. Dessen war Emma sich in diesem Moment ebenfalls sicher.

Die Liegen waren durch Stellwände getrennt, deutlich hörte sie Ferdl seufzen und ächzen. Zur einen Seite lag Geli, auch sie gab immer wieder ein „Hm" von sich. Da Gabi zur anderen Seite von Ferdl behandelt wurde, hörte sie von ihr nur wenig, aber gerade genug von der Konversation, die er mit ihr führte. Emma hatte ihn eingeladen, und mit der penetranten Gabi quatschte er nun die ganze Zeit.

Die Warmsteinmassage brachte Emmas Kopfweh dennoch Erleichterung. Der Masseur hatte aufgeheizte Steine auf ihren Körper gelegt und erklärt, dass das Ziel die Entspannung der Muskeln durch Wärmeeinwirkung sei. Mit weiteren Steinen massierte er nun ihren Rücken. Dabei schlug er mit einem Stein einen anderen an, und es erzeugte eine Art Vibration. Er sprach nicht viel, was Emma angenehm war. Sie hatte keine

Lust auf Unterhaltung, sie wollte jedes Wort von nebenan hören. Ferdl brummte wie ein schnurrender Kater. Der Warmsteinmassage folgte eine entspannende Fußsohlenmassage. Danach bekamen die vier ein Vitamingetränk an einer Theke. Wie sie in den weißen Morgenmänteln nebeneinander saßen, hätte man meinen können, sie seien gute Freunde. Selbst in den Sauna Park folgte Hinkebein, Emma fand es richtig ekelhaft, das Gipsbein wurde demonstrativ hochgelegt.

Die anschließende Gesichtspflege beinhaltete auch Enthaarung. Ferdl und Geli verzichteten auf diese Prozedur, sie verabschiedeten sich zum Mittagessen. Emma und Gabi legten sich nebeneinander, die Atmosphäre war sehr angespannt. Emma ließ sich die Barthaare und Beinhaare mit Wachs entfernen, Gabi die Barthaare und den Bikinibereich. Als das Wachs von Emmas Bein abgezogen wurde, schrie sie auf. Gabi meinte: „Emma, du müsstest dir diese Plage nicht antun. Bei Ferdl landest du eh nicht."

„Was?"

„Deine ganzen Anstrengungen sind, unter uns gesagt, für die Katz. Er interessiert sich nicht für dich."

„Du musst es ja wissen. Außerdem will ich nichts von ihm."

Gabi lachte. „Das glaubst ja selbst nicht, so wie du ihn die ganze Zeit anschmachtest. Du bist halt einfach nicht sexy genug, da hilft alles nichts."

Emma sagte nichts mehr, denn nun wurde der Oberlippenbart behandelt. Gabi war eine Giftschlange, das stand fest. Ab da herrschte eisiges Schweigen. Der Rückweg vom Beauty-Center führte durch die Therme, weit und breit war keine Menschenseele zu sehen. Gewiss waren alle im Restaurant. Gabi fing zu summen an: „Ich bin von Kopf bis Fuß auf Liebe eingestellt ..." Das gab Emma den Rest, sie versetzte Gabi einen Stoß. Gabi verlor das Gleichgewicht und landete im Sprudelbecken. Es platschte gewaltig, das geschah der Bissgurke gerade recht. Sie wandte sich nicht einmal um nach ihr, sollte die Neunmalkluge doch alleine wieder herausklettern mit ihrem Hinkebein.

Auf ihrem Zimmer zog sie sich Hose und Shirt an, und danach schaute sie in den Speisesaal, wo allerdings bereits aufgeräumt wurde. Auch egal, dachte sie, schon Kalorien gespart. Sie fühlte sich erschöpft und beschloss, einen ausgiebigen Mittagsschlaf zu halten.

Wenig später wurde unzart an ihre Tür geklopft. Gähnend öffnete sie. Geli stand da, ihr Gesicht völlig verquollen, die Nase rot, sie sah schlimm aus.

„Was ist denn los?" wollte Emma wissen.
„Das wüsste ich gerne von dir!" schrie sie.
„Was?"
„Sie haben Gabi im Sprudelbad gefunden."
„Ja und?" Emma verzog keine Miene.
„Sie ist tot, ertrunken."
„Wie ertrunken? Wie kann das sein?"
„Du warst mit ihr bei der Enthaarung! Folglich musst du doch wissen, was war."
„Ja, aber danach sind wir getrennt auf unsere Zimmer gegangen. Mehr kann ich nicht sagen. Wo ist sie denn jetzt?"
„Man hat sie in den Raum der Bademeister gelegt." Eine Heulattacke überfiel Geli, und Emma bekam Mitleid. Natürlich würden die Bademeister verantwortlich gemacht werden, sie durften während der Öffnungszeiten die Therme nicht verlassen. Wären sie da gewesen, wäre Gabi noch am Leben. Dann hätte sie den Schubs schon gar nicht abgekriegt.

Emma begleitete Geli zu jenem Raum. Gabi war von jemandem mit einem weißen Badelaken zugedeckt worden. Ferdl, der Hotelarzt und der Hoteldirektor waren da.

„Ich verstehe das nicht", sagte Emma. „Wir waren beide echt erledigt nach dieser Enthaarungszeremonie. Gabi wollte nur noch kurz in der Therme duschen, ich nicht, deshalb bin ich gleich zum Fahrstuhl gegangen."

„Sie muss neben dem Becken auf dem Weg zur Dusche ausgerutscht sein", sagte Ferdl, „der Gips hat sie runtergezogen. Anders ist das nicht zu erklären."

Emma sagte: „Aber Ferdl, in dem Becken kann man doch stehen, wie soll der Gips sie da unter Wasser festhalten?"

Ferdl kratzte sich am Kopf und meinte, das sei auch wieder wahr. Geli heulte dicke Tränen.

Schließlich fiel der Arzt ihnen ins Wort. Eine Beule am Kopf lasse vermuten, dass sie das Haupt an den Beckenrand geschlagen habe und ohnmächtig geworden sei. Das würde ein Papierkrieg werden, dachte Emma. Der Leichnam würde gewiss in die Pathologie kommen, ob hier oder in Deutschland würde sich zeigen. Gabi müsste in einem Sarg überführt werden, jemand müsste ihre Angehörigen verständigen. Das alles ging ihr durch den Kopf in jenem Raum, in dem sich die Menschen um den Leichnam drängten. Sie hatte Gabi nicht umbringen wollen. Nur einen

Schubs verpasst. Ein schlechtes Gewissen hatte sie schon, aber wenn sie davon erzählen würde, hätte sie eine Menge Unannehmlichkeiten am Hals. Und das würde keinem was bringen. Dem Hotel konnte nicht daran gelegen sein, ein großes Ding daraus zu machen. Eindeutig war die Aufsichtspflicht verletzt worden. Es würde im Sinne aller sein, die Geschichte ohne Aufheben abzuwickeln.

7

Marta spülte das Geschirr ab. Sie freute sich wie eine Schneekönigin auf die Rückkehr ihres Mannes. Einen Busfahrer als Mann zu haben bedeutete viele einsame Tage. Es bedeutete aber auch viele schöne Wiedersehensstunden. Mit dem Lieblingsessen und einer gemeinsamen Nacht. Außer wenn die Fahrt zu anstrengend gewesen war und er wie ein Stein ins Bett fiel und gleich einschlief. Manchmal brachte er etwas mit, wobei sie nie wusste, ob er Souvenirs aus schlechtem Gewissen oder aus Liebe kaufte. Ihre ewige Eifersucht würde sie noch einmal ins Grab bringen, das sagte Ferdl immer, wenn sie davon anfing. Ohne Vertrauen könne keine Ehe funktionieren. Wieder einmal dachte sie an ihn, was er wohl für eine Gruppe dabei habe, wie sein Zimmer aussehe, all diese Dinge stellte sie sich vor. Ferdl hatte schon so oft versichert, dass er nur beruflich bedingt flirten würde, der Chef verlange das von allen Fahrern. Einmal hatte sie daraufhin Herrn Rädle angerufen und zur Rede gestellt. Der hatte nur gelacht und gesagt, sie solle sich nicht so aufführen.

Niemand respektierte sie. Auch der Hansi nicht. Zum zweiten Mal hatte er kurzfristig die Einladung zum Abendessen abgesagt. Ganz gewiss steckte Alexa dahinter. Hansi und Ferdl liebten ihre Kochkünste. Aber wer nicht will, der hat schon, sagte sie sich. Sie müsste einfach mehr unternehmen, nicht immer nur arbeiten und dann daheim hocken. Sie könnte sich zu einem Volkshochschulkurs anmelden. Irgendeinen Kurs mit Männerüberhang. Bügeln lernen oder irgend so etwas. Und dann könnte sie zur Abwechslung umgekehrt den Ferdl eifersüchtig machen. Na ja, sie freute sich jetzt erst einmal auf den anstehenden Urlaub. Bald war es so weit. Ferdl und sie hatten es schon vor langer Zeit geplant und gebucht. Es wären ihre zweiten Flitterwochen. Nach fünfundzwanzig Ehejahren zur silbernen Hochzeit hatte Ferdl ihr diese Reise versprochen. Eine Kreuzfahrt ins östliche Mittelmeer. Sie müsste zehn Tage lang nicht arbeiten, nicht kochen, könnte Ausflüge mit ihrem Ferdl machen, sich auf dem Schiff vergnügen, da würde die eingeschlafene Ehe wieder auf Vordermann kommen.

Das Telefon riss sie aus ihren Gedanken. Ferdl fragte, wie es gehe.

„Gut. Ich freu mich auf morgen. Bis wann kommst du denn?"

„Ich weiß noch nicht. Wir haben in der Gruppe einen Todesfall, unter Umständen muss ein zweiter Fahrer her, falls ich hier nicht weg kann, man weiß ja nie."

„Was für einen Todesfall?" Marta trocknete die Hände ab, während sie den Hörer zwischen Schulter und Ohr klemmte.

„Eine junge Frau. Ein tragisches Unglück. Sie ist im Whirlpool ertrunken."

„Um Gottes willen, wie kann das denn passieren?" Marta klang bestürzt.

„Ausgerutscht, den Kopf angestoßen, so schnell kann es gehen. Die Bademeister hatten Mittagspause, und offiziell war die Therme geschlossen. Sie kam jedoch aus dem Beautybereich und konnte deshalb durch den Badebereich gehen."

„Na dann, gib mir Bescheid, falls du länger bleiben musst."

Ferdl schmatzte einen Kuss durchs Telefon. Marta stellte sich die arme Familie der Ertrunkenen vor. Das Leben war schon eine einzige Gefahr.

Während Ferdl telefonierte, fanden sich die Gäste im Speisesaal ein. Natürlich hatte sich die Geschichte wie ein Lauffeuer verbreitet. Charlotte sprach mit Emma, sie war auch im Wellness-Bereich gewesen, aber um diese Zeit längst auf ihrem Zimmer. Ob man nun länger bliebe, wollte Bratzl wissen.

Der Hoteldirektor ging von Tisch zu Tisch und beruhigte die Gäste. Sie könnten die Rückreise wie geplant am nächsten Morgen antreten. Die Frau werde man überführen.

„Na, im Bus hätten wir die Tote nicht mitgenommen", sagte Bratzl.

„Als ob der das bestimmen könnte", flüsterte Charlotte.

Nach dem Essen saßen die meisten bei einem letzten Drink zusammen. Manche bedauerten, dass der Aufenthalt nicht verlängert wurde, sie hätten gerne ein paar Tage angehängt. Doch die meisten waren froh, dass der Termin eingehalten werden konnte. Nur Geli wollte im Leichenwagen mitfahren. Ihrer Freundin das letzte Geleit geben.

Ivan verabschiedete sich mit einer innigen Umarmung von Emma. Sie musste ihm versprechen, wiederzukommen. Zudem wollte er sie einmal in Deutschland besuchen. Emma meinte, das könne er gerne tun. Doch sie gab ihm eine erfundene Telefonnummer und hoffte, er würde sie bald vergessen. Was sollte sie mit diesem jungen Kerl auch anfangen.

Prinzen-Sepp saß in der Redaktion hinter seinem Schreibtisch und stand auf, als sie eintrat. Er begrüßte sie mit einem festen Händedruck und bat sie sogar, Platz zu nehmen. Dies war ungewöhnlich, meist hatte er nur wenig Zeit.

„Herr Rädle, der Reiseveranstalter, hat mich angerufen. Er bat darum, den Todesfall nicht zu erwähnen", sagte er.

„Ist ja auch nicht werbewirksam", antwortete sie.

„Dann bin ich mal gespannt, was du bringst. Sonst, geht es dir gut?"

„Danke ja. Mit Rädle würde ich sofort wieder verreisen."

„Ich denke, das lässt sich machen. In zwei Wochen bietet er eine Kreuzfahrt an, er sagt, da könne ‚last minute' nachgebucht werden."

Emma setzte sich aufrecht hin. „Eine Kreuzfahrt, wohin denn?"

„Östliches Mittelmeer", meinte er. „Hättest du denn so kurzfristig Interesse? Du müsstest allerdings eine rasche Reportage liefern für den nächsten Reiseführer."

Emmas Herz klopfte wie wild, als sie den Auftrag annahm. Er bedauerte, dass er selbst nicht gehen könne, doch eine seiner Stuten bekäme demnächst ein Fohlen, da brachten ihn keine zehn Pferde weg. „Aber es wäre geschickt, wenn du noch jemanden mitnehmen würdest. Auf dem Schiff gibt es nur noch Doppelkabinen, da bekommst du zwar einen Freiplatz, aber den zweiten Platz müsstest du bezahlen."

„Ich habe schon jemanden im Kopf", sagte Emma, „und die kommt bestimmt gerne mit."

„Aber vorher lieferst du die Slowenien-Geschichte, dass ich sie in Druck geben kann."

„Kein Problem."

Auch Ferdl saß seinem Chef gegenüber. Herr Rädle hörte sich die schreckliche Geschichte noch einmal an, das war immer anders als am Telefon, er machte einige Male tststs. „Ferdl, wir werden einen Kranz zur Beerdigung schicken", meinte er. „Und damit ist diese unglückliche Geschichte für uns abgeschlossen. Du hast ja bald Urlaub, und ihr macht diese Kreuzfahrt."

„Ja. Marta freut sich schon unbändig darauf."

„Na ja, da kommt wieder eine Journalistin mit, sie macht einen Reiseführer, das ist eine super Werbung für uns. Halte ein Auge auf sie", bat der Chef, „ich weiß wohl, dass du privat unterwegs bist."

„Gerne. Man tut, was man kann", sagte Ferdl. Ob es wieder Emma wäre, überlegte er. Wohl nicht, das wäre doch zu kurz hintereinander. Auf dem Heimweg dachte er an Marta. Sie hatte ihn nach seiner Rückkehr regelrecht ausgequetscht, wollte alle Details wissen, auch, welche Frauen auf der Reise dabei waren. Sie war so misstrauisch wie eh, und das würde sich niemals ändern.

Am Nachmittag besuchte Emma Charlotte. Sie wohnte nur wenige Kilometer südlich von Ravensburg in Weißenau. Solch ein altes Bauwerk mit großem Garten hätte Emma auch gefallen, es mutete an wie das Haus einer Märchenfigur. Durchaus passend, denn Charlotte erinnerte an eine anmutige Fee mit grauem Haar und zartem Gesicht, mit dezentem Schmuck und schicker Kleidung. Nach der herzlichen Begrüßung gingen die beiden Frauen in eine gemütliche Wohnküche. Kupferpfannen hingen an einer Stange, Kräuterbüschel baumelten an Haken, in einem Holzregal standen Porzellanteller und Tassen mit Blümchendekor. Die Gastgeberin bot Platz an einer ausladenden Tafel, und Emma fragte sich, wozu sie solch einen massigen Tisch benötigte, wo sie doch alleine lebte. Als könne sie Gedanken lesen, sagte Charlotte: „Der Tisch gehörte meinen Eltern, und ich kann mich einfach nicht davon trennen, obwohl er eigentlich viel zu groß für mich ist."

Emma lobte die gemütliche Einrichtung. Bei einer Tasse Kaffee plauderten sie über die vergangene Reise, lachten über den Bratzl und sprachen auch über Gabis Beerdigung. Es war ein trauriges Wiedersehen gewesen.

„Ich kann immer noch nicht verstehen, wie es zugegangen ist", sagte Charlotte. „Manche Menschen haben schon großes Pech."

Emma nickte. Sie wollte das Thema wechseln und rückte mit dem wahren Grund ihres Besuches heraus. „Ich habe ein neues Projekt, du kommst niemals darauf, wohin ich darf", sagte sie euphorisch.

„Tatsächlich, musst du vielleicht nach Sibirien?" fragte Charlotte schmunzelnd. „Oder darfst du in die Südsee?"

„Wäre auch nicht schlecht. Nein, ich mache eine Kreuzfahrt, in der übernächsten Woche geht es schon los!"

„Sapperlot!"

Emma erklärte, dass man in Venedig in See stechen würde, Landausflüge in Griechenland, Kroatien und der Türkei auf dem Programm stünden, dass es gewiss traumhaft wäre und dass sie eine Reisebegleiterin suche, die die Kabine mit ihr teile.

„Und da dachte ich an dich, liebe Charlotte. Könntest du dir vorstellen mitzukommen?"

„Ich?"

„Ja. Das wäre toll."

„Das kommt aber sehr plötzlich. Na ja, und zudem gab es in letzter Zeit einige Unglücke mit Kreuzfahrern." Charlotte schaute skeptisch drein.

„Ach was. Du würdest mir echt eine Freude bereiten, wenn du ja sagst. Ich könnte so eine enge Kabine nicht mit jedem teilen."

Charlotte nahm einen Schluck Kaffee. „Es ehrt mich, dass du es mit mir könntest."

„Das ist das eine. Und ich will ehrlich sein, ich müsste den zweiten Kabinenplatz bezahlen, da es auf dem Schiff keine freien Singleunterkünfte gibt."

„So so, daher weht der Wind. Aber deine Aufrichtigkeit gefällt mir. Was soll's. Ich habe das nötige Geld für solch eine Reise, dazu mit solch einer netten und ehrlichen Begleiterin, da muss ich zugreifen."

Spontan stand Emma auf und nahm Charlotte in den Arm. „Dein heutiger Tagesspruch lautet: Wie viel Freude schläft in uns, und wir wecken sie nicht. Es wird bestimmt die beste Reise aller Zeiten!"

Dann war es so weit. Nachts um vier war Abfahrt vor dem Bahnhof in Ravensburg. Der Bus von Rädle würde sie in Venedig direkt vor dem Kreuzfahrtschiff abladen und nach zehn Tagen dort wieder einsammeln. Es war noch dunkel, die Reisenden betrachteten sich gegenseitig, kleine Grüppchen standen beisammen und einige Paare. Etwas abseits stand Bratzl. Charlotte und Emma schauten sich an und lachten gleichzeitig los. So viel Zufall konnte es nicht geben, aber anscheinend doch. Dann kamen noch Imme und Bruni angerannt, ihre Koffer hinter sich herziehend, da sie verschlafen hatten. „Ein Tipp von Charlotte!" hechelte Imme. „Und wir haben ja Zeit."

Und Geld, dachte Emma. Als dann im Allgäu auch noch der Ferdl mit Begleiterin einstieg, war das Hallo groß und Emmas Herz einem Stillstand nahe. Es war wie die Fortsetzung der Busfahrt, nur mit neuem Ziel. Und der Gemahlin von Ferdl.

Ferdl und der Fahrer, der sich mit Paul vorgestellt hatte, unterhielten sich vorne. Ferdls Frau nahm vor Emma Platz. Ausgerechnet. Emma dachte, es sei die Strafe des Herrn für den Schubs, den sie Gabi versetzt hatte. Den Hinterkopf dieser Frau jetzt den ganzen Tag vor sich haben zu müssen, war bitter. Wie sollte sie das aushalten? Als Ferdl sich dazusetzte, kuschelte sie ihren Kopf auf seine Schulter. Unbequemer geht es nicht, dachte Emma. Sie wollte es nicht sehen und schloss ihre Augen. Die meisten dösten vor sich hin, außer dem monotonen Fahrgeräusch war nichts zu hören.

Erst als der Fahrer die erste Rast einlegte, kam Leben auf. Sie gingen einen Kaffee trinken. Ferdl stellte nun offiziell seine Frau Marta vor, diese strahlte wie ein Honigkuchenpferd. Wie Honig so klebrig, wie Kuchen so fettig und wie ein Pferd so klug, ging es Emma durch den Sinn. Emma fragte, ob dies nun eine private oder eine berufliche Reise sei, und Marta antwortete: „Rein privat. Zur silbernen Hochzeit. Und Sie, was führt Sie denn auf diese Kreuzfahrt?"

Emma antwortete: „Beruflich, rein beruflich."

„Ach, das ist interessant, was genau ist denn Ihr Beruf?" forschte Marta weiter.

„Ich mache eine Reisereportage."

Ferdl erklärte, dass Emma und die anderen bereits in Slowenien dabei waren. Marta sagte: „So so, diese Unglücksreise."

„Ich hatte noch überlegt, ob du wieder dabei bist", meinte Ferdl, „doch es schien mir nicht realistisch, dass wir schon wieder gemeinsam verreisen."

Emma lachte. „Ja, dass wir alle hier zusammen sind, scheint eine göttliche Fügung zu sein."

„Wir sollten noch zur Toilette, bevor wir weiterfahren", warf Charlotte ein. Die Frauen gingen im Gänsemarsch den Pfeilen nach, eine Schlange stand davor, und sie stellten sich an. Charlotte erklärte, dass sie diese Marta ganz nett finde. Emma schwieg. So kamen sie als Letzte in den Bus.

Es war nun lebendiger, alle hatten ausgeschlafen, obwohl sie gerade Rast gemacht hatten, raschelten Papiertüten, und Brote wurden ausgepackt. Ferdl ging nach vorne und unterhielt sich, wenngleich ein Schild es ausdrücklich verbot, mit dem Fahrer. Marta verrenkte sich den Hals, um mit Emma und Charlotte sprechen zu können. Doch Emma hatte sich in ein Buch vertieft, und Charlotte löste ein Kreuzworträtsel in einem Heft. Emma las nicht wirklich, tausend Gedanken gingen durch ihren Kopf. Einmal hatte sie solch eine Wut auf Ferdl gehabt, dass sie ihn für einen Idioten gehalten hatte. Und mehr als einmal hatte sie sich seine Frau vorgestellt. Hässlich. Dick. Alt. Durfte nie mit ihm auf eine Reise. Folglich unglückliche Ehe. Alles, wirklich alles war dahin. Ferdl war attraktiver denn je, alles andere als ein Idiot. Seine Frau war hübsch, rabenschwarzes Haar zum neidisch werden, rassig, schlank. Und gemeinsam mit ihm auf Reisen. Sie sollte Ferdl ad acta legen.

Ferdl sprach nun durch das Mikrofon. Er berichtete in seinem allgäuischen Dialekt, wo genau sie waren, welcher Gebirgszug wo zu sehen war, wie weit es bis Venedig war. Er erklärte, was es mit den Lenk- und Ruhezeiten eines Busfahrers auf sich habe, das würde Emma in ihren Bericht aufnehmen. Es war ein perfekter Grund, sich intensiv mit ihm zu unterhalten. Kaum, dass er wieder neben seiner Frau saß, streckte Emma den Kopf über die Rückenlehne und sagte: „Ferdl, diese Zeiten, kannst du mir die noch einmal genau sagen, das schreibe ich für meine Reportage auf."

Ferdl meinte gerne, und Charlotte bot ihm an, solange den Platz zu tauschen. So saß er neben Emma, und Marta musste mit Charlotte als Nebensitzerin Vorlieb nehmen.

Emma zog ihr Notizbuch und einen Kugelschreiber aus der Handtasche und notierte seine Worte, wobei sie immer wieder „aha" oder „wie interessant" sagte, nur, um Marta zu ärgern. Alle Frauen sind Hexen, dachte sie, sie selbst eingeschlossen.

„Nach viereinhalb Stunden muss der Fahrer eine Pause von mindestens fünfundvierzig Minuten einlegen", sagte Ferdl. „Die Pause darf auch in zwei Abschnitte von mindestens einer Viertelstunde und einer halben Stunde aufgeteilt werden."

„Und wenn zwei Fahrer an Bord sind?"

„Dann müssen die Fahrer sich spätestens alle viereinhalb Stunden ablösen."

„Wie lange darfst du denn höchstens fahren?"

„Neun Stunden, innerhalb einer Woche an zwei Tagen jeweils maximal zehn Stunden. Aber es gibt Ausnahmeregelungen zum Beispiel für Staus, Grenzaufenthalte, Unfälle, Notfälle oder Naturkatastrophen. Wird eine Busreise von einem Busfahrer durchgeführt, muss dieser innerhalb von vierundzwanzig Stunden nach Arbeitsantritt eine regelmäßige tägliche Ruhezeit von elf Stunden einlegen. Es gibt eine reduzierte tägliche Ruhezeit von neun Stunden, die maximal dreimal wöchentlich möglich ist. Die Nutzung dieser reduzierten Ruhezeit ist abhängig vom Busunternehmen und wird meist für die An- und Abreise genutzt. Die allgemeine Tagesruhezeit kann in zwei Teilabschnitte aufgeteilt werden, zuerst ununterbrochen drei Stunden, dann neun Stunden ohne Ausgleich, im Bezugszeitraum vierundzwanzig Stunden."

Emma verstand kein Wort, schrieb jedoch alles mit.

Ferdl war im Element. „Wird die Busfahrt von zwei Fahrern durchgeführt, müssen diese innerhalb eines Zeitraumes von dreißig Stunden ab Arbeitsantritt eine Ruhezeit von mindestens neun Stunden einlegen."

„Was du alles weißt", sagte Emma, „du bist schon erstaunlich."

Marta wandte den Kopf und sagte: „Ja gell, da staunen Sie."

„Wollt ihr euch nicht duzen?" schlug Ferdl vor. Emma wollte überhaupt nicht, doch was blieb ihr anderes übrig. Marta meinte, ihr Sohn, der Hansi, wäre auch so gescheit.

„Ja", sagte Emma, „eine gescheite Familie ist viel Wert." Was man so alles sagte, wenn man höflich sein wollte!

Sie tauschten die Plätze. Bratzl, der ganz hinten im Bus bei Imme und Bruni saß, kam nach vorne. „Ich will was zum Trinken kaufen", sagte er zu Ferdl.

Dieser ging und brachte eine Flasche Wasser. „Ein Euro", verlangte er von Bratzl.

„Ich dachte, es sei eine rein private Reise", sagte daraufhin Emma.

„Ach was", lachte Ferdl, „wenn ich da bin, kann ich auch was tun."

Marta schimpfte: „Ferdl, so war es nicht ausgemacht. Du hast versprochen, dass es eine Urlaubsreise und keine Dienstreise wird!"

„Genau so ist es. Aber bitte, wenn jemand Durst hat, kann ich doch eine Flasche Wasser reichen", sagte Ferdl, „und hin und wieder etwas über die Landschaft sagen und mit Journalisten sprechen."

Emma registrierte mit Genugtuung den scharfen Unterton.

Marta machte eine wegwerfende Handbewegung. „Geh, spiel dich nicht so auf."

Am späten Nachmittag erreichten sie bei herrlichstem Wetter Venedig. Ferdl hatte sich zu Paul gesetzt, um ihm bei der anstrengenden Fahrt zum Hafen als Lotse beizustehen. Drei Schilder führten nach der ersten Ausfahrt mit denselben Beschriftungen in drei verschiedene Richtungen, das Navi war völlig überfordert, und Paul war dankbar für Ferdls Hilfe.

„Das muss unsere Trude sein", sagte Ferdl eine halbe Stunde später, „was für ein Prachtschiff!"

„Sie ist atemberaubend", schwärmte Charlotte, „unglaublich, dass solch ein großes Schiff schwimmt!"

Emma nickte. Sie hatte sich gut vorbereitet. „Dreizehn Passagierdecks, dreitausend Passagiere, drei Swimmingpools, Minigolf, Tennisplatz, Discothek, Casino, Saunen, Dampfbäder, Restaurants, Shops, Theater, es ist wie ein Dorf."

Ihre Koffer wurden direkt vor dem Bus abgenommen, sie würden diese später an den Kabinen wiederfinden. Paul verabschiedete sich, er musste den Bus zurückbringen, und alle wünschten ihm eine gute Fahrt. In zehn Tagen würde er wiederkommen und die Gruppe abholen.

„Wenn du da über Bord gehst, bist du tot", sagte Bratzl zu Emma. Wieso sagte er das? Sie ignorierte es und reihte sich ein zum Einchecken.

„Wir müssen schauen, dass wir zusammen einen Tisch zum Essen bekommen", sagte Ferdl zu Emma. Sie hätte ihm am liebsten einen Kuss dafür gegeben.

Sie rechnete: Charlotte, Emma, Imme, Bruni, Bratzl, Ferdl und seine Marta, das machte sieben. Sieben auf einen Streich. Die sieben Zwerge. Über sieben Brücken muss ich gehen.

Momentan mussten sie nur über eine Brücke gehen, um auf die Trude zu kommen. Davor wurde jeder fotografiert. Die Bediensteten standen aufgereiht für die Passagiere Spalier, was Emma rührend fand. Ferdl und Marta hatten eine Außenkabine mit Balkon. Charlotte und Emma eine günstige Innenkabine. Emma fand es schade, nichts vom Meer zu sehen, doch einem geschenkten Gaul schaute man nicht ins Maul. Charlotte war es egal. „Wir sind doch nur zum Schlafen in der Kabine", meinte sie. Sie wollten sich alle eine Stunde später zu einem Schiffsrundgang treffen. Emma fand es schön, zu einer Gruppe zu gehören, das hatte etwas Familiäres auf diesem Giganten, auf dem sie sich gewiss noch tagelang verlaufen würde.

Sie trafen sich an der Rezeption auf Deck fünf. Schon dorthin zu finden war nicht einfach, obwohl alles gut ausgeschildert war. Ferdl meinte, er könne anhand eines Schiffsplans die Führung übernehmen. Marta zog eine saure Miene, Ferdl brauchte sich nicht um alle zu kümmern, sie waren privat hier. Doch sie konnte es ihm schlecht verbieten. So marschierte er vorneweg die Decks ab, und man hätte meinen können, er mache nichts anderes als Kreuzfahrten. Als sie ablegten, drängten sich alle ans Außendeck. Venedig lag ihnen zu Füßen. Sie schauten hinab auf die Seufzerbrücke, wer seinen Fotoapparat dabeihatte, schoss ein Bild nach dem anderen. Auch Emma. Auf fünf von sechs Fotos war Ferdl. Sie konnte sich ihm nicht entziehen, obwohl seine Frau regelrecht an ihm klebte.

8

„Die Kreuzfahrt auf dem Motorschiff Trude verheißt Abenteuer, Luxus, Urlaub für alle Sinne", tippte Emma in ihr Laptop. Sie saß in der Bibliothek, anscheinend kamen hier nur selten Gäste rein. Sie dachte an Gabi und Geli. Was, wenn die jetzt hier wären. Marta würde einen Anfall nach dem anderen bekommen. Eva und Roland waren damals am letzten Abend zankend auf ihr Zimmer abgeschwirrt. Weshalb dachte sie jetzt daran? Weil auch Ferdl und Marta nach dem Abendessen zankend den Tisch verlassen hatten? Dabei war es anfangs ein harmonisches Dinner gewesen. Marta hatte zu viel Wein erwischt, das war alles. Charlotte war schon im Bett und die anderen ins Theater gegangen. Emma wollte noch eine halbe Stunde schreiben, bevor sie auch ins Theater folgen würde. Bruni und Imme hatten versprochen, ihr einen Platz freizuhalten. Imme mit ihrem erfrischenden Mundwerk hatte sich bei den Kellnern garantiert schon einen Namen gemacht. Sie hatte dreimal eine Hauptspeise bestellt statt einer Vor-, Haupt- und Nachspeise, da sie die Karte nicht geblickt hatte. Das Gelächter war groß gewesen, doch sie hatte alles tapfer aufgegessen. Ferdl hatte mit Emma über das Trinkgeld gesprochen. Die Angestellten verdienten hier nicht allzu viel. Am Ende der Kreuzfahrt gab jeder Gast einhundert Euro, das dann unter allen aufgeteilt werden würde. So erhielten auch die in der Küche, in der Wäscherei, einfach alle hinter den Kulissen etwas. Auf dem Schiff wurde alles mit der Bordkarte verbucht, und am Ende der Reise wurde über eine Kreditkarte oder bar abgerechnet. Ferdl erklärte, dass diese Bordkarte das Wichtigste sei. Man benötige sie auch, wenn man das Schiff für einen Ausflug verlasse. Ob Emma denn viele Ausflüge geplant habe. Marta hatte aus heiterem Himmel angefangen zu keifen. Sie wollte Ferdl verbieten, mit Emma zu reden. Ferdl erklärte, der Chef habe ihn eigens darum gebeten. Marta hatte daraufhin ihr Glas genommen und den Rotwein Ferdl ins Gesicht geschüttet. Emma hatte es gut gemeint, als sie mit ihrer Serviette sein Gesicht abtupfte. Marta konnte sich dann gar nicht mehr beruhigen, und Ferdl hatte mit ihr den Tisch verlassen.

 Jetzt schrieb sie schon wieder über Ferdl. Es sollte eine Beschreibung der Ausschiffung sein. Über den Canale Grande. Steuerbord konnten sie die Insel Giudecca bewundern. Backbord waren die charakteristischen venezianischen Gebäude, die Kirche Madonna della Salute, gegenüberliegend die Chiesa del Redentore, die Erlöserkirche. Der Grundstein für diese Kirche war 1577 gelegt worden, zum Dank für die verschwundene Pest.

Sie sahen den Markusplatz, den Palazzo Ducale, das Gefängnis Piombi, die Basilika. An dieser Stelle setzte Emma einen Punkt. Wie langweilig, das konnte in jedem Reiseführer nachgelesen werden. Es waren nicht diese Sehenswürdigkeiten an sich, sondern die Sicht vom Schiff aus. Hier durchzufahren hatte etwas Erhabenes. Man konnte sich so groß und wichtig fühlen. Sie verdrängte die mit den Kreuzfahrtschiffen verbundene Plage für die Lagunenstadt. Umweltschützer und Anwohner wehrten sich seit langem gegen die schwimmenden Giganten. Nach der Ausschiffung passierten sie im Adriatischen Meer einige Erdöl-Plattformen. Ferdl hatte erklärt, dass hier das meiste Erdöl von ganz Italien gewonnen wird. Sie würden die Nacht entlang der italienischen Küste fahren mit Kurs Süd-Ost in Richtung Bari. Sie schaltete aus, packte ihr Laptop in eine bunt gemusterte Umhängetasche und suchte das Theater. Sie suchte tatsächlich. Am Ende lief sie zweimal an der Bibliothek vorbei, bevor sie endlich am Ziel war. Doch es war unmöglich, in diesem ausladenden Saal jemanden zu finden. Da sie die Vorstellung nicht stören wollte, setzte sie sich in eine der hinteren Reihen und genoss die Kunststücke einiger Akrobaten. Am Ende blieb sie sitzen. Da es mehrere Ausgänge gab, war es nicht sicher, ob Imme und Bruni vorbei kämen, doch sie hatte Glück. Imme winkte ihr über die Reihen hinweg zu, und Emma freute sich wirklich, wieder in Gesellschaft zu sein.

Sie landeten in einer dusteren Bar. Hier waren viele Italiener, zumindest hörte man diese Sprache heraus. Imme und Bruni war es zu eng, zu laut, zu verraucht. Sie suchten weiter, in einem Tanzlokal fanden sie schließlich Platz an einem Tischchen. Eine Live-Band spielte, und einige Paare tanzten. Sie bestellten Cocktails, beobachteten die Leute, groß unterhalten konnten sie sich in Anbetracht der lauten Musik nicht. Emma hatte ständig Sorge, jemand könnte etwas über ihre bunte Tasche schütten, die sie unter dem Tisch deponiert hatte. „Dein Laptop ist dein wichtigster Reisebegleiter, da musst du schon aufpassen", lästerte Imme.

„Ich denke, das bleibt nicht lange so", sagte Bruni. „Da vorne kommt Ferdl."

Er kam alleine. Bruni und Imme verabschiedeten sich wie auf Kommando, dabei zwinkerten sie Emma zu.

„Wo ist Marta?"

„Schläft", brummte Ferdl.

„Aha."

Sie schauten sich an. Plötzlich küssten sie sich über den Tisch hinweg. Völlig unromantisch. Die Tischkante drückte in Emmas Bauch. Doch sie konnte ihren Mund nicht von seinem nehmen. Ferdl entzog sich, schüttelte den Kopf und sagte: „Oh Emma, es darf und kann nicht sein mit uns. Verstehst?"

„Ja."

„Marta würde mich umbringen, wenn ich was mit einer anderen Frau hätte."

„Ja."

„Sag nicht immer ja. Was soll ich denn tun?"

„Ferdl, ich weiß nicht, was wir tun sollen. Ich fasse es nicht, dass wir schon wieder eine gemeinsame Reise machen. Ich fasse es nicht, dass diesmal deine Frau dabei ist. Und ich fasse es nicht, dass wir uns gerade geküsst haben."

„Emma, am besten ist es, wir gehen ganz sachlich miteinander um. Sie hat dann keinen Grund, eifersüchtig zu sein."

„Ich denke, es ist besser, ich gehe jetzt." Sie war auf einmal nur noch müde. Und traurig. Sie war Single. Und sie würde es am Ende dieser Kreuzfahrt sein. Ferdl würde mit Marta von Bord gehen, und die glückliche Ehe hätte nicht einmal einen Kratzer abbekommen. Und ihr Begleiter wäre weiterhin einzig der Engel des Alleinseins.

Das Frühstück konnten sie wahlweise am Buffet auf dem Oberdeck oder an den festen Tischen im Speisesaal einnehmen. Emma und Charlotte wollten das Buffet ausprobieren. Die prallgefüllten Platten mit Wurst, Käse, Obst, Rührei und Speck verlockten zum Zugreifen. Für heute hatten sie sich zu einem Halbtagesausflug nach Bari angemeldet. Um halb drei nachmittags musste man wieder an Bord sein. Im Anschluss war als Pflichtprogramm die Seenotrettungsübung angesagt. Charlotte und Emma tranken ihren Kaffee, mit Appetit aß nur Charlotte, und Emma kaute lustlos auf einem Croissant. „Weißt du, dass Bari die Hauptstadt der Region Apulien ist?" fragte Charlotte mit vollem Mund. „Das steht in der Bordzeitung. Es sind zwei Stadtteile, eine entwickelte Neustadt und die Altstadt mit mittelalterlichen Bauten. Wir werden das historische Zentrum der Altstadt besichtigen." Emma nickte. „Es ist ein Labyrinth aus engen Gassen, geschlossenen Höfen, Haustürmen und Bögen. Bari ist bekannt als die Stadt, in der die Reliquien des heiligen Nikolaus ruhen. Dadurch ist Bari mit seiner Basilika eine der beliebtesten orthodoxen Pilgerstädte Italiens."

Emma nickte. Ein Labyrinth. Vielleicht würde Marta sich darin verlaufen. Auf Nimmerwiedersehen.

Natürlich verlief sich niemand, Charlotte und Emma sahen an jeder Ecke bekannte Gesichter vom Schiff. Doch Emma konnte den Ausflug in keinster Weise genießen. Genauso gut hätte sie an Bord bleiben können.

Später trafen sich alle mit ihren umgebundenen Rettungswesten an den jeweiligen Treffpunkten zur Seenotrettungsübung. Marta und Emma grüßten sich mit einem flüchtigen Hallo. Ein Steward erklärte etwas, doch Emma hörte überhaupt nicht zu. Sie knipste wie wild, all die Leute mit diesen dicken Westen, das gab fotografisch echt etwas her. Charlotte wollte mit Emma nach der Übung einen Einkaufsbummel machen. Nachdem sie ihre Westen wieder in der Kabine deponiert hatten, begaben sie sich in die Bondstreet auf Deck sechs. Charlotte zog es ins Schmuckgeschäft. „Auf meinen Reisen kaufe ich immer ein Erinnerungsstück. Emma, du darfst dir auch etwas aussuchen", lud sie ein.

„Aber Charlotte, es ist doch nicht nötig."

„Nötig ist es nicht. Aber ich möchte dir etwas schenken. Und schließlich kann ich mein Geld nicht mit ins Grab nehmen."

„Sag bitte nicht so was!" Emma wählte schließlich goldene Ohrstecker mit kleinen Lapislazuli-Steinen und Charlotte ein mit Edelsteinen besetztes Collier samt entsprechendem Armreif. Sie ließ alles verbuchen, über zehntausend Euro, das fand Emma gigantisch.

„Wir sollten es erst am Ende kaufen", sagte Emma, „sonst wird es noch geklaut."

„Unsinn. Du sollst es schließlich hier auf dem Schiff tragen. Und außerdem können wir alles in unseren Safe schließen."

Danach suchten sie die Boutique auf. Abermals sollte Emma sich etwas aussuchen.

„Das kann ich wirklich nicht annehmen."

„Emma", sagte Charlotte, während sie ein dunkelblaues Seidenkleid inspizierte, „ich schlafe in einer billigen Innenkabine, da spare ich so viel Geld, dass ich es an anderer Stelle ausgeben kann. Und es bereitet mir wirklich Freude, dich zu beschenken. Also, was hältst du von diesem Kleid?"

Emma schlüpfte hinein. „Traumhaft", sagte sie, „und perfekt zu meinen neuen Ohrringen."

„Gut, dann fehlen noch Schuhe, und anschließend schauen wir beim Friseur vorbei."

„Warum machst du das?" fragte Emma.

„Weil du so unglücklich bist."

„Ich weiß nicht", meinte Emma, „wenn ich mich so richte, bekommt Marta wieder einen Eifersuchtsanfall, wenn sie mich sieht."

Charlotte lächelte. „Marta wird es verkraften. Schließlich kannst du dich schön machen, wie du willst."

Emma hatte keine Lust, sich weiter Gedanken über Marta zu machen. Das Thema Ferdl war ohnehin gestorben.

Beim Gang zu ihrem Tisch sah sie genau, wie verschiedenste Männerblicke ihr folgten. Ihre blonden, kurzen Haare waren mit glitzernden Strähnen durchzogen, ein Coiffeur hatte das Haar flott im Nacken hochgeschnitten, seitlich fiel es auf Kinnlänge leicht ins Gesicht. Er hatte sie dezent geschminkt, die Wirkung war fantastisch. Sie trug das blaue Kleid, die Ohrringe, dazu schwarze Schuhe mit Prinzessinnen-Absätzen und einen feinen Schal.

Bratzl machte ihr ein Kompliment, sie sei die Schönste weit und breit. Imme pfiff, und Bruni sagte neidlos: „Mädel, du könntest als Model gehen!" Ferdl und Marta schwiegen.

Der Kellner, der an diesem Abend servierte, sah aus wie Ivan. Charlotte fragte, ob er Verwandte in Slowenien habe. „Nicht dass ich wüsste", sagte er, während er die Speisekarten austeilte. Als er Emma die Karte reichte, strahlte er sie geradezu an.

Emma hoffte, dass Ferdl das sah. Imme und Bruni wollten nach dem Essen ins Theater zu einer Musik Box, das sei eine Art Hitparade.

„Wollen wir nicht alle zusammen gehen?" fragte Charlotte.

Nun blickten alle Marta an. Sie bekam einen roten Kopf. „Wieso schaut ihr alle zu mir? Ferdl, was meinst?" sagte sie.

„Klingt gut. Von mir aus."

Geschlossen machten sie sich auf den Weg. Da sie früh dran waren, konnten sie in der vordersten Reihe sitzen. Marta, Ferdl, Charlotte, Emma, Bratzl, Imme und Bruni. Zwar hätte Emma mit Charlotte tauschen können, indem sie zum Beispiel noch einmal gemeinsam zur Toilette gegangen wären und danach einfach den jeweils anderen Platz genommen hätten. Doch sie hatte keine Lust auf weitere Spielchen. Sollte sie ihren Ferdl haben. Hier gab es weitaus rassigere männliche Geschöpfe. Sie bedauerte, dass

Charlotte, Bruni und Imme einiges älter als sie selbst waren, so kam ein Discobesuch mit den Damen nicht in Frage. Mit Ferdl und Marta auch nicht. Doch Emma hatte ihren Fotoapparat, sie würde dienstlich in die Disco gehen, für ihre Reportage. Sie könnte mit jedem, der ihr gefiel, ein Interview führen. Vielleicht war ja sogar Ivan der Zweite da.

Gegen halb zwölf, als die anderen sich in ihre Kabinen verzogen, machte Emma sich auf in die Discothek. Sie musste in die zwölfte Etage, da sie keinen Durchgang auf den endlosen Fluren fand, ging sie durch die außenliegende Poollandschaft, und sie gelangte durch einen Nebeneingang hinein. Dröhnend laute Musik schlug ihr entgegen. Sie sah sich um, auf der Tanzfläche rockte die Jugend, an der Bar und an den Tischchen saßen viele ältere Leute, da hätte sogar Charlotte mit ihren siebzig Jahren dazu gepasst. Sie suchte einen Platz an der Bar, ihren Fotoapparat hatte sie in der Handtasche. Ivan der Zweite bediente auch hier oben.

„Das ist ja lustig", sagte sie, als er zu ihr kam und nach ihren Wünschen fragte. Zugleich hätte sie sich am liebsten auf die Zunge gebissen. Was sollte daran lustig sein, wenn der arme Kerl so lange arbeiten musste?

„Schön, Sie zu sehen", sagte er, „sind Sie ganz alleine hier?"

„Mit meinem Fotoapparat. Ich bin beruflich da", beeilte sie sich.

Er nickte, mixte den gewünschten Cocktail à la Trude. „Wie ist denn Ihr Beruf?"

„Ich schreibe Reiseführer."

„Oh, wie spannend."

„Darf ich ein Interview mit Ihnen machen?" fragte sie.

„Mit mir? Besser mit dem Chef."

„Oh nein. Nicht mit dem Chef, lieber mit Ihnen."

Er lachte. „Es ist nicht gerne gesehen."

„Aber ich sehe Sie gerne." Schon wieder ein Grund, sich auf die Zunge zu beißen. Was schwatze ich bloß daher.

Er musste weiter bedienen, zwischendurch kam er zu ihr, um ein paar Worte zu plaudern. Er servierte unaufgefordert einen zweiten Cocktail, den er nicht verbuchte, und diesmal duzte er sie.

Emma wurde von einem vornehmen Herrn zum Tanzen aufgefordert. Danach setzte er sich zu ihr an die Bar. Er stellte sich vor mit Alfredo. Es folgte das Übliche, wie schön es sei, mit ihr zu tanzen, was sie so alleine hier mache, wo der Herr Gemahl sei, was sie beruflich mache, wie gerne er sie näher kennenlernen würde. Sie log, dass sich die Balken bogen. Der

Herr Gemahl sei Chef einer großen Firma und unabkömmlich. So musste sie diese Reise eben ohne ihn machen.

Sie genoss es, so umworben zu werden. Ivan der Zweite servierte den dritten Cocktail. Das würde anderntags heiter werden, sie hatten sich für einen Ausflug nach Katakolon angemeldet, das bedeutete frühes Aufstehen.

Alfredo fragte, ob er sie zur Kabine begleiten dürfe, und sie lehnte dankend ab. Er verabschiedete sich mit einem gehauchten Kuss auf ihre Wange. Ivan der Zweite kam sofort zu ihr, nachdem der Kavalier das Feld geräumt hatte.

„Ich weiß nicht einmal, wie du richtig heißt", sagte Emma. Sie merkte, dass die Zunge schwer wurde.

„Luca."

„Nicht Ivan?"

„Nicht Ivan. Das war wohl ein anderer."

„Luca ist schöner."

„Ist schöner", plapperte er ihr nach.

„Äh ja. Ich glaube, ich muss jetzt auf meine Ksbine." Ein wüster Schluckauf überkam sie.

„Ksbine?"

„Ins Bett." Emma schob sich vom Barhocker. Gleich würde sie den Boden unter den Füßen zu verlieren.

„Personal darf nichts mit Gästen anfangen", sagte Luca.

„Das ist richtig so. Xs. Sonst ginge es hier zu wie Sodom und Gomorra. Xs."

„Was ist das denn?"

„Schluckauf."

Er lachte. „Ich meine diese Camorra."

„Nicht Camorra. Sodom und Gomorra. Xs. Städte, in denen die Sünde regierte. Sie wurden unter Feuer und Schwefel begraben. Gute Nacht, Luca. Morgen machen wir das Interview."

Sie hatte alle Mühe, ihre Kabine zu finden und bedauerte sehr, Alfredo einen Korb gegeben zu haben. Fast schon panisch wurde sie, diese elendigen Flure mit den roten Teppichen, Spiegeln und tausenden von Türen wollten kein Ende nehmen. Sie hatte jegliches Zeitgefühl verloren, als sie endlich vor ihrer Kabine stand. So leise wie möglich ging sie zu Bett, um Charlotte nicht zu wecken. Sie freute sich auf das Interview mit Luca.

Ihr Schädel brummte am nächsten Morgen, und ihr Spiegelbild bestätigte ihr Befinden. Sie nahm zwei Kopfwehtabletten noch vor dem Frühstück. Lieber hätte sie sich noch einmal hingelegt, als diesen Ausflug mitzumachen. Doch sie musste, sie brauchte Fotos und Stoff für die Reportage. Da sich alle für den Ausflug angemeldet hatten, waren auch alle früh am Buffet erschienen. Bratzl saß schon, Emma und Charlotte setzten sich zu ihm, und er freute sich ganz offensichtlich darüber. Katakolon sei eine Küstenstadt, las er aus der Bordzeitung vor, der Stadtkern befinde sich direkt am Wasser, von dort aus könne man das Ionische Meer überblicken. Der Leuchtturm sei bereits 1865 erbaut worden. Von Katakolon aus ginge es nach Olympia, wo die Altgriechen für mehr als ein Jahrtausend alle vier Jahre die heiligen Spiele ausgetragen hätten. Emma gähnte. Bratzl las unbeirrt weiter: „Die olympischen Spiele der Antike waren dem Göttervater Zeus gewidmet. Die Ruinen des Olympiagebietes mit Stadion, Tempel und Fiskus sind weltbekannt. Ebenfalls sehenswert ist das moderne archäologische Museum, eine Schatzkammer mit antiken, klassischen und römischen Skulpturen, einschließlich der berühmten Nike-Statue." Er schaute in die Runde, als habe er soeben ein eigenverfasstes Referat vorgetragen. Emma sagte höflichkeitshalber: „Da sind wir ja mal gespannt."

Ferdl stieg alleine in den Bus, der sie vom Hafen nach Katakolon bringen würde. Marta habe ein Magen-Darm-Problem und könne nicht mitkommen.

Charlotte fragte Bratzl, ob er neben ihr Platz nehmen wolle, was er liebend gerne tat. Emma und Ferdl setzten sich auf die beiden Plätze dahinter. Ferdl überließ ihr den Fensterplatz.

Emma konnte sich gar nicht konzentrieren auf das, was die Reiseleiterin während der Fahrt erzählte. Sie spürte seinen warmen Körper neben sich, obwohl er sie nicht berührte. Ihr Kopf schmerzte trotz der Tabletten immer noch. So gerne hätte sie ihn auf seine Schulter gelegt. Im Film machten sie das immer so. Aber wenn Marta nachher ein blondes Haar auf seinem Hemd entdecken würde, wäre der Teufel los. Und sie hatte sich ja vorgenommen, nicht mehr um ihn zu buhlen.

Als könne er Gedanken lesen, fragte er: „Geht es dir nicht gut?"

„Kopfweh", sagte sie.

„Wir können nachher irgendwo einen Kaffee trinken."

„Mhm."

Er nahm ihre Hand in seine und drückte diese sanft. Dann legte er ihre Hand auf seinen Schenkel und bedeckte diese mit seiner warmen Hand.

Das hatte etwas durch und durch Beschützendes. Das Blatt schien sich zu wenden. Es war eine eindeutige Erklärung. Ab da ging es bergauf mit ihr.

Sie waren nicht die einzige Gruppe, die durch die Ruinen des Olympiagebietes geführt wurde. Die Reiseleiterin ratterte ihren Text herunter wie eine Maschine, der nächste Trupp stand ihnen ständig im Nacken. Emma fotografierte mit Eifer, auf jedem zweiten Bild war Ferdl, der sie anstrahlte. Als sie an die Stelle kamen, an der noch heute das olympische Feuer entzündet wird, war das Gedränge groß, denn jeder wollte einen Schnappschuss von der Stelle mit sich darauf haben.

Ferdl und Emma fassten sich an den Händen, sobald sie sich unbeobachtet fühlten. Emma hätte am liebsten gefragt, ob sie jetzt ein heimliches Liebespaar seien. Doch sie fürchtete, den Zauber zu zerstören, und genoss einfach die Situation.

Bevor sie zurück zum Schiff gebracht wurden, durften sie eine Stunde in einer nahegelegenen Einkaufsstraße freie Zeit verbringen. Charlotte und Bratzl schlenderten voraus, gefolgt von Imme und Bruni. Ferdl und Emma bildeten die Nachhut, sie gingen so langsam, dass der Abstand sich beständig vergrößerte.

Jetzt gibt es den Kaffee, ging es ihr durch den Kopf. Schließlich bogen sie in eine unbelebte Seitenstraße ab. Sie gingen ein Stück, wählten einen engen Seitenweg, von diesem winkelten abermals zwei Gassen ab, und sie schlenderten in einer dieser Gassen weiter. Keine Menschenseele war zu sehen, nicht einmal Hunde oder Katzen streunten herum. Es war der perfekte Ort für diesen Kuss. Sie wollten gar nicht mehr voneinander lassen. Der Kaffee war vergessen.

Nach einer Ewigkeit meinte er, sie sollten die Bushaltestelle aufsuchen, um halb eins würde das Schiff ablegen.

Alle saßen bereits, und man hätte wohl nicht mehr lange gewartet. Sie bekamen einen Rüffel der Reiseleiterin. Bratzl fragte, wo sie abgeblieben seien, und Ferdl meinte, sie hätten im Restaurant so lange auf die Rechnung warten müssen.

Erst als sie wieder in ihrer Kabine waren, fragte Charlotte, was los sei. Emma lächelte. Charlotte sagte: „Es geht mich nichts an, aber du weißt, dass seine Frau sehr eifersüchtig ist."

„Was soll ich tun? Ich habe mich schon auf der ersten Reise in ihn verliebt. Dass das Schicksal uns nun auf eine gemeinsame zweite Reise geführt hat, sehe ich als Zeichen."

„Ich weiß nicht, ach Emma, es gibt doch so viele andere Männer auf diesem Schiff. Denk nur an diesen netten Kellner, der aussieht wie Ivan."

„Dieser nette Kellner heißt Luca, und mit Gästen dürfen die Angestellten nichts anfangen."

„Bratzl umwirbt mich auch irgendwie", meinte Charlotte. Sie saß auf ihrem Bett und massierte die müden Beine.

„Bratzl? Der ist ja wohl unter deinem Niveau."

Charlotte lachte. „Nun ja, immerhin war er Mathelehrer, und zudem musst du in seiner Gegenwart nie hungern. Auch heute hatte er gekochte Eier vom Frühstücksbuffet dabei. Ich habe auch eines abbekommen."

„Von solchen Leuten lernt man das Sparen", sagte Emma, die soeben ihr Bikini-Oberteil zurechtrückte. Dass Bratzl vor seiner Pensionierung ein überzeugter Lehrer mit Leib und Seele war, konnte sie sich allzu gut vorstellen. In der Tat.

„Wenn ich eines nicht muss, dann ist es sparen", sagte Charlotte, „und darüber bin ich mehr als froh." Sie wollte noch einen Mittagsschlaf halten, bevor sie zum Pool nachkäme. So machte sich Emma alleine auf den Weg.

Sie angelte sich eine freie Liege auf dem obersten Deck, von diesem aus konnte sie die gesamte Poollandschaft überblicken. Da sie hier nicht mit dem Laptop hantieren wollte, hatte sie einen Block und Stift eingesteckt, um die Eindrücke festzuhalten. Olympia würde in ihrem Bericht einen himmlischen Stern bekommen. Doch bevor sie zu Schreiben anfing, schloss sie die Augen und genoss diesen wundervollen Kuss ein weiteres Mal im Geiste. Ferdl hatte sich mit ihr zum Nachmittagskaffee an der Bar über den Swimmingpools verabredet, Emma freute sich unbändig darauf.

Später kam Charlotte, im Schlepptau Bratzl. Er trug eine altmodische Nylon-Badehose und ein geblümtes Hawaiihemd. Hier auf dem obersten Sonnendeck gab es immer freie Liegen, denn die meisten tummelten sich unten beim großen Pool. So konnten sie alle nebeneinander sein. Bratzl schwärmte vom Vormittag, wie spannend doch diese Geschichte um die Olympischen Spiele gewesen sei. Die Sonne stand über ihnen, der frische Fahrtwind ließ sie jedoch die Hitze nicht spüren. Bratzl meinte, das sei gefährlich für Sonnenbrand, ob er die Damen eincremen soll. Die Damen lehnten dankend ab. So fragte er, ob denn jemand mit ihm ins Wasser ginge, worauf Charlotte sich seiner erbarmte. Imme und Bruni winkten ihr von weiter vorne zu, Emma winkte zurück. Sie war froh, dass die beiden nicht auch noch herkamen, sie wollte träumen und ihre Ruhe haben. Sie klappte die Lehne runter und legte sich auf den Bauch. Das Träumen verging ihr, als Bratzl eine Viertelstunde später seine nasse Patschhand auf ihren Rücken legte. Diese Berührung war ihr so unangenehm, dass sie aufstand und zur nächsten Dusche ging. Erfrischt und froh gelaunt wickelte sie das Badetuch um und machte sich auf den Weg zur Bar. Ferdl war noch nicht da. Aber der Herr, dieser Alfredo, der sie gestern in der Disco zum Tanzen aufgefordert hatte. Er saß alleine und trank ein Bier. Emma musste sich wohl oder übel hersetzen, denn gleich käme Ferdl. Wenigstens war Luca nicht im Dienst, da wäre sie leicht überfordert gewesen, mit wem sie sich unterhalten sollte. Luca, dem hatte sie doch ein Interview versprochen, fiel ihr siedend heiß ein. Darum würde sie sich später kümmern. Alfredo fragte sofort, ob er sie auf einen Drink einladen dürfe.

„Danke, aber ich bin verabredet", sagte sie, er zog eine Schnute und meinte, das sei schade.

Ferdl kam, sie sahen sich an, berührten sich aber nicht. Doch der Blick genügte Emma völlig. Sie sprachen auch nicht, Alfredo plapperte ihnen dafür die Ohren voll. Er fragte, ob sie Lust auf ein Tennismatch hätten, auf einen Dreier, was Emma sehr unverschämt fand.

„Lass uns eine Runde gehen", schlug sie vor.

Ferdl kippte den Rest Kaffee runter.

Sie gingen in Emmas Kabine. Charlotte würde so bald nicht kommen, die Gesellschaft Bratzls schien sie zu genießen. Ausgezogen waren sie in Anbetracht der Badekleidung schnell. Ferdl flüsterte, sie müssten ja nicht zum Äußersten gehen, das sei dann nicht so schlimm, und überhaupt hätte er nichts dabei.

Emma hatte etwas dabei, sie zog ihren Koffer unterm Bett hervor, wühlte darin und förderte ein Päckchen Kondome zutage.

„Es muss natürlich unser Geheimnis bleiben", flüsterte er danach, dabei hielt er sie eng und fest an sich gedrückt. Es war doch zum Äußersten gekommen. Sie hätte am liebsten gefragt, ob er sich scheiden lasse, aber dafür war es noch zu früh.

Irgendwann machte er sich auf den Weg zu seiner Frau. Er müsse schauen, wie es ihr ging. Das schmerzte, obwohl sie es verstehen konnte. Er hatte ein schlechtes Gewissen, und Emma wunderte sich über sich selbst. Sie hatte keins.

Zum Abendessen kam Marta mit. Sie sah wirklich schlecht aus, bestellte nur einen Teller Gemüsebrühe. Imme erzählte über den Ausflug, Bratzl schob immer wieder etwas in seine Jackentasche, die er am Stuhl hängen hatte. Emma war sehr schweigsam. Sie trug die neuen Ohrringe und abermals das blaue Kleid, danach würde sie es zur Schmutzwäsche tun. Ferdl aß lustlos und schweigsam seinen Salatteller, einzig das Krachen, wenn er auf eine harte Karotte biss, war zu hören. Er begleitete seine Frau nach der Suppe zurück zur Kabine.

„Die waren aber komisch", meinte Imme, nachdem sie weg waren, „haben die gestritten?"

„Marta ist krank, das ist alles", antwortete Emma.

Charlotte warf ihr einen eigentümlichen Blick zu.

Emma sagte: „Wisst ihr, heute könnten wir gegen später alle in die Disco. Da sind fast keine jungen Leute, alle älter."

Imme und Bruni waren sofort begeistert, Charlotte und Bratzl wollten sich's überlegen.

Ferdl kam zurück. „Sie schläft. Und ich habe noch Hunger", sagte er.

„Dann hau rein", sagte Imme. „Nachher gehen wir alle in die Disco."

„Kommst du mit?" fragte Emma.

„Ich weiß noch nicht", meinte er, dabei lächelte er sie an. Es war ein Lächeln mit Zähnen, ein bissiges. So gar keins, das man sich nach einem Liebesakt schenkte.

Luca hatte wieder Dienst, und Emma bekam als Erste am Tisch Speisen und Getränke, und zudem machte er ihr ein Kompliment, wie bezaubernd sie sei. Emma fragte, ob er später wieder in der Disco Bardienst habe, und Luca nickte. Ob sie wieder einen seiner berühmten Cocktails trinken wolle, fragte er leise. Sie nickte. „Und das Interview müssen wir auch noch machen", sagte er. „Braucht der Chef ja nicht zu wissen."

„Sehr gerne", sagte Emma.

Ferdl blickte fragend von einem zum andern. Emma meinte leichthin: „Für meine Reportage muss ich mit möglichst vielen Menschen auf dem Schiff in Kontakt kommen." Ferdl fragte, wie das gemeint sei. „Wie ich es sage", antwortete sie.

Charlotte fand es eine gute Idee. „Du solltest nicht nur mit dem Kellner ein Interview machen. Frage doch, ob der Kapitän bereit dazu ist."

„Ich weiß nicht", überlegte Emma, „der Kapitän, hm. Weshalb eigentlich nicht. Ich werde morgen den Bordreiseleiter fragen, ob das möglich ist."

Imme rief: „Dann will ich aber mit, das wäre phänomenal!"

Ferdl verabschiedete sich, er müsse jetzt nach seiner Frau schauen.

Emma erklärte, sie werde vor der Disco in die Bibliothek gehen und an ihrem Bericht schreiben.

Wie immer war dort nichts los. Sie starrte den Bildschirm ihres Laptops an. Vieles ging ihr durch den Kopf. Alles, was sie wollte, war Ferdls Liebe. Einzig deshalb hatte es diesen Unglücksfall mit Gabi gegeben. Ob sie eines Tages mit jemandem darüber reden würde? Eher nicht, Ärger brauchte sie keinen. Sie hatte mit Ivan was gehabt, obwohl sie kein wirkliches Interesse an ihm hatte. Hatte mit Luca geflirtet, obwohl sie von dem auch nichts wollte. Und alles nur wegen dem Ferdl. Jetzt hatten sie endlich miteinander geschlafen, danach war er gar nicht mehr nett zu ihr gewesen. Wo sollte das alles hinführen?

Das würde nichts mehr mit ihrem Bericht, sie brachte ihren Laptop zur Kabine. Wenigstens verlief sie sich inzwischen nicht mehr auf dem Weg dorthin. Charlotte lag bekleidet auf ihrem Bett. Sie schlief nicht, müsse sich nur ausruhen, da sie sich später ins Nachtleben stürzen wollte. Emma sah das neue Collier samt Armreif auf dem Tischchen liegen und fand es sehr leichtfertig. Solch teuren Pomp trug man an sich oder bewahrte ihn im Safe. Andererseits, sie waren ja hier, und nachher würde der Flitter getragen werden. So legte sie ihre Ohrringe dazu.

Sie ging ins Bad, das gerade groß genug war für eine Person.

Eine kurze Dusche würde sie auf andere Gedanken bringen. Wie wohltuend es war, als das warme Wasser über ihren Kopf lief. Sie hätte ewig so stehen können. Sie schäumte ihr Haar ein, seifte und ribbelte den Körper, spülte alles von sich. Sie wickelte sich in ein großes Badetuch, anziehen konnte man sich besser in der Kabine, da war mehr Platz. Als sie die Badezimmertür öffnete, war es dunkel. Seltsam, vorhin hatte sie das Licht über dem Tisch brennen lassen. Sie stolperte über etwas, fing sich jedoch wieder, drückte auf den Lichtschalter. Sie schrie laut auf, mit der einen Hand hielt sie das Badetuch fest, mit der andern hielt sie sich den Mund zu. Sonst hätte sie gar nicht mehr aufhören können zu schreien. Charlotte lag reglos auf dem Fußboden, ihr Haar war voller Blut, und auch auf dem Boden war eine Blutlache. Mit zitternden Händen wählte sie die Nummer des Empfangs, erklärte, dass sofort ein Arzt kommen müsse, gab die Kabinennummer durch. Sie holte ein frisches Handtuch aus dem Bad und drückte es auf die Stelle am Kopf, aus der das Blut kam. Charlotte rührte sich nicht. Emma staunte, wie schnell es klopfte. Ein junger Mann mit einer Arzttasche zwängte sich herein, da sich die Tür wegen Charlotte nicht ganz öffnen ließ. Er versorgte Charlottes Wunde, fühlte den Puls, zog eine

Spritze auf, Emma saß zitternd auf ihrem Bett, immer noch eingehüllt in ihr Badetuch, und sie kam sich sehr unnütz vor.

„Sie muss auf die Krankenstation", sagte er. „Sieht nicht gut aus."

„Ich ziehe mir rasch was an und komme mit", sagte sie.

Der Arzt telefonierte, während sie sich eine Hose und einen Pulli überstreifte.

Dann sagte sie, man müsse den Reiseleiter der Gruppe verständigen, den Ferdl, obwohl er eigentlich privat hier wäre. Aber dennoch habe er die Verantwortung übernommen. Der Empfang würde ihn benachrichtigen, erklärte daraufhin der Arzt, was eine beruhigende Wirkung auf Emma hatte.

Wenig später wurde Charlotte auf einer Bahre zur Krankenstation getragen. Emma lief hinterdrein. Sie musste in einem Warteräumchen Platz nehmen. Als Ferdl eintrat, fing sie zu heulen an und konnte gar nicht mehr aufhören. Er setzte sich neben sie, legte einen Arm um sie und drückte sie an sich.

„Was ist denn geschehen?"

„Ich weiß nicht. Hoffentlich stirbt sie nicht." Das wäre dann die zweite Tote auf einer gemeinsamen Reise, ging es ihr durch und durch. Plötzlich hatte sie das Bedürfnis, über Gabi zu sprechen, Ferdl zu erzählen, wie es zugegangen sei damals.

In diesem Moment kam der junge Schiffsarzt aus dem Behandlungsraum und sagte, die Platzwunde am Kopf sei nicht das wirkliche Problem, die Dame wolle einfach nicht aufwachen, sei in einer Art Koma, und man könne nur hoffen, dass sie bald ansprechbar sei. Sie müsse auf der Station bleiben, am nächsten Morgen dürften sie sie besuchen. Emma machte sich Vorwürfe. Hätte sie nur nicht so lange geduscht, hätte sie Charlottes Sturz gehört.

Ferdl begleitete Emma zurück in die Kabine. Beide dachten wohl an das Schäferstündchen, das sie hier gehabt hatten. Und jetzt so was.

Das Bett wurde soeben von einem jungen Mädchen frisch bezogen, der Blutfleck auf dem Fußboden war schon nass gereinigt worden. Trotzdem, kein Auge würde sie hier zutun können. Und dann sprang es sie förmlich an. Es war ihr vorhin gar nicht aufgefallen. Der Schmuck lag nicht mehr auf dem Tischlchen. Sie öffnete den Safe. Darin waren nur die Reisepässe und ihre Geldbörsen. „Ferdl", sagte sie, „jemand hat den Schmuck geklaut. Das gibt es doch nicht!"

Ferdl rief die Rezeption an. Nun kam Emma schneller ins Gespräch mit dem Kapitän, als ihr lieb war. Er kam nämlich höchstpersönlich an den

Ort des Verbrechens. Emma erzählte von dem Schmuck, dass er auf dem Tischchen gelegen habe, als sie zum Duschen ging.

„Das Opfer hat wohl jemandem die Tür geöffnet", sagte der Kapitän. „Sie hat vermutlich einen heftigen Schlag abbekommen." Man werde alles Menschenmögliche tun, dass es der Dame bald wieder gut ginge, und natürlich werde man nach den Wertsachen forschen. Vielleicht würde sie ja bald aufwachen, und dann würde man erfahren, was geschehen war. Es sei auch zu überlegen, die Verletzte anderntags in Izmir in ein Krankenhaus zu verlegen. Doch davon wollte Emma nichts wissen. Sie wäre auf dem Schiff besser aufgehoben.

Nachdem dies besprochen war, gingen Ferdl und Emma in eine der Bars. Sie beschloss, sich zu betrinken, um danach schlafen zu können. „Ferdl, wenn wir hier schon sitzen, ich muss mit dir noch über etwas anderes reden", sagte sie.

„Nein, bitte. Lass gut sein." Seine Stimme war voller Wärme, Emma hatte eigentlich über Gabis Tod sprechen wollen. Doch er hatte recht, für heute war es genug.

Ferdl trank ein Glas Wein, Emma leerte in derselben Zeit zwei. Danach wollte sie noch einmal in die Krankenstation, doch Ferdl meinte, das bringe nichts. „Morgen früh gehen wir zu ihr, dann sehen wir weiter", sagte er. Nach einem letzten Glas begleitete er sie zu ihrer Kabine, ging mit ihr hinein, küsste sie und wünschte dann eine gute Nacht.

Als er weg war, suchte Emma noch einmal erfolglos nach den Klunkern. Sie legte sich samt Kleidung in ihr Bett und weinte sich in den Schlaf.

Marta lag wach, als Ferdl kam. Es gab Kabinen mit Doppelbett oder mit zwei Einzelbetten. In dieser Kabine war ein Doppelbett, und Marta lag, wie auch zu Hause, auf der rechten Seite. Ferdl zog sich aus und schlüpfte unter seine Decke. Er berichtete von Charlotte, dem verschwundenen Schmuck, der verzweifelten Emma. Er hatte erwartet, dass Marta ein Wort des Mitleids spräche. Doch sie fing zu zetern an. Was ihn das alles anginge, er sei privat mit seiner Frau hier, falls er das vergessen habe. Es sei eine Reise zur silbernen Hochzeit. „Doch alles dreht sich nur um diese Emma, das regt mich tierisch auf!" schrie sie ihn an. Selbst an diesem Tag, wo sie krank das Bett hüten musste, sei ihm diese Journalistin wichtiger.

„Schlaf jetzt", sagte Ferdl, „es ist besser, du sagst nichts mehr."

Marta zog die Decke über beide Ohren und wandte ihm den Rücken zu. Auch ihr liefen jetzt die Tränen herunter. Eigentlich hatten sie am nächsten Tag Izmir besichtigen wollen. Sie war auf dem Weg der Besserung und hatte sich so darauf gefreut. Doch wie sie die Lage einschätzte, würde ihr Gatte aus Fürsorge den Tag auf dem Schiff verbringen. Sie würde auch ohne ihn losziehen.

Nach dem Frühstück gingen sie gemeinsam zur Krankenstation. Bratzl, Imme, Bruni und Emma, auch Ferdl und Marta schlossen sich an. Doch es gab nichts Neues. Charlotte war noch nicht aufgewacht. „Wenn sie morgen noch in diesem Zustand ist", sagte der Arzt, „werden wir in Istanbul ein Krankenhaus kontaktieren."

„Aber was soll das bringen? Wir werden sie keinesfalls alleine in der Türkei lassen", meinte Ferdl. „Wäre es nicht gescheiter, sie nach Hause zu fliegen?"

Emma gab zu bedenken, dass Charlotte dann auch niemanden hätte, und in einem Krankenhaus würden sie auch nichts anderes machen, als sie zu beobachten. „Das können die hier genauso, und wir sind in der Nähe, wenn sie aufwacht."

Man einigte sich darauf, diesen Tag noch abzuwarten. Imme meinte, ob es nicht gefährlich sei, der Täter könnte ja noch einmal kommen. „Wenn sie aufwacht, kann sie sagen, wer es war. Und da muss man damit rechnen, dass derjenige dies verhindern will."

Der Arzt sagte, es sei immer Personal auf der Station, es könne also in dieser Hinsicht nichts geschehen.

Marta meinte: „Ferdl, dann können wir jetzt Izmir anschauen. Es gibt keinen Grund, hierzubleiben."

„Gehen Sie", sagte der Arzt, „es macht wirklich keinen Sinn, hier zu sitzen. Wir passen schon auf." Ohne Widerspruch zu dulden, schob er alle hinaus.

Sie wurden direkt vor dem Schiff von Taxifahrern und Eseltreibern bedrängt, eine Besichtigungstour mitzumachen. Marta bestand darauf, mit Ferdl in einem Karren zu sitzen und sich von zwei Eseln ziehen zu lassen. Die anderen wollten zu Fuß gehen, es war nicht weit in die Innenstadt. Emma war mit den Gedanken bei Charlotte, sie sorgte sich um sie. Sie schlenderten eine breite Einkaufsstraße hinauf, Imme und Bruni blieben vor jedem zweiten Schaufenster stehen. Bratzl verabschiedete sich, er wollte auf eigene Faust los. Emma hatte eigentlich keinen Nerv für solch einen Bummel, doch sie wusste auch nicht, was sie sonst hätte tun können. Alleine wollte sie hier nicht rumlaufen, all die türkischen Männer, die ihnen hinterherschauten, das war ihr zu unsicher. So trottete sie mit, überlegte, wer den Schmuck gestohlen haben könnte, wer Charlotte so zugerichtet haben könnte, doch es konnten ja Hunderte gewesen sein. Das Geschmeide hatten sie beide getragen, jeder hätte unbemerkt zur Kabine folgen und sich die Zimmernummer merken können. Dann eine passende Gelegenheit abwarten, und peng. Wäre Charlotte nicht alleine gewesen, hätte derjenige sagen können, er habe sich in der Tür geirrt.

Imme zerrte Emma in ein Bekleidungsgeschäft. Endlich wurde auch Emma angesteckt vom Kaufrausch. Hier war alles spottbillig, und am Ende hatte jede Berge von Klamotten in Tragetüten.

„Wir könnten noch etwas trinken, dann müssen wir zum Schiff. Um fünfzehn Uhr legen wir ab", meinte Bruni.

Sie fanden ein kleines Café, wählten einen freien Tisch neben dem Eingang. „Hier sitzen nur Männer", sagte Emma, „schaut euch mal um."

„Sollen wir woanders hin?" meinte Imme. „Nicht dass wir noch verschleppt werden."

Bruni winkte ab. „Quatsch."

Doch der Ober übersah sie schlichtweg, selbst auf Immes lautes Rufen kam er nicht an ihren Tisch.

Als sie im Begriff waren zu gehen, kam Alfredo in Begleitung einer schlanken, schwarzhaarigen Frau herein. Emma winkte ihm zu, immerhin hatte er einen Abend lang mit ihr getanzt. Alfredo nickte nur kurz und machte dann auf dem Absatz kehrt, die Frau zog er mit sich hinaus.

„Was war das denn?" meinte Bruni.

„Scheint, es war ihm unangenehm, uns zu sehen", sagte Emma.

Imme sagte: „Wahrscheinlich wegen der Begleiterin. Wenn die so eifersüchtig ist wie Marta, Prost Mahlzeit."

„Die Marta und der Ferdl werden jetzt auf dem Eselkarren durch die Stadt gezogen", sagte Bruni, „eine lustige Vorstellung ist das."

„Solange die Esel nicht bocken", lachte Imme.

„Gehen wir, wir können ja auf dem Schiff unseren Kaffee trinken", bestimmte Emma.

An Bord war nicht viel los, die meisten Gäste waren noch in Izmir. So konnten sie sich einen guten Platz auf dem Sonnendeck aussuchen, wo sie ihre Liegen mit Handtüchern reservierten. Denn zuerst wollten sie nach Charlotte sehen.

„Sie ist aufgewacht", wurden sie vom Arzt begrüßt. Ihm stand die Erleichterung ins Gesicht geschrieben. Charlotte lächelte sogar, als ihre Besucherinnen an ihr Bett traten.

Emma nahm ihre Hand, und vor Erlösung fing sie zu heulen an.

„Nicht doch, Kindchen", sagte Charlotte, „alles halb so schlimm. Mir geht es gut."

Imme legte eine Hand auf Emmas Schulter.

„Was ist denn geschehen?" fragte Bruni.

„Dasselbe hat mich vorhin der Kapitän gefragt", antwortete Charlotte. „Wisst ihr, er war persönlich hier bei mir."

„Das ist ja wohl das Mindeste", schluchzte Emma.

„Es ging so schnell", fuhr Charlotte fort, „es hat geklopft. Ich habe aufgemacht. Da stand jemand mit einer Maske. So eine richtig schöne goldene Maske war das, wie sie die Leute beim Karneval in Venedig aufhaben. Ich habe nach dir gerufen, Emma. Und dann bekam ich einen Schlag auf den Kopf, an mehr kann ich mich gar nicht erinnern."

„Womit hat er geschlagen?"

„Einem Spazierstöckchen oder so was. Ich weiß nicht genau."

„Charlotte, egal, was war, ich bin nur heilfroh, dass du wieder wach bist und dass es dir gut geht. Es stimmt doch, du sagst das nicht nur, um uns zu beruhigen?" wollte Emma wissen.

„Mir ist nur ein wenig schlecht. Das sei von der Gehirnerschütterung, sagt der Arzt. Ein reizender junger Mann, sehr aufmerksam ist der. Aber sonst geht es mir wirklich gut. Ich habe sogar schon ein Buttertoast gegessen. Leider darf ich noch nicht raus hier. Ich muss auf der Krankenstation bleiben."

„Immer noch besser als ein Krankenhaus im Ausland", sagte Emma.

„Was geschieht denn nun wegen des Diebstahls?" fragte Bruni.

„Sie machen mir keine großen Hoffnungen. Der Kapitän meint, man könne nicht in jeden Koffer schauen."

„Dann werden wir die Augen aufhalten", sagte Imme, „ich liebe Krimis, und vielleicht sind wir ja erfolgreiche Detektive."

„Bringt euch nur nicht in Gefahr, das müsst ihr mir versprechen", sagte Charlotte.

Alle drei legten die Hand auf Charlottes und schworen: „Großes Ehrenwort!"

Nach der Ausschiffung legten sich Bruni, Imme und Emma auf ihre reservierten Liegestühle. Die Sonne und der frische Wind, der blaue Himmel, die Erleichterung, dass Charlotte nichts Schlimmeres passiert war, all dies ließ eine gute Stimmung aufkommen. Imme schlug vor, auf das Glück im Unglück zu trinken. So machten sie sich auf zur Bar auf dem Außendeck, wo sich jede einen „Cocktail Trude" bestellte.

Emma meinte: „Schaut mal, da unten ist wieder dieser Alfredo, aber die Schwarzhaarige sehe ich nirgends."

Sie reckten die Köpfe über das Geländer. „Die schwimmt", sagte Imme, „da vorne im Pool!"

„Die hat er bestimmt in der Disco abgeschleppt", sagte Emma. „Bei mir hat er es auch schon versucht."

Als sie den zweiten Cocktail an der Bar bestellten, war Luca am Ausschank. „Luca, schön, dich zu sehen", rief Emma.

„Noch besser, wenn ich mit euch anstoßen könnte", sagte er leise.

„Ihr müsst hart arbeiten, oder?" fragte Imme.

„Alles ist besser als keine Arbeit zu haben."

„Luca, wenn du etwas hörst oder siehst, was dir verdächtig vorkommt, musst du es uns erzählen", sagte Emma. „Wir wollen herausfinden, wer Charlotte überfallen hat."

„Ich halte Augen und Ohren auf, so sagt man doch?" Luca zwinkerte ihr zu.

„So sagt man", bestätigte Emma, „und wenn wir den Täter haben, kriegt er auch eins auf die Rübe."

„Genau. Auge um Auge. Zahn um Zahn." Imme erhob wie ein Racheengel das Glas, und Emma beschlich ein mulmiges Gefühl.

9

Erst beim Abendessen traf sich die Gruppe wieder. Alle hatten inzwischen Charlotte besucht, und sie waren gleichermaßen erleichtert. Bratzl wollte sogar auf die Krankenstation ziehen, damit die Gute nicht so alleine wäre. Doch davon, so berichtete er, habe weder Charlotte noch der Arzt etwas wissen wollen. Selbst Luca, der das Essen servierte, freute sich, dass es der netten Dame besser ging.

Marta schwärmte von Izmir, solch eine romantische Stadtrundfahrt sei es gewesen, der Bazar und überhaupt. Ferdl war sehr schweigsam. Imme, Bruni und Emma berichteten von ihrem detektivischen Vorhaben, doch konkrete Vorstellungen hatten sie keine. Imme sagte: „Emma, du musst über Luca an einen Generalschlüssel kommen. Dann können wir während der Landausflüge alle Kabinen durchsuchen."

Emma hielt es für eine Schnapsidee. „Erstens gehen nie alle Gäste auf Landausflüge, viele bleiben lieber auf dem Schiff. Und zweitens, wie sollen wir über tausend Kabinen durchsuchen? Und drittens, der Schmuck liegt gewiss nicht offen herum. Bestimmt hat ihn derjenige gut versteckt, sei es im Safe oder sonstwo. Nein, wir müssen einfach aufmerksam sein."

Marta sagte: „Es geht doch uns nichts an. Das ist Sache des Kapitäns. Und dann muss ich schon sagen, ist es leichtsinnig, solch teure Klunker zu tragen."

Ferdl schüttelte den Kopf. „Marta, das wiederum geht dich nichts an."

Emma schlug vor, noch einmal mit Charlotte zu reden. Vielleicht habe sie doch etwas bemerkt, was ihnen weiterhelfen könne.

Bevor sie das Restaurant verließen, flüsterte Luca Emma zu, sie solle kurz sitzen bleiben.

„Es ist noch mehr gestohlen worden, ich habe es gehört. Aber, bitte, der Kapitän wirft mich raus, wenn er erfährt, dass ich das gesagt habe. Es ist streng geheim." Nebenher hantierte er mit dem Geschirr, und es sah aus, als unterhielten sie sich über Belanglosigkeiten.

„Danke, Luca, ich werde es niemandem weitererzählen, fest versprochen. Sind denn noch mehr Leute verletzt worden?"

„Nur die Dame. Wir wurden alle befragt, aber pst, der Oberkellner kommt."

Emma tat so, als trinke sie einen letzten Schluck, dann erhob sie sich und folgte den anderen auf die Krankenstation.

Charlotte hatte eine Kleinigkeit zum Abendessen bekommen, nun war sie müde und wollte schlafen. „Aber es ist wirklich sehr nett, dass ihr mich so treu besucht", sagte sie.

Emma hätte zu gerne mehr von Luca gehört, sie musste nach einer günstigen Gelegenheit suchen. Vielleicht in der Disco, da war die Musik so laut, dass niemand etwas hören konnte. Am liebsten hätte sie Ferdl in das Geheimnis eingeweiht, doch sie hatte es Luca versprochen, also würde sie schweigen.

Nachdem sie die Krankenstation verlassen hatten, setzten sich Emma, Bratzl, Imme und Bruni auf eines der Außendecks. Ferdl und Marta waren auf ihre Kabine gegangen. Emma stellte sich lieber nicht vor, was dort womöglich geschah.

„Solch ein träumerischer Sternenhimmel", sagte Bruni, „wisst ihr, dass wir uns nun entlang der Meerenge der Dardanellen bewegen?"

Bratzl nickte. „Es steht in der Bordzeitung. Ich habe es auch gelesen. Die Meerenge werden wir heute Nacht um halb zwei verlassen. Der Lotse wird hier von Bord gehen. Danach geht die Reise weiter im Marmarischen Meer, und wir können, sobald es hell wird, die Küste sehen. Das Marmarische Meer hat eine tausend Kilometer lange Küste und trennt den europäischen Teil der Türkei vom asiatischen. Morgen früh erreichen wir die Bosporus Meerenge."

„Sehr gut, Herr Bratzl", sagte Emma, „haben Sie das auswendig gelernt?"

„Das weiß man. Die Meerenge bildet die südliche Grenze zwischen dem asiatischen und dem europäischen Kontinent."

Emma unterbrach ihn: „Wissen Sie auch, was Bosporus bedeutet?"

Er sah sie fragend an. Das war wohl nicht in der Bordzeitung gestanden. Emma lächelte. „Der Begriff Bosporus stammt aus dem Griechischen und bedeutet so viel wie Passage des Kalbes. Denn der Legende nach verwandelte sich ein in Zeus verliebtes Mädchen in ein Kalb, um in dieser Gestalt Griechenland zu durchqueren, bis sie den Grenzpunkt nach Asien finden würde."

„Emma, du bist unser Klugkopf", sagte Imme, „so viel, wie du weißt, das würde ein Lexikon füllen."

Emma lachte. „Danke, Imme, aber so klug bin ich gar nicht. Ich weiß viele Dinge nicht."

„Was denn zum Beispiel?" fragte Bruni.

„Zum Beispiel, wie man mit vorlauten Emporkömmlingen umgehen soll", sagte Emma.

„Haben Sie ein Problem damit?" fragte Bratzl interessiert.

„Nicht wirklich. Es ist nur nicht immer einfach. Es ist irgendwie eine andere Generation. Sie sind so überzeugt von sich. Sie stolzieren herum und meinen, sie seien der Käse. Na ja, nicht alle, aber so einige."

Imme schlug vor, die Unterhaltung in einer Bar fortzusetzen, da es sich draußen abgekühlt hatte und sie fröstelte. So zogen sie um, fanden einen Tisch, Emma bestellte nur Mineralwasser, sie wollte einen klaren Kopf bewahren für später.

Bratzl fragte: „Emma, Sie haben da ein interessantes Thema angeschnitten. Die junge Generation, was meinen Sie, ist deren Fundament?"

„Fundament?"

„Na ja, Werte, Moral, der Boden eben", sagte Bratzl.

„Ein iPod", fiel Imme dazwischen.

Bratzl schüttelte den Kopf. „Das meine ich nicht."

Emma lachte. „So unrecht hat Imme nicht. Ich habe vor kurzem in der Redaktion über die Verfilmung ‚Anna Karenina' von Tolstoi gesprochen. Da fragte ein Volontär, ob Tolstoi eine App sei."

Bratzl runzelte die Stirn. „App, was soll das denn sein?"

Imme antwortete pfeilschnell: „Das weiß ich. Es ist zum Runterladen fürs Handy. Da kannst du schauen, wo das Benzin am billigsten ist. Oder wie viele Stunden die Bahn Verspätung hat."

„Eigentlich", fuhr Emma fort, „ist die mobile App die deutsche Kurzform für Applikation. Es wird bei uns oftmals mit Anwendungssoftware für Mobilgeräte gleichgesetzt."

„In der Tat", meinte Bratzl. „Die jungen Leute wissen andere Dinge, das muss ich bestätigen."

Emma lächelte. „Darum geht es gar nicht. Was ich sagen will, ist, dass manche so arrogant daherkommen. Sie verwechseln einfach Überheblichkeit und gesundes Selbstbewusstsein."

Bratzl machte eine wegwerfende Handbewegung. „Ich denke, dass diese Sorte ein geringes Selbstbewusstsein hat. Jemand, der wirklich etwas kann, hat es nicht nötig, so affig zu tun."

Emma lachte. „Zum Glück sind nicht alle so. Es gibt auch ganz dufte junge Leute."

Marta und Ferdl schlenderten an der Bar vorbei. Imme schrie lauthals über sämtliche Tische hinweg: „Hier sind wir!"

Ferdl zog Marta hinter sich drein. „Habt ihr noch Platz?"

„Logisch." Bruni und Imme rückten zusammen, so dass die beiden sich hinzu setzen konnten.

Emma meinte: „Wir haben uns gerade über ‚Anna Karenina' unterhalten. Der Roman gilt als eines von Tolstois besten Werken. Das Buch wurde um 1877 herum veröffentlicht und handelt von Ehe und Moral in der adligen russischen Gesellschaft des 19. Jahrhunderts."

Marta schaute Ferdl an. „Ehe und Moral, hast gehört."

„Was gibt es Neues?" Ferdl ignorierte seine Frau und sah direkt Emma an.

„Bei Charlotte?"

„Ja."

„Nichts. Sie hat zu Abend gegessen, danach war sie so müde, dass sie uns weggeschickt hat. Sie meinte, Schlaf sei die beste Medizin."

„Es geht also bergauf mit ihr?"

„Ja, sieht so aus."

„Ich bin wirklich froh."

„Ich auch."

Es war eine Blitzattacke. Marta schnappte das nächststehende Glas, ausgerechnet das von Bruni, darin war ein klebrig grüner Cocktail. Sie schüttete einen Schwapp in Ferdls und dann in Emmas Gesicht. Gläserinhalte in Gesichter zu kippen schien ihr Hobby zu sein. Das Ganze dauerte nur ein paar Sekunden. Alle schauten verdutzt drein. „So. Jetzt könnt ihr weiter so tun, als sei niemand sonst anwesend. Ich gehe schlafen", sagte sie, stand auf und verließ erhobenen Hauptes den Raum.

Imme reichte Emma ein Papiertaschentuch. Ferdl sagte: „Komm, das müssen wir abwaschen."

So hatte Marta genau das erreicht, was sie nicht wollte. Dass Ferdl und Emma zu zweit den nächsten Waschraum suchten. „Es ist wie ein Gang nach Canossa mit diesem verklebten Zeugs im Gesicht", sagte Emma.

„Mei, die Marta ist halt eifersüchtig."

„Hat sie denn einen Grund?"

Ferdl blieb stehen. „Schon. Ja."

Emma wäre ihm am liebsten um den Hals gefallen. Doch zuerst musste sie sich waschen.

Ferdl dachte gar nicht daran, Marta zu folgen. Vielmehr ging er mit Emma, nachdem sie sich ihre Gesichter gesäubert hatten, hinauf zum Außendeck. Sternenklarer Nachthimmel, würzige Seeluft.

„Wie im Traum", flüsterte Emma. Ferdl drückte sie an sich, und sie schlang ihre Arme um ihn. Für einen Moment überlegte sie, ob sie sich nun in Europa oder Asien busselten.

„Ferdl", sagte sie nach einem erschöpfenden Kuss, „ich muss dir ein Geheimnis verraten." Sie standen an der Reling, sein Arm lag um ihre Taille. „Es muss aber unter uns bleiben, versprichst du mir das?" flüsterte sie, obwohl weit und breit keine Menschenseele zu sehen war.

„Hm, das ist immer so eine Sache mit diesen Versprechungen", brummte er.

„Ich muss es dir einfach sagen. Aber es könnte jemandem schaden."

„Ach, Emma."

„Also." Sie holte tief Luft. „Auf diesem Schiff sind noch mehr Passagiere bestohlen worden."

„Was!"

„Pst. Es ist doch geheim, bitte. Der Luca hat es mir anvertraut. Er verliert seine Arbeit, wenn das herauskommt."

„Da stellen sich eine Menge Fragen. Wo, wie, wer? Und gab es noch mehr Verletzte?"

„Anscheinend nicht. Und auf der Krankenstation ist ja auch nur Charlotte. Was schlägst du vor, Ferdl?"

„Ich weiß nicht. Man hat fast keine Chance bei diesen vielen Menschen."

„Wir sollten herausfinden, ob der Täter ein Schema hat, einige Details wären hilfreich."

„Ja. Aber wie sollen wir vorgehen?" Ferdl schüttelte fragend den Kopf.

„Ich werde mich an Luca halten."

Ferdl grummelte. „Ausgerechnet der, hm."

„Keine Angst, nur, um Informationen aus ihm zu locken." Emma war so voller Tatendrang. Und so voller Glück. War doch der Ferdl tatsächlich eifersüchtig. So großartig war das. So wunderschön. Eigentlich viel zu schön, um wahr zu sein, warnte eine kleine innere Stimme.

Bevor Emma sich auf in die Disco machte, nahm sie Ferdl mit in ihre Kabine. Dort nutzten sie den sturmfreien Zustand aus, man konnte schließlich nie wissen, wie lange Charlotte noch weg war. Anschließend wollte er mit ihr in die Disco gehen, doch sie überzeugte ihn, dass dies wenig Sinn mache. „Der Luca darf nicht wissen, dass ich es dir erzählt habe. Sonst bekomme ich nichts mehr aus ihm heraus", überzeugte sie ihn schließlich.

So machte er sich auf den Weg zu seiner Frau und sie zum Oberdeck, wo sie die Disco auf direktem Weg fand. Luca war wie schon beim letzten Mal hinter der Bar. Er fragte gar nicht erst, was sie trinken wolle. „Wieso kommst du so spät?" fuhr er sie an.

„Ich kann auch wieder gehen."

„Deine Freundinnen sind schon seit zwei Stunden hier."

Erst da entdeckte sie Imme und Bruni auf der Tanzfläche. Auch Alfredo tanzte, es sah aus, als sei Imme seine Partnerin, so genau konnte Emma das nicht festmachen, da jeder für sich die Hüften schwang. Imme und Emma winkten sich zu. Dann wandte sie sich an Luca. „Luca, ich war so müde und musste zuerst ein wenig schlafen. Nach all der Aufregung mit Charlotte, das war einfach zu viel für mich", sagte sie honigsüß. „Machst du mir bitte eine Weinschorle."

„Das verstehe ich", sagte er nun in freundlichem Ton. „Das verstehe ich wirklich." Die Weinschorle verbuchte er auf ihrer Karte, was sie als schlechtes Zeichen wertete. Keine Einladung diesmal, das würde die Befragung erschweren. Er musste ständig Bestellungen aufnehmen, Cocktails mixen, nur zwischendurch kam er kurz zu ihr, und sie konnte keine einzige ihrer Fragen stellen. Imme und Bruni samt Alfredo im Schlepptau setzten sich an einen der Tische seitlich der Tanzfläche. Emma nahm ihr Glas und gesellte sich zu ihnen.

„Der Herr Alfredo", sagte Emma, „auch wieder hier?"

„Natürlich, wo sollte ich sonst sein. Hier sind die klasse Frauen." Dabei sah er Imme und Bruni an, und es hatte etwas Lüsternes.

„Und wie gefällt euch die Disco?" wandte sie sich an Imme und Bruni.

„Perfekt, es sind ja wirklich viele Leute in unserem Alter hier", sagte Imme, „das war ein guter Vorschlag von dir."

„Wo ist denn Ihre hübsche Begleiterin?" wollte Emma wissen.

Alfredo sah fragend drein.

„Na, die Frau, mit der wir Sie in Izmir gesehen haben."

„Ach", er winkte ab. „Sie ist nicht hier."

Das war keine zufriedenstellende Antwort. Sie wollte nachhaken, da stand er auf und verabschiedete sich. „Die Gnädigsten entschuldigen mich, es ist höchste Zeit."

Fragt sich nur, wofür, dachte Emma. Imme und Bruni wollten ebenfalls aufbrechen. Emma musste noch bleiben, sie würde nicht gehen, bevor sie mit Luca gesprochen hatte.

Erst nach und nach wurde es ruhiger, und Emma musste lange ausharren. Als er endlich den Tresen abwischte, konnte sie mit ihm sprechen.
„Luca, ich muss dich etwas fragen", flüsterte sie.
Er hielt inne. „Ja?"
„Was du mir anvertraut hast, diese anderen Diebstähle. Ich muss mehr darüber wissen."
„Nicht hier." Er wischte weiter.
„Wo und wann?"
„Pst. In einer halben Stunde, am Whirlpool."
Das war makaber. Ausgerechnet am Whirlpool. Über diese Geschichte mit Gabis Tod im Whirlpool musste sie unbedingt mit Ferdl reden. Er würde sie verstehen. Er war jetzt ihr Liebhaber.
Emma hatte keine Lust, länger in der Disco zu warten. Sie suchte sich einen windgeschützten Platz in der Nähe des Pools, schob sich einen Liegestuhl zurecht und legte sich darauf. Es war kühl, feucht und ungemütlich. Dennoch blieb sie liegen. Was, wenn ihr hier etwas zustoßen würde? Kein Mensch würde das mitbekommen. Sie redete geistig mit ihrem derzeitigen Engel, es war der Engel der Liebe. Sie hatte keinen Grund, sich zu fürchten. Sie war umfangen von Stärke, Güte und Hoffnung.
Endlich hörte sie Schritte. „Hier bist du", flüsterte Luca, „ich dachte schon, du seist gegangen."
„Wir müssen doch unser Interview machen." Sie schwang die Beine von der Liege, so konnte Luca neben ihr sitzen. Seine Körperwärme tat ihr gut.
„Was bist du kalt wie ein Fisch", sagte er, „du wirst krank werden."
„Es geht schon. Luca, was ist mit diesen Diebstählen?" Sie legte ihre Hand auf sein Knie.
Er räusperte sich. „Ich darf nicht darüber sprechen."
„Bitte. Ich will doch nur unseren Schmuck zurück, kannst du das nicht verstehen?"
Nach einer Weile fing er zögerlich an: „Na gut, aber du musst es für dich behalten. Der Kapitän bekommt sonst Ärger mit der Reederei, sie haben einen Ruf zu verlieren. Wer will noch auf ein Kreuzfahrtschiff, auf dem gestohlen wird."
„Es bleibt unter uns." Unter uns, das konnte ja auch unter uns dreien bedeuten, dachte sie, denn dass sie alles Ferdl erzählen würde, war klar.
„Es kommen Meldungen, dass am Pool Sachen verschwinden, am Buffet, an den Treffpunkten zu den Landausflügen."

„Verstehe, zu den Landausflügen haben die Leute ihre Geldbeutel dabei", sagte Emma, „da kann man ja nicht mit einer Bordkarte bezahlen. Aber an den Pool, da nimmt man doch kein Geld mit."

„Manche Leute schon. Und es wird ja auch Schmuck genommen. Wir haben Anweisungen und müssen sehr aufpassen. Wenn wir etwas Auffälliges bemerken, gleich dem Kapitän melden."

„Und, ist dir schon mal etwas aufgefallen?"

„Nein. Ich kann auch nicht mehr sagen."

Sie dankte ihm mit einem gehauchten Kuss auf seine Wange. Sie musste alleine zu ihrer Kabine, auf keinen Fall durfte man sie zusammen sehen. „Ich weiß, Personal und Gäste dürfen nichts miteinander haben", sagte sie, woraufhin er traurig nickte. Als sie endlich erschöpft in ihrem Bett lag, war die Nacht halb um. Bald würden sie in Istanbul anlegen.

Als ihr Wecker klingelte, konnte sie kaum die Augen öffnen. Sie fühlte sich, als sei eine Grippe im Anmarsch. Doch sie zwang sich unter eine kalte Dusche, danach ging es halbwegs. Vor dem Frühstück schaute sie bei Charlotte vorbei. Sonst war immer jemand im kleinen Vorraum, entweder ein Steward, der Arzt oder sonst eine Mitarbeiterin. An diesem Tag war niemand da, und so klopfte sie leise, und ohne ein Herein abzuwarten, ging sie hinein. Charlotte hatte bereits Besuch, Bratzl saß bei ihr und hielt ihre Hand.

„Guten Morgen, ich möchte nur kurz schauen, wie es geht", sagte Emma.

Bratzl wandte sich um. „Es geht schlechter. Viel schlechter."

„Um Gottes willen, was ist los?" fragte Emma betroffen. Insgeheim hatte sie gehofft, Charlotte könne aufstehen.

Diese sagte: „Er übertreibt. Ich habe nur gesagt, dass mir heute schlecht ist, eine Magenverstimmung, sonst nichts."

„Du siehst blass aus. Kann ich etwas für dich tun?" Emma stand hinter Bratzl und schaute besorgt auf die Patientin.

„Danke. Die Stewardess ist bereits unterwegs, sie bringt Tee und ein wenig Toast. Zwieback kennen die hier nicht."

„Soll ich hier bleiben?"

„Auf keinen Fall", meinte Charlotte, „Anton hat auch schon gefragt. Nein, ich möchte nur schlafen."

Als sie ihren Tee und zwei Scheiben Toastbrot serviert bekam, verabschiedeten sich Emma und Bratzl. Die Stewardess folgte ihnen in den Vorraum. „Sie gefällt uns gar nicht. Wir dachten, es ginge bergauf. Aber seit gestern Abend geht es ihr immer schlechter. Der Arzt wird sie nachher noch einmal gründlich untersuchen", sagte sie.

Emma fragte: „Gibt es noch andere Patienten? Hat jemand Fremdes sie besucht? Und wird sie schon gut versorgt hier?"

„Wieso fragen Sie solche Sachen?" Eine kühle Note schwang im Unterton mit.

„Wir machen uns Sorgen."

Bratzl schaltete sich in das Gespräch ein. „Dies sind sehr berechtigte Fragen, in der Tat. Diese Übelkeit könnte etwas Ansteckendes sein. Dann müsste man sich fragen, wie dies möglich war. Sollten noch weitere Patienten auf der Station liegen, würde es den Sachverhalt erklären."

Das schien der Stewardess einzuleuchten. Zögerlich sagte sie: „Es sind mehrere Fälle mit Erbrechen, die sind allerdings nicht hier. Sie wollen lieber in den Kabinen bleiben. Von daher kann sich niemand gegenseitig angesteckt haben. Wir tun, was wir können."

Emma bedankte sich für die Auskunft. Nachdenklich ging sie mit Bratzl zum Frühstücksbuffet. „Es geht auf diesem Schiff nicht mit rechten Dingen zu", sagte Bratzl, „in der Tat sind es zu viele Geschehnisse, die mich beunruhigen."

Emma glaube nicht, dass die Übelkeitswelle etwas mit den Diebstählen zu tun hatte, zu gerne hätte sie Bratzl in diesem Augenblick eingeweiht. Wieso eigentlich nicht? Je mehr Leute von dem oder den Dieben wussten, umso besser. Womöglich war eine ganze Bande am Werk. Am Buffet ging es turbulent zu, sie waren spät dran und mussten sich beeilen, wenn sie den Zubringerbus nach Istanbul erreichen wollten. Bratzl ergatterte zwei Plätze an einem Tisch, an dem ein älteres Ehepaar saß. Emma hörte nur mit halbem Ohr Bratzls Tiraden über die außergewöhnlichen Denkmäler zu. Er ratterte sein Wissen herunter über die Blaue Moschee und über den Topkapi Palast. Da gebe es vier Höfe, der Harem des Sultans, ein Labyrinth von Durchgängen, Gärten und Zimmern. Der Palast verteile sich auf sechs Etagen, die alle einen wundervollen Ausblick auf den Bosporus und auf das Goldene Horn böten. Er hatte die Bordzeitung im Kopf wie andere Leute die wöchentlichen Lottozahlen. Die Moscheen würde sie nachher selbst sehen. Jetzt hätte sie viel lieber Ferdl entdeckt.

Zu den Landausflügen bekam man stets einen Treffpunkt auf der Trude zugeteilt, von diesem aus ging es dann gemeinsam in den Hafen zu den

Bussen, die dort bereits parat standen. Emma und Bratzl kamen auf den allerletzten Drücker. Manche hatten eine Shopping-Tour gebucht, andere den Topkapi Palast, einige Passagiere eine schlichte Stadtrundfahrt. Emma und die anderen Gruppenmitglieder hatten sich zur Luxus-Tour eingetragen. Bei den geführten Ausflügen bekam jeder Teilnehmer einen Aufkleber, auf dem die Trude abgebildet war. Den sollte man unbedingt auf einem Kleidungsstück tragen, damit niemand verloren ging. Es war wie ein Stempel, so wurden die Touristengruppen schon hundert Meilen gegen den Wind von den Straßenhändlern erkannt. Emma klebte den Sticker auf ihre Kamera-Tasche, das fand sie noch halbwegs akzeptabel.

Sie durfte hinten im Bus neben Bratzl sitzen, Ferdl und Marta hatten die besten Plätze gleich hinter dem Fahrer ergattert. Der chauffierte sie lässig durch enge und vollgestopfte Straßen und Gassen, als sei es die einfachste Übung der Welt. In der Blauen Moschee schob sich Emma durch die Touristenströme, einmal mehr stachen ihr die Aufkleber auf den Shirts und Jacken ins Auge. Einerseits war man wie in einer Herde, andererseits gab dies eine gewisse Sicherheit. Die Reiseführer hielten Nummern-Tafeln hoch, damit man sich nicht versehentlich einer falschen Gruppe anschloss.

Sie konnte die Faszination der Moschee kaum genießen, denn sie musste unbedingt mit Ferdl sprechen. Marta hatte sich bei ihm untergehakt, und als sie Emma im Anmarsch sah, versteinerte sich ihr Gesicht.

Ferdl sagte unbekümmert: „Ist das nicht fantastisch hier? Es sind über zwanzigtausend blaue Fliesen in dieser Moschee, all diese Buntglasfenster, seht doch, wie die Sonne einfällt. Dann diese Öllampen unter der Kuppel, Wahnsinn."

Emma nickte. „Habt ihr gehört, dass es auf dem Schiff viele Kranke gibt?" sagte sie.

„Was für Kranke?" fragte Marta eisig.

„Erbrechen. Auch Charlotte hat es erwischt."

„Dann hoffe ich, dass wir es nicht bekommen, gell, Ferdilein."

Er meinte, es sei bedauerlich, doch man solle sich lieber auf den Zauber Istanbuls einlassen und sich keine Gedanken machen über etwas, was eh nicht zu ändern sei.

Ein Reiseführer erklärte soeben, dass der Durchmesser der in dreiundvierzig Metern Höhe thronenden Hauptkuppel über vierundzwanzig Meter betrage. Flankiert werde die imposante Hauptkuppel durch vier kleinere Nebenkuppeln. Emma überlegte, ob sie für Ferdl auch nur eine Nebenkuppel sei. „Der Sultan Ahmed Camii scheute damals weder Kosten noch

Mühen", fuhr der Reiseleiter fort, „um die Moschee getreu seinen Vorstellungen errichten zu lassen. Sie sollten den Hof aus Marmor und den prächtigen Garten in Ruhe auf sich wirken lassen."

Mit der Ruhe war es aus und vorbei, als Ferdl geschwind über Emmas Rücken fuhr. Marta krallte sich dermaßen fest bei ihm ein, dass er laut „Autsch" schrie. Der Reiseleiter fragte, ob etwas passiert sei, und Ferdl schüttelte ganz verlegen den Kopf. Es wurde weiter erklärt, dass dieser Ort nicht nur eine Sehenswürdigkeit für Touristen sei. Vielmehr sei die Blaue Moschee die Hauptmoschee Istanbuls, und bei aller Urlaubsstimmung sollte dies nicht vergessen werden. „Man muss auf die Gefühle der Gläubigen Rücksicht nehmen."

Emma hätte am liebsten gerufen, dass auf ihre Gefühle auch kein Mensch Rücksicht nehme. Die nächste Station, die sie besichtigen durften, war die Hagia Sophia, einst ein Gotteshaus, inzwischen ein Museum. Sie erfuhren, dass Kaiser Justinian im Jahr 537 die von ihm in Auftrag gegebene Hagia Sophia so prachtvoll gefunden habe, dass er gerufen habe: „Salomon, ich habe dich übertroffen!"

Das würde sie auch bald rufen: „Marta, ich habe dich übertroffen", ging es Emma durch den Sinn. Sie sorgte sich über ihre abschweifenden Gedanken, schließlich war sie hier, um einen Reisebericht zu schreiben. Alles, was sie auf ihren Notizblock kritzelte, war, dass die Hagia Sophia noch heute als eines der bedeutendsten Bauwerke der Spätantike gelte.

Als sich die Gruppe wieder vor dem Bus versammelte, schwärmte Bratzl von diesen architektonischen Meisterwerken. Er würde nachher Charlotte von der mystischen Beleuchtung der Hagia Sophia erzählen, von diesem geheimnisvollen Licht, das die Anwesenheit Gottes demonstriere. Ferdl und Marta standen bei Imme und Bruni, und sie hatten es sehr lustig. Jedenfalls lachte Imme die ganze Zeit. Emma blieb etwas abseits und hörte Bratzl zu. Als sie ihre Plätze eingenommen hatten und der Bus weiterfuhr, brach aus Bratzl der einstige Lehrer durch. „In der Tat ist dies eine spannende Geschichte zwischen Kirche und Moschee. Im alten Byzanz war hier nicht nur die Hauptkirche der Orthodoxen, sondern auch der Ort, an dem die Kaiser des Reichs gekrönt wurden."

Emma schaltete ab, registrierte nur Fetzen seiner Rede über Osmanen, Byzanz, dass der Papst im Jahr 2006 die Moschee besucht habe. Schließlich hielten sie in einer engen Straße. Der Reiseleiter erklärte, sie würden nun in ein Teppichreich geführt werden, bevor es zum Basar weiter ginge. Das Teppichreich stellte sich heraus als Verkaufsveranstaltung, sie saßen in einem großen Raum auf Bänken. In der Mitte wurde ein Teppich nach dem anderen ausgebreitet. Imme wollte einen kaufen, doch Bruni meinte, das sei viel zu unsicher. Man musste den Teppich samt Zollgebühren gleich bezahlen, und ob der dann tatsächlich geliefert werde, sei doch sehr fraglich. Am Ende kaufte niemand etwas, der Veranstalter blickte unglücklich drein, und Emma hatte Mitleid mit ihm.

Danach stand ihnen freie Zeit auf dem großen Basar zur Verfügung. Emma wäre sehr gerne mit Ferdl durch dieses Labyrinth an Geschäften geschlendert, doch Marta war wie ein Wachhund an dessen Seite. So musste sie sich mit Bratzl begnügen, Imme und Bruni hatte sie in dem Gewimmel aus den Augen verloren. „In der Tat gibt es hier über viertausend Geschäfte", belehrte Bratzl sie, „wir sollten nur einen Abstecher in einen Seitenweg machen und dann auf den Hauptweg zurückkehren. Sonst verirren wir uns hier. Wussten Sie, dass der Basar sich auf über dreißigtausend Quadratmeter hinweg erstreckt? Ich habe gelesen, dass er im 15. Jahrhundert nach der Eroberung Konstantinopels angelegt wurde. Ursprünglich war dies alles als Schatzkammer geplant."

Emma meinte: „Deshalb gibt es hier wohl so viele Geschäfte mit Gold- und Silberschmuck. Da fällt mir doch gleich wieder unser gestohlenes Zeugs ein. Vielleicht wird es hier verscherbelt!"

„In der Tat!"

„Aber hier richten wir nichts aus, schon gar nicht in der kurzen Zeit, die uns zur Verfügung steht." Sie wollte gerne in ein Geschäft mit Gewürzen, Bratzl fühlte sich als ihr Begleiter verantwortlich und ging mit hinein. Drinnen standen Marta und Ferdl.

„Jetzt gibt es hier Tausende von Geschäften, und wir treffen uns in diesem einen", lachte Ferdl.

Marta giftete: „Was ist daran komisch!"

Emma lachte nun ebenfalls. „Na ja, hier gibt es zig Juweliere, Teppiche, Lederwaren, ausgerechnet in einem Gewürzladen treffen wir uns. Da braucht's schon eine Spürnase."

Bratzl fragte, ob sie etwas gekauft hätten. Darauf berichtete Marta ausführlich von dem Gewürz-Set für den Sohn, der ja nun einen eigenen Haushalt mit der Freundin führe. Für die eigene Küche nehme sie auch Gewürze mit, der Ferdl schätze ihre Kochkunst sehr, vor allem ihre sauren Bohnen.

Ferdl meinte, sie koche wirklich gut. Ob Emma denn auch ein paar Gewürze für daheim brauche.

Emma nickte. „Ja, scharfen Pfeffer."

Marta forderte Ferdl auf, zu bezahlen, sie wolle gehen. Ferdl meinte, immer mit der Ruhe, sie könnten ja alle zusammen weiter. Bratzl fand das eine prima Idee, in der Tat, und Marta konnte dem nichts entgegnen. Nachdem alle Einkäufe erledigt waren, entschlossen sie sich, eine Abzweigung durch eine Seitenstraße zu nehmen. Nun, da sie zu viert waren, schien das Risiko, sich zu verirren, geringer, meinte Bratzl. Auch müssten sie sich den vielen Händlern, die vor ihren Geschäften standen und die Touristen hereinlockten, in einer Gruppe nicht so massiv erwehren.

Emma wollte noch ein Mitbringsel für Charlotte suchen, eins schönes Tuch oder ein Täschchen. Ferdl sagte: „Emma, du hast immer gute Ideen." Daraufhin pfefferte Marta ihre Tragetasche mit den Gewürzen auf den Boden, stampfte auf und blieb stehen. „Jetzt habe ich aber genug", schrie sie, „kaum kommt dieses Weib in deine Nähe, hast du nur noch Augen und Ohren für sie. Es ist unsere Reise. Unsere! Weißt was, du kannst mich mal gerne haben. Ich laufe keinen Schritt weiter, solange die dabei ist!" Sie brüllte so laut, dass alle Umstehenden herschauten.

Gelassen meinte Ferdl: „Ja, gut, wenn du meinst, bleibst halt stehen."

Er nahm die Tasche vom Boden auf und ging weiter. Emma und Bratzl schauten sich unschlüssig an, Marta hatte einen hochroten Kopf, sie war so außer sich, dass man sie eigentlich nicht alleine hier lassen konnte.

Da Ferdl jedoch keine Anstalten machte, auf seine Frau zu warten, ging auch Emma weiter. Bratzl, der bei Marta blieb, rief: „Wir können sie doch nicht stehen lassen!"

Emma hatte Ferdl eingeholt und eilte nun mit großen Schritten neben ihm her.

Ferdl keuchte: „Ich habe ihr alles gekauft, was sie wollte. Wenn sie spinnt, kann ich nicht helfen."

Emma legte eine Hand auf seinen Arm. „Ferdl. Sie hat Angst, dich zu verlieren."

Abrupt blieb er stehen. „Emma, ich weiß gar nichts mehr. Ich brauche meine Ruhe."

„Was?"

„Es tut mir leid. Mir wächst das alles über den Kopf."

„Was meinst du mit *das alles*?"

„Alles eben. Marta. Du. Diese Geschichte mit Charlotte. Eigentlich will ich Urlaub machen und sonst gar nichts."

„Wenn das so ist." Emma warf ihm einen Blick zu, den er nicht so schnell vergessen würde. Traurig. Wütend. Drohend. Sie ging zurück zu Bratzl und Marta, die beiden standen immer noch am selben Platz. Marta schien sich wohl sicher zu sein, dass Ferdl zurückkäme, ging es Emma durch den Kopf. „Ich gehe zurück zum Bus", sagte Emma, „mir ist das alles hier zu viel."

Bratzl fragte, wo der Ferdl sei, und Emma schüttelte nur den Kopf.

Sie sah sich schon verschleppt auf dem Basar, doch niemand sprach sie an. Am vereinbarten Platz wartete bereits der Bus, der Fahrer und einige Leute standen davor und unterhielten sich. Emma stieg ein, setzte sich in die hinterste Ecke, dort ließen sich ihre Tränen nicht mehr aufhalten. Als die anderen nach und nach einstiegen, setzte sie ihre Sonnenbrille auf, putzte sich die Nase und hoffte, dass niemand mit ihr redete.

Natürlich dauerte es nicht lange, und Bratzl platzierte sich neben sie. „In der Tat, solch eine Stadt wie Istanbul sollte eine Frau nicht alleine durchqueren", sagte er vorwurfsvoll.

„Ist ja nichts passiert", meinte sie.

„Dennoch ..."

„Schluss jetzt, lassen Sie es gut sein", fiel sie ihm ins Wort.

Er schwieg. Jetzt hatte sie es sich mit ihm auch noch verscherzt. Die Fahrt zum Hafen kam ihr wie eine Ewigkeit vor. Sie konnte nur auf die vordersten Sitze stieren, wo Ferdl und Marta nebeneinander saßen. Durch die Kopfstützen konnte sie nicht viel sehen. Ferdl war ein Depp. Sie würde kein Wort mehr mit ihm reden.

Zurück an Bord gingen Emma und Bratzl sofort zu Charlotte. Sie hatte die Augen geschlossen. Man hatte sie an eine Infusion angeschlossen. „Ich suche den Arzt", sagte Bratzl, „das gefällt mir gar nicht."

Emma setzte sich an die Bettkante. Sie legte eine Hand auf Charlottes Hand und streichelte sie behutsam. „Ach, Charlotte, du musst wieder gesund werden, bitte, bitte", flüsterte sie.

Bratzl kam herein. „Der Arzt ist auf dem Schiff unterwegs. Aber ich habe die Stewardess von heute Morgen im Flur getroffen. Sie sagt, die Infusionen seien eine reine Vorsichtsmaßnahme, da alte Leute schnell austrocknen würden."

„Was für ein schlimmer Tag", sagte Emma.

Bratzl wollte bei Charlotte bleiben, er schlug Emma vor, dass sie ihn ja später ablösen könne.

Emma ging auf ihre Kabine. Ferdl wollte ihr einfach nicht aus dem Kopf. Was war geschehen? Sie hatten miteinander geschlafen, er schien genauso verliebt zu sein wie sie. Setzte Marta ihn unter Druck? Oder war sie ihm zu nahegekommen, hatte er sich eingeengt gefühlt? Das kannte sie aus früheren Beziehungen nur allzu gut. Eingezwängt werden wollten die Männer nicht. Doch sie erdrückte Ferdl nicht. Das war Martas Rolle. Zwar hatte sie sich geschworen, kein Wort mehr mit ihm zu sprechen. Aber so einfach wollte sie das Feld nicht räumen. Sie würde ihn noch einmal verführen. Und dann musste er sich entscheiden.

Emma stellte sich unter ihre Dusche und ließ das Wasser über ihren Kopf laufen. Bis zum Abendessen waren noch zwei Stunden Zeit. Diese wollte sie nutzen, sich schön zu machen. Dabei wusste sie, dass die wahre Schönheit von innen kam. Das Leuchten einer verliebten Frau brachte kein Make-up der Welt zustande. Verliebt war sie nach wie vor. Nur war heute diese Frustration hinzugekommen.

Andererseits, Ferdl hatte nur gesagt, dass es ihm zu viel sei. Das bedeutete doch, dass er für Emma sehr wohl Gefühle hatte. Sonst hätte er nicht so überreagiert. Sonst wäre es ihm egal gewesen. Sie würde nichts gewinnen, wenn sie die beleidigte Leberwurst spielte. Sie musste sich in den Ring werfen. Und sie wollte Ferdl haben. Marta würde schon einen anderen finden.

Sie rubbelte den beschlagenen Spiegel über dem Waschbecken frei. Sie hatte ein rotgeflecktes Gesicht vom Shampoo, doch bis zum Dinner wäre das weg. Ein wenig Make-up, Wimperntusche und Lippenstift. Dann würde sie an die Liebkosungen denken, an den Geschmack seiner Küsse. So käme sie als strahlende Frau in den Speisesaal. Marta müsste sich warm anziehen.

10

Ferdl und Marta saßen bereits am Tisch, als Emma kam. Sie nickten sich zu, keiner sagte ein Wort. Luca, der Emma die Speisekarte reichte, pfiff durch die Zähne. Als Imme und Bruni eintrafen, sagte Imme: „Mensch Emma, du siehst ja hinreißend aus. Hast du noch was Größeres vor?"

„Danke für das Kompliment. Ich will später in die Disco. Kommt ihr mit?"

„Logisch", sagte Bruni, „aber nach dem Essen wollen wir erst nach Charlotte schauen."

„Ich auch", sagte Emma. „Vorhin hat sie geschlafen. Sie geben ihr Infusionen."

Ferdl sah Emma erschrocken an. „Infusionen? Wieso das denn?"

„Damit sie nicht austrocknet. Ich mache mir wirklich Sorgen um sie."

„Wir kommen auch mit, gell, Marta."

Die nickte. Dabei warf sie Emma einen sträflichen Blick zu.

Luca brachte die Suppe. „Danke, Luca, die duftet so gut wie du", sagte Emma übermütig.

Luca lachte. Da trudelte Bratzl ein. Er entschuldigte sich für sein Zuspätkommen.

„Wie geht es ihr?" fragte Emma.

„Sie war zwischendurch wach, und wir haben uns ein wenig unterhalten können. Ich habe ihr von Istanbul erzählt."

„Wir werden sie nachher alle besuchen", sagte Imme.

„Ferdl und ich werden später zu ihr gehen. Alle auf einmal ist zu viel für die Dame", erklärte Marta.

Emma schaute Marta ungeniert an. „Sehr rücksichtsvoll. Das ist eine gute Idee, dass wir uns aufteilen. Dann werde ich auch in der zweiten Gruppe zu ihr gehen."

Ferdl trank einen kräftigen Schluck Rotwein. Emma sah ihm an, dass er sich unwohl fühlte. „Ferdl", sagte sie süßlich, „Marta und du, ihr könntet doch mit in die Disco kommen. Morgen sind wir den ganzen Tag auf See. Kein Landausflug steht an. Da können wir alle ausschlafen."

„Ich mag keine Disco", sagte Marta schroff. „Und Ferdl auch nicht. Diese Krachmusik, das ist nichts für uns, gell, Ferdl."

„Wir werden sehen", meinte der.

Luca servierte den Hauptgang. Emma hatte Lamm bestellt, das schmeckte ihr allerdings nicht. „Es bockelt."

„Was ist los?" wollte Imme wissen. „Wer bockt?"

Emma lachte. „Mein Fleisch. Es schmeckt nicht nach Lamm, sondern nach Ziegenbock. Da sagt man, es bockelt. Bocken tut hier niemand, oder?"

„Nicht, dass ich wüsste", sagte Bratzl.

„Und deshalb gehen wir heute gemeinsam zum Abtanzen", sagte Ferdl, „gell, Marta?"

Ab diesem Moment redete Marta kein Wort mehr. Sie hatte wieder einmal eine plötzliche Kopfwehattacke und wollte schlafen. Wenn sie erwartet hatte, dass Ferdl sich ihrer annahm, hatte sie sich getäuscht.

„Marta, ich will dich nicht stören. Leg dich hin, ich geh noch mit den anderen und komme später." Er hauchte einen Kuss auf ihre Stirn und wünschte ihr eine gute Besserung. Marta stieg alleine in den Fahrstuhl, und in diesem Moment wusste Emma, dass Ferdl sich längst entschieden hatte. Der Basar hatte nichts zu bedeuten gehabt.

Da Charlotte schon schlief, blieben sie nur kurz bei ihr. Danach gingen sie in eine Bar, genehmigten sich einige Cocktails. Am Ende suchten sie samt Bratzl die Disco auf.

Marta lag auf ihrem Bett und stierte an die Wand. Sie ärgerte sich über sich selbst. Wie dämlich konnte man sein. Ferdl und Emma konnten nun einen genüsslichen Abend verbringen, und sie war außen vor, durch ihre eigene Blödheit. Sie wollte Ferdl nicht verlieren. Sie wollte aber auch keinen Mann, der sie betrog. Sie quälte sich schon seit Jahren, Misstrauen war nichts Neues für sie. Ferdl hatte immer behauptet, mit anderen Frauen zu flirten gehöre zur Kundenbindung. Doch das mit Emma war keine Kundenbindung. Das war eine ernstzunehmende Geschichte. Das war offensichtlich. Emma scheute sich nicht, sich in diese Ehe zu drängen. Sie war eine unverschämte Person. Wie sollte sie die restlichen Tage gegen diese dahergelaufene Zeitungstussi vorgehen? Vor allem wäre die Angelegenheit nach der Kreuzfahrt nicht vorbei. Sie fürchtete, dass Ferdl und Emma sich heimlich weiter treffen könnten. Dass die ständig bei einer Reise als Schreiberling mitfahren könnte. Wenn sie sich jetzt zurückzog, hatte sie verloren. Marta beschloss, sich frischzumachen und ebenfalls in diese Disco zu gehen.

Bratzl, Emma und Ferdl saßen an einem Tisch. Bruni und Imme tanzten. Als Marta auftauchte, rief Ferdl: „Geht es dir besser?"

„Ja." Sie setzte sich und winkte dem Ober. „Ich hätte gerne einen erfrischenden Cocktail, was können Sie mir empfehlen?"

„Einen Trude", sagte er.

Emma fragte, ob Luca eigentlich frei habe, und der Ober meinte, Luca fühle sich nicht gut.

„Ein Krankenschiff ist das", sagte daraufhin Bratzl.

Emma flötete über den Tisch hinweg: „Jedenfalls ist es nett, dass wir nun alle beisammen sind."

„Ja. Die Nacht ist noch lang", sagte Marta. „Ferdl, komm, wir tanzen."

Ferdl erhob sich, er warf Emma einen entschuldigenden Blick zu.

Der Cocktail wurde serviert. Emma fragte, was Luca fehle, und der Ober meinte, eine kleine Magenverstimmung. Emma hätte Luca gerne besucht, doch das war ausgeschlossen. Das Deck der Mitarbeiter war für Gäste tabu.

Bruni und Imme kamen mit geröteten Gesichtern. Imme hatte Alfredo im Schlepptau, der setzte sich dazu.

Als auch Ferdl und Marta zurückkamen, fehlte ein Stuhl. Ferdl besorgte einen, und Marta bedankte sich überschwänglich. Emma spürte einen Stich. Sie konnte es kaum ertragen. Marta saß nun neben Ferdl, und sie selbst hatte Bratzl und Imme zu ihren Seiten. Marta leerte das halbe Glas in einem Zug. Noch bevor sie ausgetrunken hatte, bestellte sie einen weiteren Cocktail. Eine Hand lag auf Ferdls Schenkel. Für Emma war das eine Kampfansage, die Ferdl vermutlich nicht verstand. Zumindest legte er seine Hand auf die seiner Frau, zugleich blinzelte er Emma zu.

In diesem Moment forderte Alfredo Emma zum Tanzen auf. „Sehr gerne", trällerte sie, und wenig später schwangen sie ihre Hüften. Nach einer Weile ging Emma zum DJ und wünschte sich einen Walzer. Er hatte sogar einen Wiener Walzer in seinem Fundus, und Emma drehte sich mit Alfredo im Kreis.

„Emma, Sie tanzen wundervoll", sagte Alfredo während einer gekonnten Linksdrehung.

„Und Sie führen wundervoll", sagte Emma, dabei haftete ihr Blick auf Ferdl und Marta, die inzwischen auch übers Parkett fegten. Marta lachte die ganze Zeit, was Emma sehr aufregte.

Danach kam ein Rock'n'Roll, Alfredo wirbelte Emma unter seinem Arm durch, sie fürchtete, er ließe sie plumpsen und sie würde zum Gespött der Gäste. Doch sie meisterten die Runde bravourös. Ferdl und Marta hatten sich nach dem Walzer wieder gesetzt.

„Hu, ich bin ganz außer Puste", keuchte Emma, als sie an den Tisch trat. Alfredo schnaufte ebenfalls recht laut.

Marta sagte: „Respekt, Alfredo. Und das in Ihrem Alter."

„Danke", freute er sich, „wie alt schätzen Sie mich denn?"

„Sie sind gewiss noch keine sechzig."

Er lachte. „Na na. Sagen wir mal, noch keine siebzig."

Marta fuhr fort: „Ich wollte sagen, nun, es ist ja nicht so einfach, so viele Kilos herumzuwirbeln."

Es war mucksmäuschenstill. Alle Blicke fielen auf Emma. Diese hätte gerne geantwortet, dass Ferdl ihre Kilos sehr gut auf sich ausgehalten habe. „Ach Marta", sagte Emma zuckrig, „nur kein Neid, vielleicht tanzt Alfredo auch mal mit dir, wenn du ihn nett bittest."

„Natürlich", sagte Alfredo, „Marta, wollen wir es wagen?"

Sie stand wortlos auf und ging mit ihm auf die Tanzfläche. Auch die anderen folgten, nur Ferdl und Emma blieben sitzen.

„Es tut mir leid", sagte Ferdl, „Marta weiß nicht, was sie sagt."

Armer Ferdl, sie wägt jedes Wort ab. Sie schießt mit Giftpfeilen. Sie ist eine Natter. Emma war klug genug, all dies nur zu denken. „Musst halt anständig zu ihr sein, dann beruhigt sie sich schon wieder", antwortete sie, und dabei legte sie eine Hand um ihr Glas und die andere auf seinen Schenkel. Genau dorthin, wo eben noch Martas Hand gelegen hatte. „Wenn Marta schläft", sagte sie leise, „kommst du dann in meine Kabine?"

Ferdl nickte. Für Emma war der Rest des Abends wie ein Fest. Marta hatte noch einige böse Worte auf der Zunge, doch Emma machte das alles nichts mehr aus.

Die Nacht war um. Emma hatte geschlafen wie ein Bär. Entweder sie hatte sein Klopfen nicht gehört, oder er war gar nicht gekommen. Sie verdrängte die Enttäuschung. Den Grund würde sie beim Frühstück erfahren. Zuvor schaute sie nach Charlotte. Sie sah an diesem Tag erstmals besser aus. „Es geht bergauf", sagte sie fröhlich.

„Oh wie wundervoll." Emma strich behutsam über Charlottes Hand.

„Na ja, einen Teil der Reise habe ich verpasst. Aber wir können ja noch einmal auf Kreuzfahrt gehen."

„Mit dem Bratzl?" hakte Emma auf das ‚wir' nach.

„Nein, oder vielleicht auch ja. Wir, du und ich."

„Das ist eine gute Idee. Sobald ich wieder eine Reportage machen darf, melden wir uns an."

„Nein", sagte Charlotte, „ich dachte an einen wirklichen Urlaub auch für dich. Nur zur Erholung, ohne Fotostress oder Schreiberei. Ich würde dich gerne einladen, du hast so lieb nach mir geschaut, das ist nicht selbstverständlich."

„Ich habe das gerne getan."

Charlotte nickte.

Der Arzt kam hinzu und erlaubte Charlotte einen Spaziergang auf dem Schiff, natürlich in Begleitung.

„Ich gehe frühstücken, dann hole ich dich ab", sagte Emma. „Heute sind wir eh den ganzen Tag auf See, das passt perfekt."

Vor lauter Erleichterung über die Genesung kam sie beschwingt zum Frühstück. Sie erzählte, dass Charlotte das Bett verlassen dürfe. Bratzl war außer sich, er trank nicht einmal seinen Kaffee leer, so eilig wollte er zu ihr. Ferdl und Marta waren nirgends zu sehen.

Als Charlotte später eingehakt zwischen Bratzl und Emma auf dem Schiffsdeck entlangspazierte, strahlte die Sonne vom wolkenlosen Himmel als Dreingabe. Sie hatten sich auf eines der unteren Decks begeben, hier gab es keinen Pool, und deshalb waren nur wenige Gäste unterwegs. Dieses Außendeck nutzten vor allem die Jogger, hier hatten sie freie Bahn.

„Was um alles in der Welt tun die da vorne denn?" fragte Bratzl. Von weitem sahen sie Ferdl und Marta, sie standen sich gegenüber und gestikulierten wild mit den Armen.

„Sieht nach dicker Luft aus", sagte Emma, „vielleicht sind sie sich nicht einig, in welche Richtung sie joggen sollen."

Charlotte blieb stehen. „Sollen wir umdrehen?"

„Nein, ich denke, die beiden freuen sich, dich zu sehen. Schließlich wissen sie noch gar nicht, dass du wieder auf sein kannst", sagte Emma, „sie waren ja nicht beim Frühstück."

So trafen sie wenig später aufeinander. Marta blickte versteinert drein. Ferdl strahlte Charlotte an und legte eine Hand auf ihre Schulter. „Liebe Charlotte, das ist eine Überraschung, Sie hier zu sehen."

„Wurde aber auch Zeit", sagte Marta hölzern.

„In der Tat", fügte Bratzl hinzu. „Wir wollen Charlotte nicht überstrapazieren. Deshalb bringen wir sie jetzt zurück."

Emma hätte gerne vorgeschlagen, sich danach in einer der Bars zu treffen. Doch sie ließ es. Auf die schlechtgelaunte Marta hatte sie keine Lust und auf Ferdl alleine keine Chance.

Als Charlotte zurück auf der Krankenstation war, bedankte sie sich für den Spaziergang. „Es war einmalig, aber jetzt bin ich so erledigt, dass ich schlafen muss." Bratzl und Emma versprachen, am frühen Abend wiederzukommen. Als sie auf dem Flur Richtung Aufzug gingen, kam ihnen der Schiffsarzt entgegen, und sie sprachen kurz mit ihm. Er war sehr zuversichtlich, da die Dame wieder zu Kräften kam. Allerdings wollte er sie auf der Krankenstation behalten. Der morgige Tag war mit Landausflug nach Dubrovnik, da fanden auch Emma und Bratzl es besser, wenn Charlotte hier war und jemand nach ihr sah. Emma fragte, wie es den anderen Patienten auf dem Schiff gehe, dabei dachte sie vor allem an Luca. „Es gibt keinen Grund zur Sorge", meinte der Arzt, und Emma dachte, der wäre geeignet für die Politik.

„Ich werde noch in die Bibliothek gehen und an meinem Bericht schreiben", sagte sie. „Meine Arbeit habe ich in letzter Zeit sträflich vernachlässigt."

Bratzl meinte, sie solle die Nautische Information aus der Bordzeitung abschreiben. Sie lachte. Was alles wo abgeschrieben wurde, das wollte sie lieber nicht so genau wissen. Sie holte ihr Laptop und machte sich in der Bibliothek an die Arbeit. Hier fühlte sie sich wohl, es war nie viel los, sie hatte einen praktischen Tisch und ihre Ruhe. Sie schrieb über die letzten Tage, dabei vergaß sie völlig die Zeit. Drei Stunden später war sie zufrieden. Das konnte sie Prinzen-Sepp mit gutem Gewissen vorlegen. Sie beschloss, das Laptop aufzuräumen und danach schwimmen zu gehen. Vor ihrer Kabine stand Ferdl, es sah aus, als habe er auf sie gewartet.

„Emma", sagte er leise, „ich muss mit dir reden."

„Komm erst mal rein." Ihr Herz raste.

Ferdl setzte sich aufs Bett. Emma fragte, ob er einen Schluck Wasser trinken wolle.

„Nein. Komm, setz dich zu mir", er streckte seine Hand nach ihr aus. Emma legte ihre Hand hinein. Seine war groß, warm, mit festem Druck, und ein Gefühl tiefster Geborgenheit durchflutete sie.

„Was ist los?"

„Ich weiß nicht, was ich tun soll."

„Du musst dich entscheiden."

„So einfach ist das nicht", sagte Ferdl, „verstehe mich jetzt nicht falsch. Aber Marta ist ein Teil meines Lebens, wir haben einen Sohn, wir sind eine Familie."

Emma rückte ein Stück von ihm weg.

„Bitte, Emma, auf dich verzichten will und kann ich auch nicht mehr. Die ganze Zeit denke ich an dich, du kannst dir gar nicht vorstellen, wie das ist. Tut mir leid, dass ich in der Nacht nicht bei dir war, aber es war mir nicht möglich. Heute Morgen hat sie mir vorgeworfen, dass ich im Schlaf dauernd deinen Namen gesagt hätte, deshalb haben wir uns fürchterlich in die Haare gekriegt. Wir wollten eine Runde auf dem unteren Deck laufen, um den Kopf freizubekommen. Doch wir haben nur gestritten. Und dann sah ich dich mit Charlotte. Es ist so rührend, wie du dich um sie kümmerst. Marta hingegen zeigt nur eine kalte Schulter, sie ist so gefühllos geworden."

„Wo ist sie denn jetzt?"

„Sie liegt am Pool und wartet auf mich."

„Ich kann nur noch einmal sagen, dass du dich entscheiden musst. Das Ende dieser Reise ist ja nicht das Ende aller Tage."

Er nahm ihr Gesicht zwischen seine Hände, drängte sich an sie, küsste sie leidenschaftlich und fordernd. Sie hätte eigentlich sagen sollen, dass sie erst wieder mit ihm schlafe, wenn er sich von Marta getrennt habe. Doch das war zu viel verlangt. Es ging schon aufs Abendessen zu, als die beiden das Bett verließen. Ferdl ahnte, dass ihn eine gurkensaure Marta erwartete, doch das nahm er in Kauf.

Marta schaute fern, als er die Kabine betrat.

„Hallo", war alles, was er sagen konnte. Schon beim „o" hatte er eine ihrer Sandalen im Gesicht. Marta griff nach dem zweiten Schuh und traf seine Lippe. Er fühlte das warme Blut, machte auf dem Absatz kehrt und ging zurück zu Emmas Kabine.

„Jemine", rief sie erschrocken, als sie ihn herein ließ.

Ferdl sagte: „Sie ist auf hundert. Das war ein Schuh, falls es dich interessiert."

Emma tupfte das blutverschmierte Kinn mit einem feuchten Handtuchzipfel ab und schüttelte den Kopf.

„Ferdl", sagte sie schließlich, „du bleibst heute Nacht hier."

„Ich weiß nicht."

„Aber ich. Wir lassen uns das Essen bringen. Und morgen sehen wir weiter."

„Ich weiß nicht."

„Fällt dir nichts anderes ein als *ich weiß nicht?*" Sie sah ihn streng an.

„Das geht nicht. Sie flippt sonst noch vollends aus. Und das hier auf dem Schiff."

„Ja. So ist das eben, wenn man verlassen wird", sagte Emma.

Es klopfte. Emma öffnete die Tür einen kleinen Spalt. Gerade genug, um zu sehen, dass Luca draußen stand.

„Was willst du denn hier?"

„Dich sehen. Bitte lass mich rein, bevor mich jemand sieht", sagte er mit einem flehenden Ton.

„Es geht nicht", sagte sie und schob die Tür vor seiner Nase zu.

„Jetzt schlägt's dreizehn", sagte Ferdl, „hast du auch was mit dem?"

„Bist du noch ganz gescheit!"

„Ich schon, aber du anscheinend nicht", sagte Ferdl böse. „Das war doch gerade offensichtlich!" Er schob sich an ihr vorbei. Ohne sie eines weiteren Blickes zu würdigen, stapfte er davon.

Jetzt habe ich sein Blut auf meinem Handtuch, und sonst nichts. Wie nah Liebe und Hass doch beieinander lagen. Der Engel des Zorns hatte den Engel der Liebe verdrängt.

Nur Imme und Bruni saßen am Tisch, als Emma zum Abendessen erschien. Luca bediente.

Imme fragte, ob es ihm gut gehe, er sei so blass. Luca nickte.

„Fröhlich ist der heute aber nicht", sagte Bruni.

„Er war ja auch krank", sagte Emma. Es würde ein trostloses Essen werden, aber sie hatte eh keinen Hunger.

Nach und nach füllte sich das Restaurant, weder Ferdl noch Marta ließen sich blicken. Bratzl schlang sein Fleisch hinunter wie ein wildes Tier. Er wollte so schnell wie möglich zu Charlotte. „Wir machen noch einen kleinen Abendspaziergang an Bord", sagte er mit vollem Mund.

Emma fragte, ob sie mitkommen solle, doch Bratzl wollte alleine los.

Imme kicherte. „Der hat ein Auge auf Charlotte."

Bruni fragte, ob alles in Ordnung sei. „Mädel, du siehst so bekümmert aus."

Emma stand kurz vor einem Heulausbruch. „Alles gut", brachte sie heraus.

Dabei war nichts gut. Jetzt war Ferdl bei seiner Frau, dort würde er bis zum Ende aller Tage bleiben. Es sei denn ... Emma schauderte vor ihren eigenen Gedanken. Ein für allemal, sie würde niemals mehr jemanden in einen Whirlpool schubsen.

Luca fragte nach weiteren Wünschen. Er beugte sich zu Emma, schenkte Wasser nach und flüsterte ihr ins Ohr: „Ich muss dich sprechen. Es geht um den Diebstahl."

„Was?"

„Pst. Wir könnten uns in einer Stunde treffen, bevor für die zweite Schicht eingedeckt wird, kann ich hier kurz weg."

„Wie wäre es in der Bibliothek? Da ist nie was los."

Luca nickte.

Plötzlich fühlte sie sich besser. Wenn sie den Dieb zur Strecke brächte, das wäre ein Triumph. Alle würden sie bewundern. Der Kapitän würde ihr persönlich danken. Charlotte wäre glücklich, wenn alles wieder da wäre. Und Marta würde zerplatzen vor Neid.

11

Vorsichtshalber holte Emma ihr Laptop, das schien ihr unauffälliger, denn schließlich hatte sie schon oft hier geschrieben. Zur verabredeten Zeit kam Luca. Er schaute den Gang auf und ab, doch niemand schien sich für ihn zu interessieren.

„Erzähl, was ist los!" Emma saß am Tisch und blickte ihn erwartungsvoll an.

„Du fragst gar nicht, wie es mir geht." Der Vorwurf in seiner Stimme war nicht zu überhören.

„Sicher will ich wissen, wie es dir geht. Ich weiß, dass du krank warst. Wäre es möglich gewesen, hätte ich nach dir geschaut."

„Hör zu, ich habe nicht viel Zeit. Als ich da lag, wurde ich vom Arzt untersucht. Derselbe, der sich um deine Bekannte kümmert. Wir kamen ins Gespräch, und er hat so eine Andeutung gemacht, dass ein älterer Herr die Dame regelmäßig besucht und einmal in der Schublade gewühlt habe, während sie schlief."

„Wie, in der Schublade gewühlt?"

„Das Tischchen am Krankenbett hat eine Schublade für persönliche Dinge. Darin hat er etwas gesucht."

„Ich nehme doch an, der Arzt hat ihn zur Rede gestellt?" Emma war jetzt hellwach.

„Sicher. Der Herr hat geantwortet, nur ein Taschentuch zu suchen."

„Und das hat ihm der Arzt geglaubt?"

„Das habe ich auch gefragt. Doch der Herr sei sehr wohl glaubwürdig gewesen. Zumal in besagter Schublade nichts Besonderes zu finden war."

Charlotte hatte keine Wertsachen im Krankenzimmer, alles lag in ihrem Safe in der Kabine. Selbst Charlottes Bordkarte war unter Verschluss. Nachdenklich sagte Emma: „Also ich weiß nicht, der Bratzl kümmert sich um Charlotte, weil er in sie verliebt ist. Der würde doch niemals etwas klauen."

„Stille Wasser sind tief", sagte Luca.

Energisch erwiderte sie: „Ich bin mir sicher, dass Bratzl kein Dieb ist. Aber Luca, der Service kann doch in jedes Zimmer. Vielleicht kannst du dich mal in seiner Kabine etwas genauer umschauen?"

„Das wollte ich dir vorschlagen. Ich kann es mir nicht erlauben. Wenn ich dabei erwischt werde, bin ich meine Arbeit los. Aber ich könnte dafür sorgen, dass du rein kannst."

Emma wurde es ganz heiß. „Ich? Ich weiß nicht."

Luca drängte. „Ich muss zurück, viel Zeit bleibt uns nicht mehr. Morgen, wenn der Herr zum Landausflug geht, wäre die Gelegenheit ideal."

„Ich gehe selbst nach Dubrovnik. Der Bus fährt um zwölf Uhr. Um halb fünf muss man wieder an Bord sein. Aber ich könnte eine Stunde früher zurückkommen, nicht mit dem Bus, sondern im Taxi. Dann könnte ich es tun. Aber ich weiß nicht einmal seine Zimmernummer."

Luca sagte, das habe er bereits in Erfahrung gebracht, und er erwarte sie um halb vier vor Anton Bratzls Kabine 8007.

„Luca", sagte Emma, „es würde mich interessieren, weshalb du dich so engagierst in dieser Geschichte."

„Wegen dir." Er schaute sie dabei eindringlich an. „Ich muss jetzt wirklich zurück." Ohne ein weiteres Wort eilte er aus der Bibliothek.

Emma verdrängte dieses Interesse an ihr. Was sollte das? Noch zwei Nächte, dann ging sie in Venedig wieder von Bord. Es hatte doch keinen Sinn, Luca würde sie nach der Kreuzfahrt niemals wiedersehen. Ferdl hingegen, der wohnte nur ein paar Kilometer entfernt. Völlig aufgewühlt ging sie zu Charlotte, doch sie fand das Zimmer verlassen vor. „Sie ist mit dem Herrn unterwegs", sagte ein Steward, „sie wollten in einer guten Stunde wieder zurück sein." Sie fragte nach dem Arzt, mit dem sie gerne gesprochen hätte, doch der war beim Dinner.

„Oh, dann komme ich morgen früh wieder." Emma schalt sich selbst, dass sie vorhin so unkritisch auf Lucas Verdächtigung reagiert hatte. Sie kannte Bratzl als höflichen, zuvorkommenden Herrn. Charlotte freute sich immer, ihn zu sehen. Gut, er war etwas gierig. Stopfte sich die Taschen voll beim Buffet. Aber das taten viele Gäste. Deswegen heimlich sein Zimmer zu durchwühlen war schon ein starkes Stück. In Gedanken schlenderte sie zum Deck mit den meisten Bars. Was sollte sie jetzt mit dem angefangenen Abend tun? Ein Anfall von Selbstmitleid überkam sie. Keiner brauchte sie. Keiner vermisste sie. Überall saßen fröhliche Leute, an allen Ecken sah sie verliebte Paare, die sich anhimmelten und Cocktails schlürften. Sie war der einsamste Mensch auf der Trude. Würde sie hier tot umfallen, würde es keinen interessieren. Höchstens Luca. Na ja, und Charlotte. Vielleicht Imme oder Bruni. Bratzl, der würde sich vielleicht auch an ihr Grab stellen ... Bratzl war kein Dieb, andererseits, es stimmte schon. Man sah in die Menschen nicht hinein. Ferdl, der war das beste Beispiel. Der war mal so und mal so, konnte sich nicht entscheiden, ließ alle Türen offen, spielte mit den Gefühlen anderer. Er wollte sich nicht festlegen, und wenn man ihn vor eine Entscheidung stellte, lachte er nur. Sollte ihn doch der Teufel holen, und sein Weib gleich mit.

Sie beschloss, ins Theater zu gehen, obwohl sie nicht wusste, was an diesem Abend geboten wurde. Als sie auf Deck sieben ankam, hatte die Vorstellung bereits begonnen, und sie setzte sich in die hinterste Reihe. Auf der Bühne herrschte ziemliches Chaos, wirrer Gesang und wilde Tanzeinlagen vor einer rauschenden barocken Kulisse war alles, was sie wahrnehmen konnte. Sie suchte die Reihen ab, doch kein bekanntes Gesicht war zu entdecken.

Emma konnte sich kaum auf die Darbietung einlassen, zu viele Gedanken gingen ihr durch den Kopf. Sie musste in ihrem Leben einiges ändern. Sie wollte einen Mann, hatte sich immer nur eingeredet, alleine sei es besser. Sie würde mit Prinzen-Sepp reden, dass er sie in Zukunft nur noch auf Singlereisen schicken solle. Josef Bachmüller hatte wirklich etwas Aristokratisches an sich. Sein Gesicht, seine Haltung, seine ganze Art. Dazu seine Leidenschaft für Pferde. Der würde sich gut in Ascot machen, als Jockey oder als Rennleiter.

Wie kam sie jetzt bloß darauf? Ihre Reisereportage, was er wohl dazu sagen würde? Schlimmstenfalls müsste sie eine zweite Version schreiben. Das wäre durchaus möglich, denn sie würde diesmal sehr individuell berichten. Die Kreuzfahrt musste einschlagen, nicht wie ihre Berichterstattung über Slowenien. Die hatte ihn nicht vom Hocker gehauen, da sei nichts Neues drin gestanden, und vermutlich lag ihr Werk bis zum Sankt Nimmerleinstag auf Halde.

Sie bat um die Kraft der Engel. Den Engeln musste sie nur die Tür öffnen und sie hereinlassen. Der Engel der Liebe war noch ganz in der Nähe, das spürte sie.

Im Theater wurde es hell, und die Leute klatschten. Emma nahm es als Zeichen, dass diese wirre Aufführung zu Ende war. Auch sie würde wieder zu einem inneren geklärten Leuchten finden.

Beim Hinausgehen hörte sie hinter sich zwei Frauen reden, die noch ein Deck tiefer in die Tiger-Bar wollten, wo in einer halben Stunde das ideale Paar ausgelost werden würde. Diesen Spaß wollte Emma sich nicht entgehen lassen, und sie suchte ebenfalls die Bar auf. Den Name verdankte sie der Inneneinrichtung, die in einheitlichem Tiger-Muster gehalten war. Stühle, Sofas, Wandverkleidungen, Teppichboden, alles war gestreift. Zum Brüllen, fand Emma. Es war rappelvoll, auf einer kleinen Bühne mittendrin feuerte ein Animateur drei Frauen an, die offensichtlich im Wettkampf standen. Sie mussten einen Hindernislauf machen, hüpften über Bierkisten, jede hatte ein gefülltes Bierglas in der Hand. Am anderen Ende saßen drei Männer auf Stühlen. Jede Frau musste einem Mann auf den Schoß sitzen und ihm das Bier einflößen. Emma überlegte, ob es die eigenen Männer waren. Wer zuerst ausgetrunken und noch ein trockenes Hemd hatte, war Sieger. Das war dann das ideale Paar. „So ein Blödsinn", sagte jemand neben ihr.

„Finde ich auch", sagte Emma. Für heute hatte sie genug.

„Sind Sie alleine hier?" Er hatte einen Ehering dran, der stach ihr ins Auge, denn er hielt sein Glas auf Brusthöhe und der Ring blinkte selbst in dieser schummrigen Bar an seinem Finger.

„Nein. Mein Mann kommt gleich wieder", antwortete sie.

„Schade. Sonst hätte ich Sie gerne auf einen Drink eingeladen."

Emma verzog den Mund. Noch so ein Fremdgänger, vielen Dank auch! Sie ging zu ihrer Kabine. Und sie war besser gelaunt. Immerhin, sie wurde doch wahrgenommen vom anderen Geschlecht. Noch war nicht aller Tage Abend.

Am nächsten Morgen besuchte sie Charlotte. Sie war bereits wach und frühstückte. „Heute darf ich die Krankenstation verlassen", sagte sie, „ich bin überglücklich."

„Wie wundervoll! Ach, Charlotte, das ist eine wirklich gute Nachricht. Heute ist Landausflug nach Dubrovnik." Emma setzte sich auf den zweiten Stuhl. „Meinst du, dass du mitkommen kannst?"

„Oh nein, das ist mir zu anstrengend. Aber keine Sorge, ich bin nicht alleine."

„Bratzl?"

Charlotte nickte. „Er verzichtet auf den Ausflug und bleibt hier."

Emma dachte an die Zimmerdurchsuchung, die damit flach fiel. Luca würde umsonst auf sie warten. „Ich kann dir helfen, die Sachen auf die Kabine zu bringen. Zudem brauchst du die Bordkarte, die liegt noch im Safe", sagte Emma.

„Das ist nett von dir." Charlotte trank einen Schluck Kaffee. „Oh wie herrlich, nach all den Infusionen und den Litern von Tee endlich wieder Kaffee", schwärmte sie.

Emma hatte überlegt, mit Charlotte über Bratzl zu sprechen. Doch sie konnte nicht. Endlich ging es ihr besser, da wollte sie Charlottes Tag nicht gleich verderben. Vielleicht böte sich eine Gelegenheit, in sein Zimmer zu gehen, wenn er mit Charlotte einen Bordspaziergang machte. In seinen Safe konnte sie ohnehin nicht schauen, dabei wäre dies das Wichtigste gewesen.

Emma wartete, bis Charlottes Tasse leer war. Dann packten sie die paar Habseligkeiten in eine Tasche. In besagter Schublade befand sich ein in eine Serviette eingepacktes ausgetrocknetes Schokomuffin, das habe Bratzl gebracht. Auch vom Buffet, dachte Emma, aber so war er halt. Ob es eine Liebesgabe oder Tarnung war, um herumzuwühlen?

Charlotte wollte in der Kabine erst duschen, ihre Haare richten und sich dann mit Bratzl treffen. Emma musste Luca von der Planänderung berichten. Zudem war sie es nicht mehr gewohnt, die enge Kabine zu teilen. Sie seufzte. So gesehen gut, dass sie keinen männlichen Besuch mehr bekam.

Im Frühstücksraum herrschte dichtes Gedränge, obwohl Emma spät dran war. Da sie Dubrovnik erst um die Mittagszeit erreichten, hatten die meisten Passagiere länger geschlafen. Sie hatte keine Lust auf brüllende Kinder und laute Italiener im Familienclan, deshalb angelte sie sich ein Brötchen und eine Tasse Kaffee und verzog sich auf einen Liegestuhl ein Deck tiefer. Die Sonne wärmte bereits mit aller Kraft, es würde ein heißer Tag werden. Sie hatte diese Reise nicht wirklich genießen können. Eigentlich hätte sie jeden Tag um fünf oder sechs aufstehen und den Sonnenaufgang auf Deck erleben sollen. Sie wusste nicht einmal, wann Sonnenaufgang war. Den Untergang hatte sie ebenso sträflich missachtet. Erst wenn etwas zu Ende ging, merkte man, was einem fehlte. So war das nicht nur mit dem Sonnenauf- und Untergang. Ferdl fehlte ihr, es schmerzte sie, dass er sich nirgends mehr blicken ließ. Bestimmt nahmen sie alle Mahlzeiten in der Kabine ein, Marta hatte endlich ihre Reise so, wie es sich für eine silberne Hochzeit gehörte. Abstrakte Bilder von Ferdl und Marta stellten sich in Emmas Kopf ein, die ihr nicht gut taten. Sie hatte ihren Kaffee ausgetrunken, das trockene Brötchen warf sie über Bord. Es schmeckte nicht, sollten sich die Fische daran laben.

Sie holte sich eine zweite Tasse Kaffee und entdeckte Imme und Bruni. Sie saßen an einem Tisch und winkten ihr zu. „Na so was", sagte Imme mit vollem Mund, „bist du auch so spät dran."

Emma erzählte von Charlottes Entlassung, und irgendwie kam sie auf Bratzl zu sprechen, dass er sich so nett um Charlotte kümmere, und auf einmal verselbständigten sich ihre Worte. Sie erzählte von den Verdächtigungen Lucas, dass sie Bratzls Kabine durchsuchen solle, dass sie das nun nicht könne, da er ja keinen Landausflug mache. Und dann sprach sie von

Ferdl und Marta, dass der Ferdl echt ein toller Mann sei, dass die beiden wohl endlich ihre zweiten Flitterwochen verbringen würden und dass es schade sei, dass man sie nirgends mehr antreffe. Bruni und Imme hatten aufmerksam zugehört. Imme lächelte. Es sah abstrus aus, da ein Stück Croissant zwischen ihren Zähnen hing. „Sie waren vorhin hier, aber sie sahen nicht glücklich aus."

Emma hatte das Gefühl, ihr Herzschlag setze aus. „Wie, sie haben hier gefrühstückt? Ferdl und Marta?"

Imme nickte. Bruni sagte: „Ja. Sie haben sich aber nicht zu uns gesetzt. Sie haben da drüben gegessen. Und kein einziges Wort miteinander geredet."

„Ganz genau", machte Imme weiter, „sie haben so grimmig dreingeschaut, dass es einem Angst werden konnte."

Wie schön!, hätte Emma am liebsten ausgerufen, doch sie schwieg. Wie hieß es immer, der Kluge genießt und schweigt.

„Aber zurück zu Bratzl", sagte nun Bruni, „ich kann mir nicht vorstellen, dass er ein Dieb ist. Aber andererseits, es wäre eine Möglichkeit. Ich könnte mit Imme Schmiere stehen, wenn er mit Charlotte rumläuft. Dann soll dich Luca in seine Kabine lassen, falls er auftaucht, klopfe ich."

„Genau, wie im Krimi", sagte Imme aufgeregt, während sie ihr Croissant vollends in den Mund stopfte.

„Ich suche Luca, er muss hier irgendwo sein. Dann machen wir es gleich, noch vor dem Landausflug", sagte Emma. „Bratzl will nämlich nachher mit Charlotte einen Schiffsrundgang machen. Wir treffen uns in einer halben Stunde vor seiner Kabine. Nummer 8007."

Nichts konnte sie mehr aufhalten. Geradezu euphorisch schritt sie den Raum ab und hielt Ausschau nach Luca. Sie flehte einen Engel an, ihr zu helfen. Dann entdeckte sie ihn, er sammelte das schmutzige Geschirr auf den hinteren Tischen ein. „Luca", sagte sie, als sie nah genug bei ihm war, „wir müssen es gleich machen. Bratzl geht nicht zum Landausflug, aber jetzt ist er mit Charlotte unterwegs, und wir können bei ihm rein."

„Ich kann jetzt nicht weg", flüsterte er, „ausgeschlossen."

„Dann gib mir die Karte zu seiner Tür, Imme und Bruni helfen mir."

„Du hast doch nicht mit ihnen darüber gesprochen?" Er sah wirklich erschrocken aus.

„Sie halten dicht, keine Sorge. Also was ist jetzt mit der Karte?"

Mit einer Kopfbewegung deutete er Richtung Eingang. Sie folgte ihm, Luca verschwand hinter einer Tür. Kurz darauf kam er wieder und schob ihr eine Karte zu. „Pass ja auf. Und in einer halben Stunde will ich sie zurück haben, hast du gehört!"

„Ja. Am besten hier, oder?!"

Luca nickte. „Ich muss sie zurückgeben, komm ja nicht zu spät."

„Wem gehört sie denn?"

„Zimmerservice. Mehr musst du nicht wissen. Jetzt beeile dich, und sei vorsichtig."

Sie ging zurück zu Imme und Bruni, dann begaben sie sich gemeinsam auf den Weg. Emma klopfte an Bratzls Tür. Hätte er geöffnet, hätte sie gesagt, Charlotte warte auf ihn, er solle sich beeilen. Doch er war wohl schon bei ihr, jedenfalls geschah nichts, und Emma schob die Karte in den Schlitz. Die Tür ging problemlos auf. Imme wollte nun doch mit rein, Bruni stand Wache.

„Puh, wie das nach alten Socken stinkt", sagte Imme, als sie seinen Schrank öffnete. „Das ist ja ekelhaft."

Emma schlug vor, dass Imme sich im Bad umschauen solle, sie würde die Kabine durchsuchen. „Und leg ja alles auf seinen Platz zurück, dass er nichts merkt."

Emma fand den Geruch auch unangenehm, doch sie atmete flach und beeilte sich. Sie griff unter jedes Kleidungsstück, nichts war zu entdecken. Seinen Koffer hatte er unter dem Bett verstaut, darin befanden sich einige Messer, Gabeln und Löffel. In den Schränkchen fand Emma zwei Bücher, eines über die Seefahrt und eines über die Bergsteigerei. Die ganze Aktion wurde Emma immer peinlicher.

„Hier ist nur geklautes Besteck. Und an seinen Safe kommen wir nicht ran."

Imme streckte den Kopf aus dem Duschraum. „Hier ist auch nichts Schmuckmäßiges. In seinem Badebeutel hat er jede Menge dieser Duschgels und Shampoos gehortet, die man täglich bekommt."

„Ich denke, wir sollten gehen", sagte Emma, „ich komme mir ziemlich blöd vor."

„Ja. Nichts wie weg hier. Aber aufregend ist es schon", fand Imme.

Bruni war erleichtert, als die beiden rauskamen und niemand sie erwischt hatte. Als sie von dem Besteck hörte, meinte sie nur: „Typisch Bratzl."

Emma wollte Luca die Universal-Bordkarte flugs zurückbringen, Imme und Bruni gingen in die andere Richtung zurück.

Am unteren Ende des Flurs sah sie Alfredo, wie er aus seiner Kabine spähte, erst nach links, dann nach rechts, bevor er heraustrat. Mit eiligen Schritten ging er davon, ohne Emma zu bemerken. Dieses seltsame Spähen löste in ihr den Impuls aus, Lucas Universalkarte ein weiteres Mal zu nutzen und einen Blick in Alfredos Zimmer zu werfen. Auch diese Tür öffnete sich anstandslos, und sie schlüpfte hinein. Hier, in diesem Raum, schlug ihr Herz wie wild. Sie fand es tausendmal aufregender als vorhin. Erstens, da sie nun ganz auf sich alleine gestellt war. Und zweitens, da sie Alfredo nicht so gut kannte wie Bratzl. Sie war bisher davon ausgegangen, dass er alleine reiste. Nun, da sie zwei Betten vor sich sah, war sie doch verunsichert, obwohl nur eines benutzt wirkte. Dennoch, womöglich war diese Schwarzhaarige, die sie einmal mit ihm gesehen hatte, seine Begleiterin. Oh Gott, womöglich käme sie gleich herein. Emma zwang sich zur Ruhe. Jetzt hatte sie den ersten Schritt getan, jetzt konnte sie auch noch in seinen Sachen herumnasen. Automatisch öffnete sie seine Schranktür. Es roch nach süßlichem Parfum, vermutlich das einer Frau, doch es hingen und lagen nur fesche Männersachen darin. Alfredo reiste offenbar alleine, stellte sie erleichtert fest. Wie vorhin griff sie unter jedes Kleidungsstück. Nichts. Sie blickte unter sein Bett, auch hier war ein Koffer verstaut. Dieser war allerdings abgeschlossen. Das weckte ihre Neugier. Sie zog jede Schublade auf, nichts zu sehen von einem Schlüssel. Vermutlich lag der Kofferschlüssel im Safe. Emma drückte einige Zahlentasten, natürlich geschah nichts. Sie könnte Luca fragen, denn für den Fall, dass einer seine Geheimzahl vergaß, konnte der Safe zurück auf Start gestellt werden. Sie war schon im Begriff zu gehen, da schaute sie doch noch in seine Duschkabine. Sein Waschbeutel stand auf der Ablage. Sie zog den Reißverschluss auf, wühlte in seinen Männerkosmetika, in einem kleinen Döschen hatte er Pillen. Alle alten Männer schluckten Pillen, das war nichts Außergewöhnliches.

Es wurde Zeit, sie musste die Karte zurückbringen. Sie streckte den Kopf zur Tür raus, zum Glück war niemand im Flur, und erleichtert eilte sie zum Buffet. Dort wartete Luca schon, und seine Miene war nicht die freundlichste.

„Wieso hat das so lange gedauert?" zischte er.

„Ich war noch in einer anderen Kabine, die von diesem Alfredo. Stell dir vor, da war der Koffer abgeschlossen."

Luca schnaubte. „Wieso das denn, bist zu verrückt geworden? Wenn man dich erwischt hätte! Ich muss die Bordkarte zurückgeben, ein abgeschlossener Koffer, das ist doch normal!"

Emma fand das nicht. Ein abgeschlossener Koffer war üblich während einer Reise. Doch in einem Zimmer mit Safe legte jeder vernünftige Mensch die Wertsachen da hinein. Da musste man doch den Koffer nicht abschließen.

Mit Luca brauchte sie nicht zu diskutieren, sie würde nachher mit Imme und Bruni reden. Zuvor jedoch ging sie in ihre Kabine, sie musste sich für den Ausflug richten. Charlotte war nicht da, sie schrieb ihr einen Zettel und wünschte einen schönen Tag.

Später trafen sie sich zum Landausflug am Treffpunkt für den Bus. Imme, Bruni, Marta und Ferdl. Emma nickte Ferdl zu, Marta ignorierte sie. Sie schob sich zwischen Imme und Bruni und erzählte leise, was geschehen war.

Imme war gleich Feuer und Flamme. „Das ist höchst merkwürdig. Wenn ich so nachdenke, ist dieser Alfredo eh verdächtig. Macht sich doch ständig an Frauen ran, bei uns allen hat er es doch auch schon versucht. Wir müssen zum Kapitän!" meinte sie aufgeregt.

„Und dann, ich kann doch nicht sagen, dass ich heimlich rumgeschnüffelt habe", erwiderte Emma.

„Nein, wir müssen geschickter vorgehen", sagte Bruni. „Wir müssen es so hindrehen, dass Alfredo sich verdächtig macht und dass daraufhin der Kapitän von sich aus eine Durchsuchung anordnet."

„Wie soll das gehen?" fragte Imme.

„Ich weiß noch nicht", meinte Bruni, „aber es muss noch heute geschehen. Morgen ist Ausschiffung, dann ist es zu spät."

Der Busfahrer hupte, alle im Bus warteten nur noch auf die drei Frauen. Als sie einstiegen, bedachte er sie mit strafenden Blicken. In der Mitte des Busses stockte Emma der Atem. Nicht genug, dass Marta ihren Kopf auf Ferdls Schulter deponiert hatte, nein, direkt hinter Marta saß Alfredo.

Sie fackelte nicht lange und setzte sich neben ihn. Imme und Bruni gingen ganz nach hinten. Alfredo grüßte Emma höchst erfreut. Emma lächelte charmant.

Die Fahrt vom Hafen in die Stadt dauerte nicht lange. Ein Reiseleiter erklärte durch das Mikrofon, Dubrovnik sei eine mittelalterliche Stadt im Süden von Dalmatien und gelte als Perle Kroatiens. Die Altstadt sei ein UNESCO-Weltkulturerbe. Da der Tourismus sich hier schon sehr früh entwickelt habe, verfüge die Stadt über eine Vielzahl an Museen, Tavernen und Restaurants. „Aufgrund des milden Mittelmeerklimas und der bezaubernden Landschaft verfasste der irische Schriftsteller Bernard Shaw den folgenden Satz: ‚Diejenigen, die das irdische Paradies suchen, müssen kommen und Dubrovnik sehen.' La Placa ist die schöne Fußgängerzone, die sich vom Pile-Tor bis zum Uhr-Turm erstreckt. Wenn Sie das Tor passiert haben, können Sie das alte Franziskanerkloster bewundern. Im Inneren befindet sich die älteste Apotheke Europas, die seit 1391 in Betrieb ist. Anschließend erblicken Sie die San Blasius Kirche, er ist der Schutzheilige der Stadt. Es ist ein geniales Gebäude im italienischen Barockstil. Bewundern Sie auch eine weitere Sehenswürdigkeit, den Rektorenpalast aus dem Jahr 1441."

„Was diese Reiseleiter alles wissen", sagte Alfredo beeindruckt.

„Ja gell." Emma suchte verkrampft nach Worten, doch sie war regelrecht sprach-blockiert.

„Vielleicht interessiert es Sie noch, dass die Entfernung zwischen Dubrovnik und Venedig 309 Seemeilen beträgt", sagte der Reiseleiter. „Und haben Sie daran gedacht, Ihre Uhren um eine Stunde zurückzustellen?"

„Klar", sagte eine Frau.

Emma betrachtete Alfredos Handgelenk. Eine schicke Armbanduhr. Schwarzes Lederband. Sehr teuer. Sehr extravagant. Womöglich nicht seine eigene.

„Welch außergewöhnliche Uhr!" sagte sie.

„Ja. Ich hänge sehr an ihr. Es ist eine Junghans, noch mechanisch."

„Bestimmt sehr wertvoll?"

„Ja. Kann man sagen."

Emma schätzte zwischen zwei- und dreitausend Euro. Sie selbst trug eine Uhr vom Uhrenstand eines Kirchweihmarktes, die hatte zehn Euro gekostet, war aber unverwüstlich.

Der Bus fuhr eine enge steile Serpentine hoch. Der Ausblick war wie gemalt, die Adria zur einen, Bergketten zur anderen Seite. Der Reiseleiter erklärte, dass man gleich vom Busparkplatz aus losgehen würde, die Gruppe soll bitte zusammen bleiben. Die Stadtführung dauere eine gute Stunde, danach dürfe jeder tun, was er wolle. Vom Busparkplatz aus könne man mit dem Tages-Ticket den Shuttlebus zurück zur MS Trude nehmen, spätestens um sechzehn Uhr führe der letzte Bus.

Imme und Bruni, Alfredo und Emma gingen nebeneinander. Ferdl und Marta liefen etwas abseits. Der Reiseleiter hatte ein flottes Tempo drauf.

Alle ahnten schon nach kürzester Zeit, weshalb Dubrovnik zum Weltkulturerbe ernannt worden war. Es war eine der schönsten Städte des Mittelmeerraumes, die Altstadt war autofrei. Man lief in der Hauptgasse über weißen blitzblanken Marmor, zumindest dachte Emma, dass es Marmor sei. Bei jedem Schritt glaubte sie auszurutschen, so sehr glänzte es unter den Schuhen. Der Reiseleiter blieb schließlich bei einer Statue stehen. „Dies ist die Rolandsäule", erklärte er, „das Zeichen einer freien Stadt." Emma hörte nur mit halbem Ohr zu, er erzählte etwas vom Unabhängigkeitskrieg 1991, dass die Stadt schwer beschossen und beschädigt worden sei. Vor ihr standen Ferdl und Marta händchenhaltend. Sie schob sich durch die Gruppe hindurch und fotografierte wild um sich. Alfredo wedelte mit seiner Hand vor seinem Gesicht herum, entweder war es ihm zu heiß oder er wollte nicht fotografiert werden. Schließlich stellte Emma sich direkt neben den Reiseleiter, sie zog ihren Notizblock aus der Tasche und schrieb mit, was er erzählte. Das machte einen guten und wichtigen Eindruck, und Marta könnte sich ärgern.

„Die Stadtmauern sind fast zwei Kilometer lang und zwischen drei und sechs Meter breit. Für ein paar Kuma sind die Mauern komplett begehbar", erklärte der Reiseleiter. „Sie umfassen alle Perioden der Stadtgeschichte. Es lohnt sich wirklich, hochzusteigen. So machen Sie einen ausgiebigen Spaziergang durch die Jahrhunderte. Von der Befestigungsanlage schweift Ihr Blick hinunter in Hinterhöfe und Gassen, über Dachterrassen, Kuppeln und Türme. Hinter den hell schimmernden Fassaden der Altstadt leuchtet das Mittelmeer in sattem Blau. Besser kann ein erster Eindruck kaum sein."

Imme und Bruni war das zu anstrengend, sie wollten zum Franziskanerkloster. Emma bevorzugte die Stadtmauer, von dort aus könne sie bestimmt super Fotos schießen. Alfredo fragte, ob er sich anschließen dürfe, und Emma sagte gerne. Imme fragte Ferdl und Marta nach deren Plänen, und Ferdl sagte, sie wollten zur Befestigungsanlage.

„Wundervoll, gehen wir doch gemeinsam, dann sind wir schon zu viert", schlug Alfredo vor. Emma grinste in sich hinein.

„Man kann aus zwei Richtungen anfangen, im Osten ist der Eingang unter dem Glockenturm, im Westen bei der St. Salvatorkirche beim Pile-Tor. Ich würde sagen, wir nehmen den Glockenturm. Der Festungsring ermöglicht einen Rundgang, und man sieht zur Altstadt hinunter, aufs Meer hinaus und in den Himmel hinein", sagte Ferdl.

„Ferdl, woher weißt du das alles?" Emma sprach seit seinem eifersüchtigen Abgang erstmals direkt mit ihm.

„Ich war schon einmal mit einer Gruppe hier", sagte er.

„Ach, wann war das?" Marta hatte einen scharfen Unterton.

„Vor Jahren. Damals mit dem Bus. Hast du halt wieder vergessen."

„Solch einen spannenden Beruf hat nicht jeder", sagte Emma munter.

Marta schnaubte.

Sie waren am Ziel. Und es war atemberaubend. „Meine Güte, hier spürt man die Schöpfungsgeschichte", sagte Emma ehrfürchtig. Sie blickten auf die malerischen Gassen der Altstadt, die verwinkelten Treppen, auf Dächer und Türme, eine wundervolle Idylle umsäumt vom Schillern des Meeres. Eine unbeschreibliche Harmonie erfüllte sie da.

Sie waren nicht die einzigen Touristen, doch es verteilte sich, und irgendwann waren die vier alleine unterwegs. Alfredo meinte, ihm reiche es, er habe Durst, wolle am Ausgangspunkt auf Emma warten, und machte kehrt.

Es wurde nun, da sie auf der Seeseite waren, entschieden schmäler auf der Mauer, und sie gingen im Gänsemarsch. Ferdl lief voraus, gefolgt von Marta. Hinter Marta lief Emma. Ferdl lief zu, als Marta stehen blieb. Emma blieb nichts anderes übrig, als ebenfalls stehen zu bleiben. Marta wandte sich ihr zu, stemmte die Hände in die Hüften und sagte: „Ein für allemal, lass deine dreckigen Finger von meinem Mann."

„Wie bitte?"

„Du hast mich schon verstanden. Führst dich auf wie eine Hure", spuckte Marta. Dann packte sie Emma an den Oberarmen und krallte ihre Finger hinein. „Ich warne dich!"

„Spinnst du, lass sofort los!" fauchte Emma. Sie drückte Marta mit aller Kraft von sich weg. Vielleicht eine Spur zu heftig.

Marta verlor das Gleichgewicht. Sie stürzte über den Mauervorsprung den Abhang hinunter. Emma stand versteinert da, schaute hinterher, dachte für einen Sekundenbruchteil, sie müsse hinterherspringen oder wenigstens nach Hilfe schreien. Doch sie tat nichts von alledem. Es geschah ihr recht. Was musste sie sich auch so dämlich aufführen? Sie hätte nicht sagen können, ob sie zehn oder eine halbe Minute da stand, bis sie endlich schrie und Ferdl sich umdrehte. Er hastete zurück, sah erstaunt und verzweifelt Emma an: „Wo ist Marta, um Gottes willen?"

„Sie hat das Gleichgewicht verloren."

Ferdl legte sich bäuchlings auf die Mauer, rief nach Marta, doch nichts rührte sich. „Wir müssen da runter und suchen", forderte er Emma auf.

„Oder Hilfe rufen. Ich habe das Handy dabei", sagte Emma.

„Wen willst du anrufen? Hast du die Nummer von irgendjemandem, der uns hier helfen könnte?"

Emma schüttelte den Kopf. „Suchen wir", sagte sie.

Vorsichtig ließen sie sich von der Mauer gleiten, kletterten ein Stück den Abhang hinunter. Sie sahen Marta weiter unten liegen, und es dauerte geraume Zeit, bis sie bei ihr waren.

Auf einem Felsen lag ihr Kopf, völlig reglos, eine blutsrote Pfütze hatte sich um ihr schwarzes Haar gebildet, es sah bizarr aus. Ferdl kniete hin, fühlte ihren Puls, fasste an ihre Halsschlagader, legte den Kopf auf Martas Brust. „Marta, wach auf", rief er und schlug auf die Wangen. Emma stand deppert dabei.

„Ich glaube, sie lebt nicht mehr", wisperte er schließlich tonlos.

Emma legte eine Hand auf seine Schulter. „Du bleibst hier, ich gehe Hilfe holen."

Ferdl sah sie so unbeholfen an, dass sie großes Mitleid mit ihm hatte.

So ein schlimmes Ende, dachte sie, während sie den Abhang nach oben kraxelte, hatte Marta nicht verdient. Als sie bei der Mauer war, hatte sie Glück. Alleine wäre sie gar nicht mehr hochgekommen, doch ein Touristenpaar war zufällig da. Sie zogen Emma mit vereinten Kräften nach oben. Emma sagte, es habe einen Unfall gegeben, sie müsse zur Kasse und Hilfe holen. Davon wollten die beiden jedoch nichts wissen, sie setzten ihren Weg fort.

Emma kam es vor wie eine Ewigkeit, als sie zurücklief. Ihr T-Shirt klebte am Rücken, so sehr schwitzte sie. Der Kopf tat weh, sie hatte viel zu wenig getrunken, sie musste nachher zuerst Wasser zu sich nehmen. Marta war selbst schuld. Wie damals Gabi. Unterlassene Hilfeleistung hieß das wohl. Das gab Knast, wenn es rauskam. Ob in Hinzistobel auch Frauen einsaßen? Jetzt hatte sie schon zwei auf dem Gewissen. Dafür war er endlich frei.

Ein wahrer Segen, dass Alfredo an der Kasse wartete. Emma erzählte ihm in aller Kürze von Martas Absturz, allerdings verschwieg sie, dass Marta sehr wahrscheinlich tot war. Sie brachte es einfach nicht über die Lippen. Alfredo ging von einem gebrochenen Fuß aus, wie auch immer er darauf kam. Er berichtete es dem Kassierer, der telefonierte sogleich. Dann mussten sie warten, bis der Hilfstrupp kam. Emma schüttete Wasser in sich, doch das Kopfweh wurde trotzdem schlimmer. Alfredo erklärte, er würde nun zurück zum Schiff gehen und dort Bescheid geben. Man müsste doch mit einer Verspätung rechnen. Das fand Emma sehr weitsichtig.

Nach einer Ewigkeit kamen drei Männer, sie sahen wie Rotekreuzhelfer aus. Das war offensichtlich international. Sie trugen eine Tragbahre, eine kurze Leiter, einen kleinen Koffer mit einem Kreuz darauf, einer hatte ein Seil über die Schulter gelegt. Gerüstet waren sie gut, dachte Emma. Sie musste den Weg noch einmal mit ihnen zurücklaufen. Sie hoffte, dass sie die Stelle wiederfinden würde. Sie wäre gerne ohnmächtig geworden und erst wieder nach dem ganzen Spuk aufgewacht.

Sie wurde nicht ohnmächtig, marschierte tapfer vor den Helfern auf der Mauer. Sie erkannte sofort die Absturzstelle, die würde sie noch in hundert Jahren identifizieren. Doch sie kletterte nicht mehr mit hinunter, das konnten sie alleine. Vielmehr setzte sie sich auf der Mauer hin, wohl wissend, dass die keinen gebrochenen Fuß bandagieren, sondern einen Körper bergen mussten. Als Erstes sah sie Ferdl, er hatte einen roten Kopf, und er hatte keine Kraft mehr, sich hochzuziehen. Die Retter kamen direkt hinter ihm, die Leiter wurde aufgestellt. Marta war in eine Decke gewickelt worden, sie trugen sie zu zweit. Niemand sprach ein Wort. Ein stummer Trupp, der auf der Mauer zurück lief. Ein Rettungswagen wartete unten auf der Straße, in diesen wurde Marta gelegt. Ferdl und Emma durften mit einsteigen. Einer der Helfer sagte, beide müssten noch eine Aussage machen.

Mittlerweile hatte man über Alfredo auf der MS Trude von dem Vorfall gehört, der Kapitän hatte im Krankenhaus angerufen und ausrichten lassen, die Abfahrt um eine Stunde zu verschieben, länger nicht. Emma nahm an, dass die horrenden Hafengebühren nicht mehr zuließen. Ihre Aussage, während der sie heulte wie ein geprügelter Hund, wurde in einem kargen Raum im Krankenhaus aufgenommen. Sie sagte, dass Marta plötzlich getaumelt und runtergestürzt sei. Ein junger Polizist, der Deutsch konnte, schrieb alles auf, sie musste unterschreiben, dann durfte sie mit einem Taxi zum Hafen. Ferdl wollte mit dem Sarg zurückfliegen. Das hörte sich sehr kurios an, fand Emma. Er bat sie, seine und Martas Sachen zusammenzupacken und dafür zu sorgen, dass nichts auf dem Schiff bliebe. Sie könne alles dem Busfahrer von Rädle-Reisen anvertrauen, der sie in Venedig abhole. Scheckkarte und Pass hatte er dabei, es war das Wichtigste. Wie er denn zu Hause in seine Wohnung komme, fragte Emma. Es sei kein Problem, der Sohn habe auch einen Schlüssel. Der eigene Hausschlüssel liege noch im Safe, den solle sie ihm lieber persönlich daheim vorbeibringen. Es war erstaunlich, wie rational sein Gehirn in dieser Situation arbeitete. Das Letzte, was sie von ihm bekam, war die Bordkarte, die Geheimnummer des Safes und einen inständigen Blick, den sie niemals vergessen würde.

Als Emma mit dem Taxi vorfuhr, lugten Hunderte von Köpfen vom Schiff herunter. Sie fühlte sich schrecklich, alle hatten ihretwegen gewartet. Ein Offizier fragte, ob alles in Ordnung sei, und sie nickte. Sie werde in einer halben Stunde aus ihrer Kabine abgeholt, sobald das Lotsenboot seine Dienste beendet habe, denn der Kapitän wolle mit ihr sprechen. Sie legten sofort ab, Emma wünschte sich sehnlichst eine Dusche und ihre Ruhe. Doch Alfredo stand bereits vor ihrer Tür und wollte alles genau wissen. Emma erzählte knapp, was passiert war, dann ließ sie ihn auf dem Flur stehen. Sein Interesse hatte einen faden Beigeschmack. Eigentlich hatte sie gehofft, in Dubrovnik etwas aus ihm herauszubringen. Dass der Ausflug so enden würde, damit hatte sie nicht gerechnet.

Charlotte war nicht da, gewiss hatte sie noch gar nichts mitbekommen von der ganzen Aufregung. So konnte Emma ihre Dusche nehmen, viel Zeit blieb ihr nicht, und ein Steward klopfte. Normalerweise war es eine Ehre, mit dem Kapitän zu sprechen, doch diese Unterhaltung war das nicht. Er empfing sie nicht auf der Kommandobrücke, sondern in einem Büro. Sie fand ihn gutaussehend und sehr höflich. Sie erzählte die Geschichte ein weiteres Mal, eben dass Marta urplötzlich gestürzt sei. Alles sei so schnell gegangen. Ferdl habe gar nichts davon bemerkt, da er ein Stück weiter vorne gelaufen sei. Sie erzählte, dass Ferdl mit seiner toten Frau zurückfliegen und sie die Sachen zusammenpacken werde. Ihre Tränen liefen wieder, und der Kapitän fragte, ob er etwas tun könne. Emma sagte geistesgegenwärtig: „Ja. Aber etwas anderes, als Sie denken. Wie Sie wissen, wurde meiner Reisebegleiterin und mir auf diesem Schiff wertvoller Schmuck gestohlen." Der Kapitän schaute betrübt.

Und dann berichtete sie von ihrem Verdacht. Alfredo habe sich an alle Frauen rangemacht, auch an sie. Gutmütig sei sie einmal mit auf seiner Kabine gewesen, und zufällig habe sie dort Schmuck herumliegen sehen. Und das sei doch seltsam, da Alfredo alleine reise. Sie fand diese Version glaubwürdig, natürlich verschwieg sie, dass sie heimlich bei ihm rumgeschnüffelt hatte. Vermutlich hatte der Kapitän Mitleid mit ihr, sie hatte doch einiges mitgemacht. Jedenfalls erklärte er, man werde der Sache diskret nachgehen.

So war dieses Problem wenigstens gelöst, dachte sie erleichtert. Sie würde nachher zum Abendessen gehen, dort allen die tragische Geschichte erzählen. Danach müsste sie die Sachen von Ferdl und Marta zusammenpacken.

Als sie die Kabine betrat, saß Charlotte an der kleinen Kommode und blätterte in der Bordzeitung. Emma heulte abermals dicke Tränen, während sie die Gleichgewichtsstörung von Marta schilderte. Wenn sie es noch zwei- oder dreimal erzählte, würde sie selbst daran glauben. Charlotte setzte sich neben sie aufs Bett, dort wo auch Ferdl schon gesessen hatte. Sie legte einen Arm um Emma, und das tat unsagbar gut. Fast hätte sie erzählt, wie es wirklich zugegangen war. Sie war schließlich angegriffen worden und hatte sich nur gewehrt. Doch wozu sollte sie unnötigen Staub aufwirbeln.

Beim Abendessen waren alle sehr betroffen, Imme und Bruni hatten von dem Unglück erst auf dem Schiff erfahren. Sie hatten nach der Besichtigungstour einen Kaffee getrunken und waren danach auf die Trude zurückgekehrt. Luca sagte, es tue ihm sehr leid. Beim Einschenken beugte er sich etwas über sie und flüsterte, ob er später noch alleine mit ihr sein könne. Emma sagte: „Nein."

„Es ist der letzte Abend", sagte er leise.

„Morgen früh sehen wir uns auch noch", murmelte sie, „heute weiß ich nicht, wo mir der Kopf steht."

Er zog ein saures Gesicht, doch es änderte nichts an ihrem Nein.

Später halfen Imme und Bruni beim Packen. Emma betrachtete die Sachen von Marta auf einmal mit anderen Augen. Sie hatte eine hübsche Garderobe, das war ihr gar nie aufgefallen. Was damit wohl geschehen würde? Ob Ferdl alles ausmustern würde oder ob er sich niemals davon trennen könnte? Dass sie ihm den Hausschlüssel persönlich vorbeibringen sollte, deutete sie als Zeichen. Er wollte sie wiedersehen.

Danach gingen sie ihre eigenen Koffer packen, denn man musste das Gepäck vor die Zimmertür stellen, wo es eingesammelt und für die Ausschiffung parat gestellt wurde. Emma fiel der Koffer von Alfredo wieder ein, sie hoffte, der Kapitän machte sein Versprechen wahr. Im Speisesaal war Alfredo jedenfalls nicht gewesen, womöglich saß er beim Verhör.

Imme, Bruni und Emma hatten sich auf einen letzten Absacker in der Tiger-Bar verabredet. Charlotte wollte schlafen, es war auch für sie ein anstrengender Tag gewesen. Auch Bratzl hatte keine Lust mehr auf die Bar. Emma stellte sich vor, wie er daheim mit dem Besteck der MS Trude seine Spätzle mit Schweinebraten verspeisen würde.

Am nächsten Morgen fuhren sie in Venedig ein. Emma stand am obersten Außendeck und dachte einmal mehr, wie einmalig diese Stadt war. So vieles war geschehen in diesen zehn Tagen, mehr als manchmal in einem ganzen Jahr. Sie inhalierte noch einmal die frische Seeluft. Danach ging sie nach unten ins Theater, wo man auf die gruppenweise Ausschiffung warten musste. Man hatte die Kabinen für die Reinigung gleich nach dem Frühstück räumen müssen, die nächsten Passagiere wurden noch am selben Tag erwartet. Plötzlich kam eine Durchsage, Emma, Charlotte und noch einige weitere Namen wurden aufgerufen. Sie alle sollen sich vorne an der Bühne einfinden.

„Wir haben die Koffer rausgestellt, unser Bordkonto beglichen, ich kann mir nicht vorstellen, was die von uns wollen", sagte Emma.

Eine kleine Gruppe fand sich vor der Bühne ein und wurde von einer Bordstewardess gebeten, mitzukommen. Charlotte sagte, sie vertrage noch keine Aufregung, und die Stewardess lächelte. „Es ist eine gute Aufregung, seien Sie beruhigt."

Sie wurden in ein Büro geführt, wo einige Herren und Damen in Uniform standen.

„Sie sind doch die Dame, die uns den Tipp mit dem Herrn gegeben hat", sagte der zweite Offizier zu Emma. „Sie haben uns sehr geholfen."

Auf einem Tisch glitzerte und funkelte es.

„Der gestohlene Schmuck!" rief Emma aufgeregt.

Die Verzückung hatte mittlerweile die gesamte Gruppe ergriffen. Sie waren alle namentlich auf einer Liste aufgeführt, jeder bekam zurück, was an Bord abhanden gekommen war.

„Es war jener Mann", sagte der Offizier, „sein Koffer war gefüllt mit Diebesgut. Man hat ihn in Gewahrsam genommen."

Emma fragte, ob sie noch kurz mit ihm sprechen dürfe, es sei ihr ein großes Anliegen.

Sie durfte zu ihm, in Begleitung des Offiziers. Alfredo saß mit Handschellen in einem Büro, er wurde von einem jungen Mann beaufsichtigt, der muskulös und stark wirkte. Alfredo sah bitter, eingefallen und bleich aus, hatte nichts mehr von seiner feinen Art. Emma blieb stehen, neben ihr der Offizier.

„Warum müssen Sie stehlen?" fragte Emma. „Haben Sie solche Geldsorgen?"

Alfredo lachte bitter auf. „Sorgen habe ich, ja."

„Dann haben Sie auch Charlotte niedergeschlagen?"

Er blickte sie mit großen traurigen Augen an. „Das hat mir sehr leid getan, wirklich."

„Alfredo, Sie waren so nett in Dubrovnik, ich kann es kaum glauben."

„Was soll ich sagen", seufzte er, „sie hat mich beobachtet, als ich am Pool etwas aus einer Tasche genommen habe. Dann hat sie mich erpresst, und ich musste immer mehr bei ihr abliefern und deshalb immer weiter stehlen."

„Doch nicht etwa die Schwarzhaarige, die in Izmir mit Ihnen unterwegs war?"

Alfredo sah Emma ungläubig an. „Sie hätten Detektivin werden sollen."

„Hat man die auch festgenommen?"

Alfredo nickte.

„Ach, Alfredo. Aber sagen Sie, weshalb haben Sie überhaupt gestohlen?"

„Das Pack hier auf dem Schiff hat genug Geld. Und ich habe mein Leben lang gearbeitet und trotzdem nur eine kleine Rente. Es ist doch nichts dabei, wenn ich die ein wenig aufbessere."

„Aber dass Sie Charlotte so zugerichtet haben, geht zu weit!"

Alfredo seufzte. „Es war Pech. Ich habe geklopft, sie ist wohl sehr erschrocken. Hätte sie nicht gleich losgebrüllt, hätte ich ihr nur die Hände gefesselt und sonst gar nichts getan. Nur gut, dass ich die venezianische Maske aufgesetzt hatte. Die musste ich leider danach über Bord werfen. Und meinen guten Spazierstock ebenfalls."

„Mit dem Sie ihr eins übergebraten haben?"

„Ja."

„Aber ich verstehe das trotzdem nicht. Sie haben geklopft. Charlotte hat aufgemacht. Sie hätten doch nichts stehlen können, wenn jemand da ist. Und wenn niemand da ist, können Sie nicht rein."

„Ein Versuch war es wert. Das Collier ist ein Traum. Ich hatte einfach die Hoffnung, mich in der Kabine umschauen zu können."

Der Offizier meinte, es sei jetzt genug. Den Rest übernehme die Polizia.

Dann mussten sie sich beeilen, denn die Gruppen konnten das Schiff verlassen.

„Das war's dann", sagte Emma. Nur von Luca hatte sie sich nicht verabschiedet, ihm hätte der eigentliche Dank gebührt. Aber nun war es zu spät.

12

Busfahrer Paul holte die Gruppe in Venedig ab. Emma und Bruni hatten die Koffer von Ferdl und Marta an sich genommen und überreichten diese nun Paul. Er würde das Gepäck im Reisebüro deponieren.

„Ich kann es gar nicht fassen", sagte er, während er alles verstaute. „Das tut mir so leid. Der Chef ist auch ganz außer sich."

Emma nickte, dann stieg sie rasch ein, sie wollte keinesfalls ein weiteres Mal die Geschichte erzählen. Sie verkroch sich nach hinten zu Bruni und Imme. An Charlottes Seite hatte Bratzl Platz genommen. Zu gerne hätte Emma ihn auf das gestohlene Besteck angesprochen, doch dann hätte sie ja von ihrer Zimmerdurchsuchung berichten müssen. Auch Charlotte wusste nichts davon, und es war gut so. Sie wollten alle miteinander in Kontakt bleiben, und deshalb würden sie sich in Bälde treffen, um Fotos auszutauschen.

Als Emma am Abend ihre Wohnung aufschloss, stapelte sich die Post auf dem Schuhschrank in ihrem Flur. Eine hilfsbereite Nachbarin, Frau Leitner, hatte sich wie schon so oft darum gekümmert und auch die Blumen gegossen. Emma hatte vor lauter Ferdl ganz vergessen, ihr ein Geschenk mitzubringen. Sie musste ohnehin noch einkaufen und würde eine Riesenschachtel Merci besorgen. Doch zuvor hörte sie ihren Anrufbeantworter ab. Ihr Chef hatte zweimal barsch darauf gesprochen. Da sie weder auf dem Handy erreichbar sei noch die Mails beantworten würde, solle sie sich sofort melden, wenn sie dies höre. Dazu hatte sie gar keine Lust, sie hatte gehofft, von Ferdl eine Nachricht zu haben. Immerhin hatte sie seinen Hausschlüssel. Emma ließ alles stehen und liegen, zuerst musste sie ihren Kühlschrank füllen. Man wusste nie, ob Ferdl plötzlich vor der Tür stehen würde. Er wohnte in Wangen, das bedeutete eine halbe Stunde Fahrt. Ravensburg, Wangen, diese Strecke würde sie in nächster Zeit gewiss oft fahren.

Erst nachdem sie all ihre Einkäufe verstaut, Frau Leitner die Schokolade gebracht und die Kaffeemaschine eingeschaltet hatte, rief sie in der Redaktion an. Prinzen-Sepp schnauzte sie an: „Kein einziges Kapitel hast du mir gemailt, sag mal, geht's noch! Du weißt, dass ich es vor Weihnachten rausbringen will."

„Ja, auch willkommen zurück", sagte sie. „schön war es, aufregend, es ist eine Menge passiert. Und alles ist so gut wie fertig."

„Ha!"

„Ich bin jetzt wirklich erledigt. Morgen komme ich in die Redaktion. Gute Nacht." Sie legte auf. Das konnte er nicht ernst gemeint haben, vor Weihnachten! Das gäbe allenfalls eine Broschüre, im Leben kein gebundenes Buch. Natürlich hatte sie ihre täglichen Eintragungen gemacht, doch wie sollte sie die Fotos in dieser kurzen Zeit auswählen und zuordnen. Das ganze Konstrukt war eigenwillig, die Redaktion war direkt dem Verlag untergeordnet, wer wann wo die Fäden zog, hatte sich ihr noch nie erschlossen. Sie konnte zu Hause schreiben, da hatte sie lange drum kämpfen müssen. Das Layout musste sie in der Redaktion erstellen, denn diese dafür speziellen Programme hatte sie nicht auf ihrem Rechner. Die Endkorrektur machte jemand vom Verlag, die Freigabe erteilte Prinzen-Sepp. Sie seufzte. Das Prozedere dauerte normalerweise mehrere Wochen bis Monate. Wie stellte er sich das bloß vor in solch kurzer Zeit?!

Während sie die Post durchschaute, ausschließlich Reklame, dachte sie immerzu an Ferdl. Auf seinem Handy hieß es ständig: Diese Nummer ist vorübergehend nicht erreichbar. Und auf seiner Festnetznummer klingelte es nur, einen Anrufbeantworter hatte er offenbar nicht. Er war gewiss noch in Dubrovnik, diese Ausreiseformalitäten konnten sich hin ziehen.

Emma hatte neue Freundinnen gefunden: Charlotte, Bruni und Imme. Zwar hatte sie viele Bekannte, mit denen sie ihre Freizeit verbringen konnte. Doch so eine richtig gute Freundin fehlte ihr. Emmas Eltern und die beiden Schwestern Traude und Lore wohnten in Schramberg. Viel zu selten besuchten sie sich gegenseitig. Sie war die Älteste, und als Einzige ohne Mann und Kind. Es genügte ihr, das glückliche Familienleben über Weihnachten oder ein paar Tage im Sommer hautnah zu erleben. Die Mutter rief oft an, sie solle doch wieder einmal kommen. Emma sagte dann immer: „Bald."

Auch an diesem Abend meldete sich ihre Mutter. „Sag, Kind, wie geht es dir?"

„Bestens, Mama, ich komme gerade von einer Kreuzfahrt zurück, es war toll."

„Was du alles erlebst, das ist schon großartig. Und sonst?"

„Was meinst du mit *und sonst?*" fragte Emma. Sie hasste dieses *und sonst*.

„Na ja, geht es dir gut? Hast du viel Arbeit? Was machen die Männer? Wann hast du mal Zeit, uns zu besuchen?"

„Mama", antwortete Emma, sie klang müde trotz des späten Kaffees, den sie getrunken hatte, „ich habe vor einer halben Stunde erfahren, dass ich den nächsten Reiseführer ratzfatz fertigstellen muss. Das wird sehr stressig werden. Aber dann melde ich mich, versprochen." Nach schönen Grüßen an ihren Vater legte sie auf.

Vielleicht wollte Ferdl mitfahren. Ein paar Tage im Schwarzwald, die würden ihm gut tun.

Es regnete Bindfäden, als sie anderntags die Rollos hochzog, trostloses Novemberwetter. Bis zur Redaktion in die Südstadt war es ein Fußmarsch von einer Viertelstunde. Sie überlegte, ob sie sich das bei diesem Wetter antun oder das Auto nehmen sollte. Frische Luft schadete nicht, wozu gab es Schirme. Sie wählte den Weg durch die Innenstadt, quer über den Marienplatz, wo gähnende Leere herrschte. Neun, da waren die Leute bereits bei der Arbeit und die Kinder in der Schule. Das Wasser drang in ihre Halbschuhe ein, nasse Socken konnte sie nicht leiden. Genauso wenig wie nasse Ärmel am Pullover oder an der Bluse. Wenn man sich beim Händewaschen die Ärmel nicht zurückschob, war das schnell passiert. Ihre Jeans saugte sich inzwischen von unten her voll, der Wind peitschte den Regen unter ihren Schirm, und sie hatte das Gefühl, eine Freilanddusche zu nehmen.

Prinzen-Sepp saß bereits an seinem Schreibtisch. Er begrüßte sie mit einem Grinsen. „Nass geworden?"

Depp, dachte sie. Sie zog ihre Jacke aus und schüttelte sie kräftig, bevor sie diese über die Stuhllehne klatschte.

„Also, es heißt jetzt Gas geben", eröffnete er das Gespräch. „Was bringst du mit?"

„Ich muss noch sortieren", sagte sie, „die Kombination Schiff und Landausflug muss wohldosiert sein."

„Wie gesagt, eine Woche, höchstens zwei, dann ist Ende Gelände."

„Das wird ja immer knapper", rief sie, „das schaffe ich keinesfalls!"

„Das ist keine Frage, liebe Emma, das ist eine Dienstanweisung."

Emma schüttelte den Kopf. „Aber dann gibt es nur eine Broschüre, kein gebundenes Buch."

„Von mir aus. Unsere neue Praktikantin kann dir helfen."

„Ach, wir haben eine neue Praktikantin. Das wusste ich gar nicht."

Er schrie durch die geöffnete Tür: „Alena, kannst du bitte mal kommen?"

Ein Rauschgoldengel betrat das Büro. Nur dass die Haare rabenschwarz und nicht goldblond waren. Ein Rauschschwarzengel, dachte Emma. Jung, schön, arrogante Körperhaltung, auf Anhieb unsympathisch. Emma fragte sich, was die helfen könnte.

„Hi", sagte Alena, „du bist also die ältere Mitarbeiterin."

„Hi", sagte Emma, „und Sie sind die jugendfrische Praktikantin."

„Oh, ich dachte, wir duzen uns hier alle", zirpte Alena.

Der Chef meinte: „Emma, am besten brennst du alle Fotos auf eine CD und gibst sie Alena. Sie kann eine Vorauswahl treffen."

So weit käme es noch. „Klar, mach ich", sagte Emma. Unnötige Diskussionen musste man vermeiden. Das hatte sie gelernt. Das duzende Lockenkind würde kein einziges ihrer Bilder erhalten, so viel stand fest.

„Wie schnell bekomme ich die Textvorlage?"

„Schnell."

„Dann hau mal rein. Solltest du beim Schreiben Unterstützung brauchen, kannst du gerne was an Alena abgeben."

„Wie darf ich das verstehen?" Emma kapierte diese Idee wirklich nicht.

„Ich bin ein ganzes Jahr gereist", piepste Alena, „und kenne die Welt. Ich kann wirklich über jedes Thema schreiben."

„Ach", sagte Emma, „in jungen Jahren schon so viel Erfahrung. Sind Sie denn schon fertig mit der Schule?"

„Sie hat ein Reisejahr nach dem Abitur gemacht", mischte sich Prinzen-Sepp ein, „ist doch großartig, dass sie nun bei uns ein Praktikum macht und ihre Erfahrungen einbringt."

Emma bedachte Alena mit mütterlichem Blick. „Work and travel?"

Alena schüttelte ihre Lockenpracht. „Travel."

„Aha. Wer hat denn die Reise bezahlt?" wollte Emma wissen.

„Ist doch egal", flötete Alena.

„Also die Eltern."

„Emma, du solltest dich nicht mit Bagatellen aufhalten", belehrte Prinzen-Sepp, „das ist nun wirklich kein Thema. Schau, dass du jetzt zu Potte kommst."

Emma hatte kein Wort zu den Vorfällen verloren, Todesfall, Diebstahl, Liebesgeschichte, Freundschaften. Ihr Reiseführer würde diesmal etwas anders werden. Und Prinzen-Sepp bekäme das Ganze erst auf seinen Schreibtisch, wenn er null Zeit für Änderungen hätte.

Sie murmelte ein „tschüss" zum Abschied und stapfte missgestimmt zurück durch den Regen. Die sechzig oder siebzig Seiten ratterte sie mit links runter. Wenn nur Ferdl sich bald meldete.

Als sie zwei Stunden später eine Kaffeepause einlegte, ging ihr vieles durch den Kopf. Sie hatte noch nie den Mut gehabt, in dieser Art zu schreiben. Ein Reiseführer musste sachlich sein. Ihr Werk würde allerdings alles andere als objektiv werden. Sie fragte sich, weshalb sie nun in dieser Windeseile etwas aus dem Ärmel schütteln sollte. Und dann diese Alena. Wie kam er auf die Schnapsidee, dass dieses Küken ihr ins Handwerk pfuschen dürfe. Ihr Handy klingelte. Es war Ferdl.

„Oh Ferdl", sagte sie, „endlich meldest du dich."

„Hallo Emma."

„Jetzt bin ich wirklich erleichtert, deine Stimme zu hören."

„Ja."

„Was ist denn nun?"

Kurzes Schweigen. Dann sagte er: „Es ist alles sehr kompliziert."

„Was meinst du?" fragte Emma beunruhigt.

„Die Bestattung."

„Ferdl, kann ich dir irgendwie helfen?"

„Ich brauche die Schlüssel, vor allem den Autoschlüssel, der am Bund hängt."

„Ja. Ich kann gleich losfahren. Wie finde ich dein Haus?"

„Hast du kein Navi?"

„Ja, klar doch. Aber ich fahre nicht gerne mit Navi. Diese ewige Quatscherei regt mich auf."

„Ist nicht leicht zu erklären, wie du fahren musst."

„Okay, ich werde es einschalten."

„Gut."

Eine Stunde später stand sie vor seinem Haus. Es war einfach zu finden gewesen, und er hätte es leicht beschreiben können. Ein solides Einfamilienhaus am Stadtrand Wangens auf der Berger Höh, auf den ersten Blick ohne großen Schnickschnack. Zu beiden Seiten der Tür standen Blumenkästen mit Erika, Efeu und Silberdistel, allerdings machten die Pflanzen einen vertrockneten Eindruck.

Sie erschrak, als er ihr öffnete. Ferdl sah bleich aus, müde Augen, hängende Schultern, das Elend in Person. Sie umarmten sich kurz, viel zu flüchtig, bedauerte Emma. Er führte sie in das Wohnzimmer. Hier atmete sie die abgestandene Luft der letzten Woche ein. Man sollte lüften, doch das konnte sie nicht sagen.

Sie reichte ihm den Schlüsselbund.

„Danke fürs Bringen. Jetzt kann ich dem Hansi seinen Schlüssel wiedergeben. Ist gut, wenn der Bub auch jederzeit rein kann. Aber vor allem kann ich das Auto nehmen, weißt, ich habe leider den Ersatzschlüssel verlegt." Er fragte, ob sie was trinken wolle, und sie bat um Wasser. Dann setzten sie sich gegenüber an den Wohnzimmertisch, Ferdl schien unnahbar.

„Ach Emma, es war alles recht schwierig. Das einzig Tröstliche ist, dass wir eine gute Reiseversicherung haben, die bezahlen alles."

Alles bedeutete gewiss Ferdls Rückflug und die Überführung des Leichnams. Er konnte das nicht aussprechen, er war so erschöpft, der Ärmste.

„Wann bist du denn zurückgekommen?"

„Erst."

„Aha. Und Marta?"

„Ich habe ein Bestattungsunternehmen beauftragt. Am Freitag ist Beerdigung."

Emma hätte ihn so gerne in den Arm genommen, doch Ferdl hatte sich regelrecht hinter dem Tisch verbarrikadiert.

„Ferdl, soll ich heute Nacht hier bleiben?"

„Es geht schon. Danke. Alles, was ich brauche, ist meine Ruhe."

„Ich muss jetzt wieder los", sagte sie unwillig. Eigentlich hatte sie im Kofferraum eine kleine Reisetasche mit Zahnbürste und frischer Wäsche. Doch Ferdl musste erst wieder zu sich selbst kommen.

Emma würde natürlich zur Beerdigung gehen, Ferdl brauchte sie an seiner Seite. Sie würde sich ab jetzt um ihn kümmern und für ihn sorgen. Die Heimfahrt geht immer schneller als die Hinfahrt, dachte sie, als sie ihre eigene Wohnungstür aufschloss. Es war ein kühler Besuch gewesen, anders konnte sie es nicht beschreiben. Er hatte sie regelrecht abgefertigt, Trauer hin, Trauer her. Gut genug war sie, den Schlüssel zu bringen und dafür eine Stunde auf der Straße herumzukurven. Und dann nicht einmal ein warmes Wort, geschweige denn ein Kuss oder sonst eine Liebkosung.

Am nächsten Morgen stürzte sie sich in ihre Arbeit. Sie nahm sich nicht einmal die Zeit, einen Tagesspruch zu lesen. Sie war so vertieft, dass sie kaum bemerkte, wie die Zeit verging. Mittags bekam sie einen Anruf von

Charlotte, ob sie zum Abendessen kommen wolle. Imme, Bruni und Anton seien auch eingeladen. „Anton, so so", neckte Emma. Er würde geistig immer der Bratzl bleiben. Der Bratzl mit dem geklauten Besteck. Sie freute sich, zum einen, da sie nun nichts kochen musste, und zum andern, dass sie die neuen Freundinnen wiedertraf.

Es war ein großes Hallo, man hätte meinen können, sie hätten sich seit einer Ewigkeit nicht mehr gesehen. Charlotte hatte Kartoffel-Gemüse-Eintopf gekocht, und alle langten tüchtig zu. Emma erzählte von Martas Beerdigung, sie wollten gemeinsam hin. Imme und Bruni erklärten sich bereit, ein Gesteck zu besorgen, ein paar Blumen seien doch das Mindeste für Marta. Emma sagte, sie könne alle in ihrem Auto mitnehmen. Hinterher ärgerte sie sich, denn sie musste in diesem Fall wieder nach Ravensburg zurück und konnte nicht bei Ferdl bleiben.

Anderntags ging Emma zum Friseur, kurze Haare mussten ständig nachgeschnitten werden, und die Farbe brauchte ebenfalls eine Auffrischung. Auch an einem Grab müsste sie attraktiv aussehen. Danach setzte sie ihre Arbeit fort. Das Fitnessstudio, das sie sonst regelmäßig aufsuchte, musste warten.

Es waren viele Leute gekommen, die Aussegnungshalle war so voll, dass manche stehen mussten. Es kondolierte niemand, da in der Zeitung gestanden war, von Beileidsbezeugungen solle man absehen. Hansi sah Ferdl wie aus dem Gesicht geschnitten ähnlich, die beiden standen nebeneinander, und es war ein sehr trauriges Bild. Da weder Ferdl noch sonst jemand sie zum Leichenschmaus einlud, schlug Charlotte vor, in Wangen beim Fidelisbäck einzukehren. Da hatten sie es dann ganz lustig miteinander. Sie ließen sich den berühmten Leberkäs schmecken.

Bratzl sagte: „Wisst ihr eigentlich, was es mit diesem Leberkäs hier auf sich hat?" Das wusste niemand, und der Schulmeister war in seinem Element. „Da es nach dem Zweiten Weltkrieg keine Därme für die Wurst gab, machte man aus der Not eine Tugend und erfand den Fidelis-Leberkäs. Es ist bis heute dieselbe Rezeptur."

„Woher weißt du das denn?" fragte Charlotte beeindruckt.

„Allgemeinbildung."

„Den Rest lasse ich mir einpacken", sagte Bratzl. „Wenn jemand seine Portion nicht zwingt, nehme ich die gerne auch."

Der kannte keine Gnade, dachte Emma.

Am Abend hatte sie eine SMS auf ihrem Handy, das sie in der Aufregung nicht mitgenommen hatte. Prinzen-Sepp wollte wissen, wie weit sie sei und wann sie die Arbeit abgeben könne. Und ob sie die Fotos für Alena schon gebrannt habe. Emma ignorierte es und machte sich an ihre Arbeit. Mit halbem Ohr lauschte sie, ob das Telefon klingelte. Kein Telefon. Kein Ferdl. Nur ein wütender Chef, sie solle sich endlich bei ihm melden.

Sie schrieb die halbe Nacht durch. Nach ein paar Stunden Schlaf braute sie sich einen starken Kaffee. Dann ging es weiter im Text, im wahrsten Sinne des Wortes. Ihr Handy schaltete sie auf lautlos, sollte Ferdl sich melden, würde sie rangehen. Ansonsten gab es keine wichtigen Anrufe für sie.

Erst am späten Nachmittag legte sie eine längere Pause ein. Die Schulter- und Nackenpartie schmerzte, sie hätte viel für eine Massage gegeben. Kurz überlegte sie, ob sie ins Studio gehen und eine halbe Stunde trainieren sollte. Doch die Zeit lief ihr davon, so trank sie noch mehr Kaffee und schrieb weiter. Sie schickte eine Mail an ihren Chef, er solle sich keine Sorgen machen, sie sei im Schreibfluss, und bald habe er alles auf dem Tisch. Und Alena könne sich gerne einer anderen Tätigkeit zuwenden.

Es wurde Sonntag, und sie hatte noch immer keinen Anruf von Ferdl erhalten.

Sie machte sich an die Auswahl der Fotos, eine schmerzliche Angelegenheit, denn auf vielen waren Ferdl und Marta zu sehen. Am Abend hielt sie es nicht mehr aus, sie rief ihn an.

„Ja bitte", meldete er sich.

„Ferdl, ich bin es, die Emma."

„Emma, dass du anrufst", sagte er.

„Ja, wenn du dich nicht meldest."

„Mei."

Sie spürte schon wieder diese Ungeduld. Er war so wortkarg wie beim letzten Gespräch. Für solch eine nichtssagende Konversation fehlte ihr die Zeit. Und vor allem die Lust.

„Ferdl, ist alles in Ordnung?"

„Es geht mir gut. Und dir?"

Zwei Sätze! Er steigerte sich. „Ich muss den Reiseführer schreiben und habe viel zu tun. Aber ich denke oft an dich und frage mich, wie es dir wohl geht."

„Das ist nett."

„Willst du mich mal besuchen, vielleicht täte dir ein Tapetenwechsel gut."

„Mei."

Was war bloß los mit ihm? Hatte er ein neues Lieblingswort? Mei!

„Also ich würde mich freuen. Ruf einfach an, wenn du Lust und Zeit hast. Mach's gut." Sie legte auf, ohne eine Antwort abzuwarten. Die Tränen standen in den Augen. Was für ein Simpel.

Am Montag ging sie in aller Frühe in die Redaktion. Es war noch niemand da, so konnte sie in Ruhe das Layout gestalten, die Fotos hatte sie ausgesucht, bei den Texten fehlten noch ein paar Seiten. Sie dachte an ihren Tagesspruch: In der vollkommenen Stille hört man die ganze Welt.

Als die anderen nach und nach eintrudelten, grüßten sie flüchtig und wandten sich ihrer eigenen Arbeit zu. Das war normal hier. Prinzen-Sepp hingegen stürzte sich regelrecht auf sie, wollte alles sehen. Er überflog die Fotos, dann bemerkte er borstig: „Dass du die Alena so ausgebootet hast, ist nicht in Ordnung, das muss ich schon sagen."

„Aber was soll sie tun? Ich bin durch. Den Rest schreibe ich daheim."

„Schau, dass du fertig wirst."

„Wo ist sie eigentlich?"

„Alena ist auf einem Termin."

„Aha."

Emma hakte nicht weiter nach. Sie war froh, dass sie in Ruhe an ihrem Layout weiterarbeiten konnte. Als sie an diesem Abend nach Hause kam, fühlte sie sich völlig ausgelaugt. Sie war so enttäuscht, dass Ferdl nichts von sich hören ließ. Natürlich hätte sie sich bei ihm melden können, doch auf ein weiteres wortkarges Telefonat war sie nicht erpicht.

Ende der Woche hatte Emma keine Ruhe mehr. Ihre Arbeit hatte sie abgegeben, nun hatte sie wieder Zeit, und das tat ihr nicht gut. Der Tagesspruch auf ihrem Klappkalender war von Mutter Teresa und lautete: Das Leben ist ein Abenteuer, wage es. Sie rief Charlotte an und lud sie zum Kaffee ein. Emma ging kurz zur nächsten Bäckerei, kaufte ein paar süße Stückle und Sahne. Danach fuhr sie mit einem Staubtuch über die Möbel und mit dem Sauger über das Parkett. Die Staubmullen hatten sich während ihrer Schreibphase explosionsartig vermehrt.

Als Charlotte kam, war der Tisch gedeckt, und Emma konnte nicht anders als zu denken, dass es wundervoll wäre, wenn Ferdl der Gast wäre.

Charlotte lobte die geschmackvolle Einrichtung, in diesen vier Wänden könnte sie sich auch wohl fühlen. Dann kamen sie auf die Kreuzfahrt zu sprechen, natürlich auch auf Bratzl, und Charlotte sagte: „Er hat wirklich ein Auge auf mich. Wenn es nach ihm ginge, würde er jeden Tag da stehen. Aber ich möchte nichts überstürzen. Ich brauche ein Stück Freiheit, kannst du das verstehen?"

„Ach Charlotte, das verstehe ich sehr gut. Ich bin ja auch ungebunden, weil ich mich nicht festlegen wollte. Aber jetzt weiß ich nicht mehr, was ich tun soll."

Charlotte nickte. „Der Ferdl geht dir im Kopf herum, gell?"

Nun war es an Emma zu nicken.

„Bist du verliebt in ihn?"

„Ja. Aber er hat sich in ein Schneckenhaus verkrochen."

„Lass ihm Zeit, er muss den Tod seiner Frau verwinden."

Emma räumte das Kaffeegeschirr zusammen. „Ja, ich hoffe, dass er sich dann überhaupt noch an mich erinnert. Und jetzt trinken wir einen Sekt."

„Oh, ich muss noch fahren", meinte Charlotte.

„Einen Piccolo zu zweit, das geht schon." Emma ging in die Küche. Während sie die Gläser aus dem Schrank holte, klingelte das Telefon.

Es war ihr Chef. „Bist du von allen guten Geistern verlassen!" schrie er ihr ins Ohr, so dass sie den Hörer einen halben Meter weg hielt. „Das ist doch kein Reiseführer!"

Emma schluckte trocken. „Es ist sehr wohl ein Reiseführer. Vielleicht eine etwas außergewöhnliche Art, zugegeben. Aber es kommt alles drin vor."

„Alles, das ist das richtige Wort. Du hast bis jetzt noch immer gespürt, worauf es ankommt. Und nun lieferst du so was ab. Und das Schlimmste ist, wir müssen es so in Druck geben, mir rennt die Zeit davon!"

„Sei doch mal mutig für was Neues", sagte Emma.

„Du weißt, dass ich deine Arbeit schätze, aber das, das ist ein Erlebnisbuch, ein Reisekrimi, ein Reiseliebesbuch, ach was, ich finde gar kein passendes Wort!"

„Es gibt doch auch Reisekochbücher."

Er schnaubte. „Und als Nächstes lieferst du mir ein Reisetrinkbuch ab, oder was!"

„Gute Idee. Eine Moseltour oder gerne auch eine Tour durch italienische Weinregionen. Nun sei mal nicht so pissimistisch."

„Wie bitte?"

„Ich meine pessimistisch."

„Wir sprechen uns noch", sagte er etwas ruhiger, daran hatte Emma keinen Zweifel.

Charlotte wollte wissen, was los war, und Emma berichtete mit knappen Worten. „Aber jetzt hole ich den Sekt", meinte sie. „Weißt du, morgen hat er das wieder vergessen."

„Hast du keine Sorge, deinen Arbeitsplatz zu verlieren?"

Emma winkte ab. „Ach was. Das ist seine Art, er bullert, dann ist es raus und für ihn erledigt. Er ist, und das ist wirklich ein sehr positiver Zug, in keinster Weise nachtragend. Und er lässt mir normalerweise sehr großen Spielraum. Ich weiß gar nicht, weshalb er sich da so reinsteigert." Sie goss die Gläser voll. „Charlotte, es ist wirklich schön, dass wir uns kennengelernt haben. Ich hoffe, wir können bald wieder zusammen auf Reisen gehen."

„Darauf stoßen wir an", lächelte Charlotte, „das wünsche ich mir auch."

Anderntags schien es zunächst so, als habe ihr Chef die Angelegenheit abgehakt, zumindest ließ er sie in Ruhe. Sie las ihre Mails, wie so oft fragte sie sich, woher all diese Anfragen kamen. Jede Menge Bitten um Veröffentlichung von Pressetexten von Agenturen, Reise- und Verkehrsämtern, Vereinen, es war wirklich erstaunlich. Plötzlich stand er neben ihr, Alena zu seiner Seite. In diesem Moment wusste Emma, wer tatsächlich hinter seinem Wutausbruch steckte. Alena, dieses kleine Biest, hatte nichts Besseres zu tun, als Prinzen-Sepp aufzuhetzen.

Prompt sagte er: „Ich habe mit Alena gesprochen. Sie findet auch, dass man einen Reiseführer so nicht schreiben kann."

„So, findet sie."

„Ja", piepste Alena, „finde ich. Man muss ein Genre bewahren. Entweder Krimi, Liebesroman oder Sachbuch. Niemals kann man das vermischen."

Emma schaute Piepsestimmchen an. „Weißt du, Alena, wer nichts Neues wagt, wird nie vorwärtskommen. Wie schon Mutter Teresa sagte: Das Leben ist ein Abenteuer, wage es." Und wenn diese Broschur ein Ladenhüter wird, kann ich es eh nicht ändern, dachte sie.

„Jedenfalls, das Reisethema für das Januar-Magazin darf Alena machen."

Prinzen-Sepp legte einen Arm um die Praktikantin. Ob das väterlich oder sexistisch war, wagte Emma nicht zu beurteilen.

„Worüber denn?"

„Skifahren und Hüttengaudi", ziepte sie.

„Ist doch toll", sagte Emma, „das freut mich für dich." Und das tat es wirklich, denn sie hatte mit Wintersport nichts am Hut. Falls es eine Abstrafung sein sollte, hatte es jedenfalls den Zweck nicht erfüllt.

Alena schüttelte ihre Lockenpracht. „Der Chef fährt mit mir für Recherchen in die Berge."

Emma schaute nun doch überrascht auf. „Tatsächlich? Wie lange dauern denn diese Recherchen?"

Sepp hatte in diesem Moment mehr denn je das Gesicht des Prinzen. Ob seine Lebensabschnittsgefährtin davon wusste? „Eine Woche etwa werden wir weg sein." Als ob er sich verteidigen müsse, fuhr er fort: „Unsere Praktikantin muss schließlich angeleitet werden. Du bist ja hier und kannst solange nach allem schauen."

Emma nickte. Nach allem zu schauen bedeutete Überstunden ohne Ende. Und was hieß eine Woche etwa? Acht Tage oder dreizehn Tage? Sie war auf der einen Seite froh, hier ihre Ruhe zu haben, auf der anderen Seite spürte sie einmal mehr diese Unzufriedenheit, die sie immer wieder überfiel. Als Single hatte sie niemals frei, weil sie kranke Kinder daheim hatte. Sie bekam niemals Urlaub während der Schulferien, wenngleich sie das gar nicht wollte. Trotzdem, es war einfach ungerecht. Sie lebte für ihre Arbeit, und wenn sie eines Tages tot umfiele, dankte das keiner hier. Das alles war aber nicht das Schlimmste. Der November zeigte sein trübes Gesicht, der Nebel hing den ganzen Tag über der Stadt, es wurde immer kälter, abends dunkelte es schon früh. Trostlos. Und Ferdl meldete sich einfach nicht.

Am Samstagabend saß sie in eine Decke eingewickelt auf ihrem Sofa und schaute eine langweilige Show im Fernsehen an. Sie hatte keine Lust gehabt, sich mit jemandem zu treffen. Am Morgen war sie ins Fitnessstudio gegangen, danach hatte sie Einkäufe gemacht und die Wohnung geputzt. Sollte so ihr Leben weitergehen? Arbeiten, einkaufen, putzen, schlafen? Wäre der Engel der Trostlosigkeit ihr einziger Begleiter? Sie zappte die Sender durch, bis sie wieder bei der Show angelangt war. Nach dem zweiten Glas Wein fasste sie sich endlich ein Herz und rief an. Ihr Herz pochte wie verrückt, der Puls schlug mit Sicherheit rasanter als nach zwei Stunden Fitness. Wie mutig sie doch war.

„Ja?"

„Hallo Ferdl, hier ist Emma. Ich wollte mal fragen, wie es dir geht."

„Geht schon, danke. Der Hansi und seine Freundin sind oft hier."

„Aha."

„Ja."

Emma ärgerte sich, er war genauso wortkarg wie beim letzten Gespräch. Sie hätte zumindest erwartet, dass er nach ihrem Befinden fragen würde. Doch es interessierte ihn nicht die Bohne.

„Hättest du mal Lust, nach Ravensburg zu kommen?" Wie dumm sie doch war.

„Oh, ich muss an den Wochenenden arbeiten. Weißt, jetzt kommen die Fahrten zu den Adventsmärkten."

„Und abends mal?" Wie masochistisch sie doch war!

Ferdl sagte: „Emma, ich habe wirklich keine Zeit. Aber es war nett, mal wieder von dir zu hören."

„Dann mach's gut, tschüss", antwortete sie. Wie traurig sie doch war!

„Du auch. Tschüss."

Darauf brauchte sie einen Schnaps. Sie hatte noch eine angefangene Flasche Ouzo im Kühlschrank und genehmigte sich zwei Gläschen. Es war einfach nicht nachzuvollziehen. War sie nur eine kleine Affäre auf dem Schiff gewesen? Nein, so viel Menschenkenntnis besaß sie. Er war genauso verliebt in sie wie sie in ihn. Es war, wie Charlotte sagte. Er brauchte Zeit. Die Trauer hielt ihn noch so sehr gefangen. Er würde sich längst von Marta getrennt haben und mit ihr zusammen sein, wenn alles normal gelaufen wäre. Doch so, als Witwer, konnte er das nicht tun. Nicht nach solch kurzer Zeit. Der Schnaps in Verbindung mit dem Wein machte sie vollends melancholisch. Da kauerte sie auf ihrem Sofa, in eine Decke gewickelt, heulte dicke Tränen, weit und breit keine Menschenseele, die sie tröstete. Was hatte sie erreicht in ihrem Leben? Sie hatte keinen Mann, keine Kinder, alles was sie aus ihrem Deutschstudium gemacht hatte, war dieser Job als Reisejournalistin. Sie musste Ferdl haben, er war der Mann ihres Lebens. Da gab es keinen Zweifel dran. Ihre bisherigen Beziehungen waren gescheitert. Einer liebte immer mehr, und sie wollte nicht diejenige sein, die litt. Also die, die mehr liebte. Sie wollte einen, der genauso für sie empfand wie umgekehrt. Ferdl. Ferdl. Ferdl.

Sie sprach mit dem Engel der Eingebung und bat um eine Erleuchtung. Schließlich waren wegen Ferdl schon zwei Frauen ums Leben gekommen. Bei solch einer Tragweite konnte nicht sang- und klanglos zu Ende sein, was noch gar nicht wirklich begonnen hatte. Man musste um die Dinge kämpfen. Sie schnäuzte die Nase. Und prompt eilte ihr der Himmelsbote zu Hilfe, mit einem Mal wusste sie, was sie tun würde. Wie sie ihn wiedersehen konnte, ohne ihm hinterherzulaufen. Wie sie ihn bekommen würde, ohne dass er sich eine Blöße geben musste. Emma würde sich zu einer seiner Fahrten anmelden. Am besten eine, die über mehrere Tage ging. Alles wäre wie auf dem Schiff, sie könnten einander nahe sein und ihrer Liebe freien Lauf lassen. Mit diesem tröstlichen Gedanken ging sie zu Bett, mit diesem wundervollen Gedanken wachte sie auf, und als sie am Nachmittag Kaffeebesuch von Bruni und Imme bekam, erhielt sie ein Kompliment. Sie sehe aus wie der strahlende Frühling, ob sie eine Wellnessbehandlung gehabt habe.

Gleich am Montagvormittag rief sie unter falschem Namen im Reisebüro Rädle an und erkundigte sich nach den Mehrtagesreisen von Ferdl. Er sei so empfohlen worden als sicherer Chauffeur, dass sie nur ihn als Fahrer wolle. Dort wurde ihr mitgeteilt, dass er zum Jahreswechsel für vier Tage an den Kaiserstuhl fahre. Der Dienstplan sei allerdings noch nicht endgültig, diese Tour könne vielleicht auch ein anderer Fahrer übernehmen. Doch alle seien gleich gut, und sie könne beruhigt bei jedem einsteigen.

Emma bedankte sich, sie würde sich die Sache überlegen. Wenn das kein Wink des Schicksals war! So konnte sie über die Weihnachtsfeiertage ihre Eltern und Schwestern in Schramberg besuchen. Und anschließend mit ihrem Ferdl den Kaiserstuhl genießen.

Sie überlegte, ob sie Charlotte, Imme und Bruni fragen oder ob sie sich alleine anmelden sollte. Mit den anderen Frauen hätte sie Gesellschaft, ohne sie Zweisamkeit. Sie war hin- und hergerissen und kam zu keiner Entscheidung. Sie wollte sich auch nicht mit ihrem Namen anmelden sondern unter Pseudonym. Sonst wüsste Ferdl gleich Bescheid. Nein, es sollte eine Überraschung werden. Das Risiko, dass ein anderer die Tour übernehmen könnte, musste sie eingehen.

13

Am ersten Adventssonntag fielen Schneeflocken. Es war zu wenig, als dass eine weiße Haube liegen blieb. Doch für die vorweihnachtliche Stimmung reichte es. Die ganze Welt ist voller Wunder, dieser Tagesspruch von Martin Luther passte. Emma hatte beim Bäcker eine große Tüte Weihnachtsgebäck und Kuchen besorgt, denn zum Backen fehlte ihr vor lauter Arbeit schlichtweg die Zeit. Zum Kaffee hatte sie Charlotte, Imme und Bruni eingeladen. Charlotte hatte gefragt, ob sie Anton mitbringen dürfe. So deckte sie nun für fünf Leute den Tisch. In der Mitte stand ein kleines Reisig-Gesteck mit einer roten Kerze, das hatte sie am Tag zuvor auf dem Wochenmarkt gekauft. Sie fühlte sich gut. Prinzen-Sepp und Alena würden am nächsten Freitag in die Berge fahren. Emma wusste nach wie vor nicht, wohin, wie lange, wo sie übernachten würden. Sie schwiegen, und Emma fragte nicht. Sie hatte sich jedenfalls für die Fahrt zum Kaiserstuhl angemeldet, seither machte es ihr nicht mehr so viel aus, dass Ferdl keinen Kontakt suchte. Alles würde sich einrenken.

Ihre ersten Gäste klingelten. Charlotte kam mit Bratzl und brachte einen prächtigen, blühenden Weihnachtsstern mit, den Emma sogleich auf den Kaffeetisch stellte. Bratzl bewunderte ihre geschmackvoll eingerichtete Wohnung. „Emma, hier gefällt es mir", sagte er, „in der Tat, sehr behaglich!" Ja, dachte sie, hier wird es Ferdl auch bald gefallen. Kurz darauf kamen Imme und Bruni. Imme stellte zwei Flaschen Prosecco und Bruni eine Flasche Aperol auf den Couchtisch. „Nach dem Kaffee", meinten sie, „ist es genau das Richtige."

Imme und Bruni wohnten in Weingarten im selben Mehrfamilienhaus im alten Stadion, jede hatte drei Zimmer und einen Balkon. Früher war dies der Sportplatz gewesen, dann wurden Reihen- und Einfamilienhäuser her gebaut und der Sportplatz an den Stadtrand verlegt. Bratzl bewohnte in Mochenwangen ein Häuschen beim Bildstöckle, das wusste Emma von Charlotte. Emma selbst war noch nie bei ihm gewesen.

„Kaffee oder Tee?" fragte sie ihre Gäste. In weiser Voraussicht hatte sie beides gekocht.

„Ich hätte gerne grünen Tee", erklärte Bratzl.

Emma bedauerte, sie habe Früchtetee. Dann wolle er Wasser.

Sie verteilte Kuchen, hier schien Bratzl keine besonderen Vorlieben zu haben. Ihm schmeckte der Käsekuchen so gut, dass er gleich zwei Stücke verdrückte und anschließend ein Stück Birnentorte. Nach dem Kuchen schob er ein Plätzchen nach dem anderen in den Mund. „In der Tat sehr köstlich", lobte er.

Schließlich hatten sie alle Fotos mitgebracht von der Kreuzfahrt, diese wurden nun mit lauten Entzückensrufen begutachtet. Emma hatte ihre Aufnahmen auf dem Laptop, da niemand fragte, schaltete sie dieses gar nicht ein. „Schade, ich habe noch keinen Reiseführer, sonst hättet ihr den gleich anschauen können", sagte sie, „ich rechne jeden Tag mit der Lieferung vom Druckhaus."

„Das ist ein Grund, noch einmal zusammenzukommen", meinte Bruni, „dann bei mir!"

Sie waren mittlerweile beim Sekt. Imme meinte, zwei Gläschen könne man auch trinken, wenn man noch fahren müsse. Bratzl war sich da nicht so sicher.

Am Ende waren alle quietschfidel. Wohl aus dieser kummerlosen Stimmung heraus erzählte Emma von ihrer Silvesterreise, obwohl sie eigentlich zuvor beschlossen hatte, alleine mitzufahren.

„Mensch, da kommen wir doch mit!" rief Bruni. „Das wird ein Spaß!"

Bratzl blickte fragend Charlotte an. Die zwinkerte. „Wir auch, Anton, was meinst du?"

„In der Tat, das ist eine gute Idee."

Als ihre Gäste gegangen waren, prüfte Emma automatisch das Besteck. Es fehlte nichts.

Zu Weihnachten war es in diesem Jahr einfach mit den Geschenken. Die Eltern und ihre Schwestern bekamen den neuen Reiseführer, der rechtzeitig auf den Markt kam. Vorne drauf war ein Foto Venedigs und ein Teil des Kreuzfahrtschiffes, die aufgehende Sonne und zwei schattenhafte Hinterköpfe nah beieinander an der Brüstung. Es war für Emma der Inbegriff von Romantik, Sehnsucht und auch Gefahr. Der Titel lautete schlicht: „Reisen-Lieben-Sterben". Gleich nach Erscheinen kamen tolle Kritiken in den regionalen Zeitungen und ein Interview im Seefunk-Radio. Für Ferdl hatte sie ein Buch zur Seite gelegt, das würde er persönlich überreicht bekommen.

Sie hatte nun auch vierzehn Tage frei. Wohlverdiente, wie alle Kollegen ihr versichert hatten. Denn Prinzen-Sepp und Alena hatten telefonisch mitgeteilt, dass sie vor Ort arbeiten und erst wieder im Januar ins Büro kämen.

So machte Emma sich erst am frühen Nachmittag des Heiligabends auf den Weg nach Schramberg. Sie war froh, dass es nicht schneite und die kurvenreichen Straßen durch den Schwarzwald frei waren. Sie hatte eine CD eingelegt und sang lauthals mit „Zersäg den Ast, auf dem du sitzt, spring ab, fang an zu laufen ..."

Dabei dachte sie an den Abend, als sie bei Imme und Bruni auf den Reiseführer angestoßen hatten. Alle waren von der Aufmachung begeistert gewesen, selbst Bratzl hatte ein paarmal „in der Tat" gerufen. Wenn er sich so toll lese wie er aussehe, wäre das ein Bestseller, hatte Charlotte gemeint.

Emmas Eltern wohnten auf dem Berg. Sie lebten schon immer hier, für sie kam nichts anderes in Frage. Auch ihre Schwestern waren vom Schwarzwald nicht wegzukriegen. An Heiligabend wären sie zu dritt, da die Schwestern mit den eigenen Familien feierten. Am ersten Weihnachtstag kämen alle, Emmas Mutter war vermutlich seit Tagen mit Vorbereitungen beschäftigt.

Zwar hatte sie immer noch einen Hausschlüssel, doch sie hatte alle Hände voll und klingelte. Zudem fand sie das angebracht. Ihre Mutter riss die Haustür auf und nahm Emma samt Gepäck in die Arme. „Oh wie schön, dass du da bist. Komm herein, komm herein!"

Ihr Vater schlappte aus dem Wohnzimmer. Auch er drückte seine Tochter an sich. „Hallo Emma, was gibt es Neues, wie geht's?"

„Jetzt lass sie doch erst einmal ankommen", meinte die Mutter, „Kind, ich habe deine Hausschuhe hergestellt, schau."

Emma war jedes Mal aufs Neue erstaunt, wie jung ihre Mutter und wie alt ihr Vater aussah. Beide waren über siebzig, doch ihre Mutter könnte glatt als ihre Schwester durchgehen. Der Vater hingegen als ihr Opa.

Im oberen Stockwerk gab es ein Gästezimmer. Wenn Emma kam, übernachtete sie darin. Wenn die Enkel zu Besuch waren, war es deren Reich. Ihre Mutter hieß Alma, ihr Vater August, doch es war nicht üblich, die beiden beim Vornamen zu nennen.

Nachdem sie ihr Gepäck nach oben gebracht hatte, schaute sie ins Wohnzimmer. Die Einrichtung hatte sich in all den Jahren nicht geändert, eine massive Schrankwand mit dem guten Geschirr, die grüne Couchgarnitur mit dem Tisch, den man an einer Kurbel in der Höhe verstellen konnte. Hier saß man nur mit Besuch. Ansonsten fand das Leben im Esszimmer statt, das sich direkt an die Küche anschloss und mit einem Torbogen verbunden war. Der Christbaum stand bereits geschmückt in der Wohnzimmerecke, und August erklärte stolz, dass er die Nordmanntanne heruntergehandelt und zum Schnäppchenpreis bekommen habe.

„Ich habe im Esszimmer gedeckt, heute Abend sind wir dann hier drin", erklärte ihre Mutter.

Emma lobte den Christbaum und folgte nach nebenan. Es duftete himmlisch nach frischem Apfelkuchen, Emma langte tüchtig zu. Sie fragte nach der Verwandtschaft.

„Die Traude hat einen solchen Husten, den bekommt sie einfach nicht weg." Ihre Mutter goss allen Kaffee nach. „Noch einen Kuchen?"

Emma hielt den Teller hin, nach diesem dritten Stück wäre ihr wahrscheinlich schlecht. „Hoffentlich steckt sie mich nicht an, ich werde in ein paar Tagen verreisen."

„Schon wieder, du warst doch erst auf einer Kreuzfahrt", meinte ihr Vater, „erzähl doch mal, wie ist das so?"

„Das wäre was für euch beide", sagte sie mit vollem Mund. Dann berichtete sie vom Leben auf dem Schiff, von den vielen Städten, die man sah, ohne einmal den Koffer ausräumen zu müssen. Dass sie nie seekrank war und dass sie wundervolle neue Freundinnen gefunden habe.

„Ich bin lieber daheim. Heute Abend gibt es Würstle mit Kartoffelsalat", sagte der Vater.

Emma sah ein Flackern in den Augen ihrer Mutter. „Du würdest schon gerne eine Kreuzfahrt machen, gell?"

„Ha ja. August, da müssen wir mal aufs Reisebüro", antwortete sie.

„Emma, setz deiner Mutter keine solchen Flausen in den Kopf." Er müsse sich noch eine halbe Stunde hinlegen, meinte er, dann trottete er davon. Sein Geschirr ließ er stehen. Ihre Mutter sagte, abends würden sie in die Messe gehen, die sei jetzt schon um sechs, da der Pfarrer mehrere Gemeinden habe. Danach gebe es die Würstle und dann Bescherung. Emma freute sich wie ein kleines Kind.

Die Kirche war schon ziemlich voll, doch August drückte in eine Bank und verschaffte Platz. Emma saß zwischen ihren Eltern, sie fühlte sich geborgen und unwohl in einem. Hier spürte sie die Vertrautheit und Nestwärme, zugleich sah sie die vielen jungen Familien, die gewiss alle sehr glücklich waren. Morgen würde sie das Familienleben ihrer Schwestern kompakt erleben. Für ihre Neffen Tim und Lukas und die Nichte Mia war sie gewiss die reiche Tante, die immer Geschenke mitbrachte. Ihre Gedanken schweiften ab, drehten sich im Kreis, sie kam einfach nicht aus ihrer

Denkspirale heraus. Was Ferdl jetzt wohl tat. Gewiss war er mit seinem Sohn zusammen, sie würden auf den Friedhof gehen und danach zusammen Geschenke auspacken. Als die Kiste mit Reiseführern angekommen war, hätte sie ihm gerne einen geschickt. Doch sie würde ihn bald sehen und ihn als persönliches Geschenk überreichen! Natürlich war Ferdl auf einem Foto abgebildet, in der Blauen Moschee in Istanbul. Er war zwar nur sehr klein und fast nicht zu erkennen, doch es würde ihn gewiss freuen.

Sie bekam von hinten einen Stoß in die Rippen, man musste den anderen die Hand geben und einander Frieden wünschen. Als sie sich umdrehte, stand ein grantig dreinblickender alter Mann hinter ihr und streckte die Hand hin. Der hatte bestimmt in der Nase gebohrt. Widerwillig reichte sie ihm die Hand, die würde sie nachher gründlich waschen.

Nach dem Gottesdienst schwatzten die Leute auf dem Kirchplatz, auch Alma schüttelte viele Hände und wünschte frohe Weihnachten. August drängte, er habe Hunger, und es sei schon sehr spät. Normalerweise würden sie um sechs zu Abend essen, um acht die Nachrichten schauen und um dreiviertel zehn nach dem Spielfilm zu Bett gehen.

Emma seufzte. Ob sie auch einmal so starr werden würde. Ihr Tagesablauf war sehr unstet, oft kam sie erst spät heim, manchmal kochte sie sich noch was, meist war sie zu müde, und es gab ein belegtes Brot. Würde sie nicht regelmäßig ins Fitnessstudio gehen, hätte sie gewiss Gewichtsprobleme.

Der Kartoffelsalat zum Abendessen schmeckte einmalig, so zubereiten konnte ihn nur Alma. Nach dem Essen ging es rüber ins Wohnzimmer, sie sangen ein paar Weihnachtslieder, allerdings immer nur die erste Strophe. Dann wurden Geschenke verteilt.

Emma bekam eine neue Stereoanlage. „Genial! Wie seid ihr denn auf diese Idee gekommen?" rief sie überrascht aus.

„Wir dachten, dann hast du was Gescheites. Die ist auch für MP3 und USB", verkündete ihr Vater.

„Sag bloß, du kennst dich aus?!" Emma war wirklich verwundert. Sie hatte eine Anlage, doch die war nicht mehr die neuste. Sie könnte die alte ins Schlafzimmer stellen, dann hätte sie dort auch Musik, könnte bei Bedarf Kuschelrock und Blues einlegen.

Alma blätterte den Reiseführer aufmerksam durch und war voll des Lobes. „Meine Güte, Venedig aus dieser Perspektive, und hier, diese Sicht auf Izmir, und wie schön es auf dem Schiff ist, ach Kind, du hast einen tollen Beruf!"

Ihrer Mutter schenkte Emma zudem eine neue Trockenhaube für die Haare und dem Vater einen edlen Wanderstock. Sich selbst schenkten die Eltern nichts. „Wir haben ja schon alles", pflegten sie zu sagen. Und dies schon seit Jahren.

August öffnete eine Flasche Wein. Die Gläser und die Flasche wurden auf Untersetzer gestellt, der Couchtisch durfte keine Schrammen bekommen. Die Plätzchen hatte die Mutter selbst gebacken, zehn Sorten. „Die besten sind die Springerle", sagte August, „die sind überragend!" Sodann musste Alma den Herstellungsprozess der Springerle beschreiben, Emma hörte mit halbem Ohr zu. Sie konnte nicht anders als ständig an Ferdl zu denken. Bei keinem ihrer Verflossenen war das so gewesen, entweder sie hatte nach kürzester Zeit einen Rückzieher gemacht oder umgekehrt.

„Die müssen Füßchen haben", erklärte Alma.

„Wer?" fragte Emma erschrocken. Konnte ihre Mutter Gedanken lesen?

„Na die Springerle, wovon reden wir denn die ganze Zeit?"

Emma nahm ein Plätzchen, obwohl sie vom Abendessen satt war. „Ja, natürlich. Also meine Lieblingssorte sind die Spitzbuben."

Alma fragte: „Gibt es denn gerade einen?"

„Wie man's nimmt." Der Wein lockerte die Zunge, und sie fuhr fort: „Er ist Busfahrer. Vielleicht könnt ihr ihn einmal kennenlernen."

„Ja Emma, Kind, erzähl doch!" Alma blickte ihre Tochter erwartungsvoll an.

„Da gibt es nicht viel zu erzählen. Er ist sehr nett, klug, er hat etwas an sich, das kann man nicht beschreiben."

„Wie alt?" wollte August wissen.

„In meinem Alter."

„Und nicht verheiratet?"

„Papa, wird das jetzt ein Kreuzverhör oder was? Er ist Witwer. Mehr gibt es eigentlich nicht zu erzählen. Und so wirklich sind wir noch gar nicht zusammen. Was haltet ihr von einer Runde Binokel?"

„Gute Idee, aber schreiben musst du", sagte ihr Vater.

Emma schrieb immer, wenn sie hier war und Karten spielten. Der Verlierer musste anderntags den Tisch für das Mittagessen decken. Der Gewinner durfte sich einen Nachtisch wünschen. Den musste ebenfalls der Verlierer zubereiten.

Am Ende hatte August einen kaputten Durch, und er war im Keller, das bedeutete, dass er doppelt verloren hatte. Doch den Frauen war klar, dass er weder den Tisch decken noch einen Nachtisch zubereiten würde. Es war dennoch ein geselliger Abend gewesen, Emma fiel zufrieden in ihr Bett. Getragen von dem Wunsch, Ferdl bald in ihr Elternhaus zu bringen.

August saß beim Frühstück, als Emma am nächsten Morgen herunterkam. „Sie ist in der Frühmesse", sagte er, während er ein Stück Zopfbrot dick mit Butter und Marmelade bestrich. „Himbeeren vom Garten. Habe ich gepflückt", sagte er stolz.

„Und Mama hat die Marmelade gekocht, nehme ich an?"

„Ja. Und die Zwetschgenmarmelade hier auch."

Emma bestrich sich das Zopfbrot je zur Hälfte mit Himbeer- und Zwetschgenmarmelade.

„Mädchen, du musst Butter drunter tun!"

„Ich muss aufpassen, dass ich nicht zunehme. Hat Mama was gesagt, sollen wir etwas für das Mittagessen vorbereiten?"

„Nein. Sie hat schon alles Mögliche im Keller. Und sie ist ja schon bald wieder hier. Traude und Lore kommen erst um eins."

„Was? Sonst wird hier doch immer Punkt zwölf gegessen?!"

„Ja. Mir wäre das auch lieber. Aber die Herren Söhne von Traude können es so früh noch nicht richten."

„Oh. Na ja, eins ist doch auch in Ordnung."

August sagte: „Nein, es ist nicht in Ordnung. Tim und Lukas pubertieren schon seit einer Ewigkeit, und Traude sieht den beiden alles nach. Sie erweist ihnen keinen guten Dienst damit, das kann ich dir sagen."

„Was meint denn Horst dazu?"

„Pah, du kennst doch ihren Herrn Gatten. Er ist der lahmarschigste Mann, den ich kenne!" August geriet zunehmend in Rage, und Emma sagte schnell: „Papa, was macht das Wandern?"

„Jetzt doch nicht, erst im Frühjahr gehen wir wieder."

„Wir könnten den Frühstückstisch abdecken und dann einen kleinen Spaziergang machen, hättest du Lust?" Emma fiel nichts Besseres ein, doch wider Erwarten meinte August, das wäre eine sehr gute Idee.

Sie räumte den Tisch ab, während er sich zurechtmachte. Er wolle seinen neuen Spazierstock einweihen. Alma war noch nicht aus der Kirche da, so schrieben sie einen Zettel, damit sie Bescheid wusste.

Sie wäre gerne hinunter in die Stadt gegangen, doch August meinte, da gebe es nichts zu sehen. „Wir marschieren den Berg vollends hoch und drehen eine Runde durch den Wald."

Das letzte Mal war sie in Slowenien im Wald gewesen. Egal, was sie tat, stets gab es eine Verbindung zu Ferdl. Sie wertete dies als Zeichen eines Engels.

Mit jedem Schritt wurde ihr Vater entspannter, sie hingegen strengte der steile Weg sehr an. Die Luft war frisch und kalt, die Wintersonne hielt sich hinter den Wolken versteckt. Je tiefer sie in den Wald liefen, desto würziger duftete es. „Wusstest du", sagte August, „dass eine Eiche bis zu dreißig Generationen überdauern kann? Auf dem harten Holz wurden Städte wie Venedig errichtet. Bei den Kelten galt die Eiche als heiliger Baum, sie war ein Symbol für Ausdauer und Stärke."

„Nein, das wusste ich nicht."

„Die Esche", fuhr ihr Vater fort, „die Esche ist hilfreich bei der Wundheilung. Die Esoteriker halten die Esche für kraftraubend und zugleich gilt sie als Sympathiebaum."

Emma nickte. Kraftraubend und sympathisch. Zwei Gegensätze, die sich doch ergänzen konnten. Nein, sie wollte jetzt nicht schon wieder abschweifen. So fragte sie: „Und welche Bäume sind giftig?"

„Hast du das vergessen? Als ihr klein wart, habe ich euch oft gewarnt vor den Eiben. Vor denen muss man sich hüten."

„Stimmt, jetzt, wo du es sagst, erinnere ich mich. Sie sind oft auf Friedhöfen zu finden, nicht wahr?" Ob Marta unter einer giftigen Eibe ruhte?

August freute sich, dass Emma sich erinnerte. „Die Germanen haben die Eiben verehrt als Schutzbaum gegen böse Geister."

„Ja, daran erinnere ich mich. Du hast auch gemahnt, dass die Nadeln und das Innere der roten Beeren hochgiftig sind."

August sagte. „Ja, du hast als Kind alles in den Mund gesteckt, und wir mussten dich mehr als einmal schimpfen."

„Aber wir hatten doch nie Eiben im Garten."

„Eiben nicht, aber andere Giftpflanzen. Lupinen, Maiglöckchen, Eisenhut."

„Vielleicht sollten wir umkehren. Mama ist gewiss längst daheim."

August redete den ganzen Rückweg über sein Lieblingsthema Wald. Die Linde sei der Baum der Gerechtigkeit und der Langlebigkeit. Und die Birke sei der Baum des Frühlings, so gehe der Brauch des Maibaumstellens auf das Pflücken von Birkenstämmen zurück. Emma schluckte. Traude und Lore hatten auch Maien gesteckt bekommen von ihren Männern, vor der Hochzeit natürlich. Nur sie selbst hatte nie einen geschmückten Maibaum erhalten.

Als sie die Haustür aufschlossen, strömte ihnen ein herzhafter Bratenduft entgegen. Aus der Küche hörten sie das Scheppern von Geschirr und Volksmusik. Alma hörte beim Kochen schon seit jeher ein musikalisches Wunschkonzert der Blasmusik. Manchmal hatten sie als Kinder den Radiosender verstellt, das gab jedes Mal Schimpfe. August meinte, er könne jetzt ein Bierle vertragen. Emma ging in die Küche, doch sie konnte nicht mehr viel helfen. Spätzle und Knödel waren fertig, die Pute im Backofen, das Blaukraut blubberte vor sich hin.

„Die Kinder werden das Kraut nicht mögen, sie können ja Salat essen", meinte Alma.

„Was hast du als Dessert gedacht?" fragte Emma.

„Himbeeren. Ich wanke noch zwischen Schneegestöber und heißer Liebe."

„Beides gleich gut", sagte Emma. Es würde nie aufhören mit den Verbindungen zu Ferdl. Schneegestöber und heiße Liebe in einem, genau so war er.

„Wir hatten diesen Sommer eine üppige Himbeerernte wie seit Jahren nicht", erklärte Alma. „Wenn du möchtest, gebe ich dir ein paar Gläser Marmelade mit."

Natürlich wollte sie. Es ging nichts über Almas selbstgemachte Marmeladen. Ihr Frühstücksgast würde sich darüber freuen.

„Und Bohnen kannst du auch haben, die getrockneten Kerne der Stangenbohnen."

„Sehr gerne. Das habe ich schon ewig nicht mehr gegessen."

Kurz vor eins trafen Lore, ihr Gatte Holger und Töchterchen Mia ein. Es gab ein freudiges Hallo, Geschenke wurden unter den Christbaum gelegt, nach dem Mittagessen würde es die zweite Bescherung geben. Emma machte Lore ein Kompliment, auch zur bildhübschen Tochter. Mittlerweile war es Viertel nach eins.

August wollte endlich essen. Lore rief bei Traude an, niemand ging ans Telefon. „Sie sind gewiss auf dem Weg", meinte sie.

„Dann müssen sie ja gleich hier sein. Solange kannst du es noch aushalten", sagte Alma zu August.

„Wenn sie zu spät kommen, müssen nicht alle anderen warten", knurrte er. „Wir essen jetzt, und damit basta!"

„Du bist ungeduldiger als ein kleines Kind!"

Mia verdrehte die Augen. Emma flüsterte ihr zu: „Immer diese nervtötenden Erwachsenen, gell?" Woraufhin beide kicherten.

Alle nahmen schon einmal Platz um den Tisch. Die schlanken Familienmitglieder mussten von jeher auf die Eckbank, wo es mitunter recht eng herging. Dafür musste man nicht helfen und konnte während des Essens sitzen bleiben.

An solchen Feiertagen gab es das gute Geschirr mit Blümchen und Goldrand. Es musste von Hand gespült werden, deshalb sah es aus wie neu. Auch die Kristallgläser wurden nur selten benutzt. Emma fand es immer schade, wenn man die schönen Sachen als Staubfänger im Schrank stehen ließ. Sie selbst hatte gar kein Sonntagsgeschirr, auch keine Aussteuer. Die Aussteuer hatten ihre jüngeren Schwestern bekommen, edle weiße Bettwäsche für die Ehebetten. „Mama, gibt es eigentlich noch diese Bettwäsche, du weißt schon, die wir zur Hochzeit bekommen?"

„Ja, deine liegt noch oben." Almas Augen erhielten jenen Glanz der Seligkeit.

„Oh nein, Mama, es gibt keine Hochzeit. Ist mir nur gerade eingefallen."

„Du kannst sie gerne mitnehmen, ich fürchte, dass sie etwas angestaubt ist nach all den Jahren."

Ein Auto hupte dreimal. „Endlich", brummte August.

Emma umarmte ihre Schwester Traude herzlich und drückte den anderen Ankömmlingen die Hand. Horst hatte dunkle Augenringe, und Tim und Lukas sahen aus, als seien sie soeben aus den Federn gekrochen.

August trieb zur Eile an, er schien am Verhungern zu sein.

Horst und Holger, die Namen hatte Emma am Anfang immer verwechselt. Dass ihre Schwager aber auch so ähnlich heißen mussten!

Emma musste während des Essens von ihrer Kreuzfahrt erzählen. Selbst Tim und Lukas hörten aufmerksam zu, als sie von dem Schmuckdiebstahl berichtete und wie sie mit ihren Freundinnen die Kabinen durchsucht habe. Sie sparte nicht mit Ausschmückungen und Übertreibungen, dafür ließ sie alles, was mit Ferdl zu tun hatte, weg.

Zum Nachtisch gab es die Heiße Liebe. Alle waren übervoll und lobten Alma für ihre Kochkünste. August brauchte seine Mittagsruhe vor der Bescherung. Die Töchter machten die Küche, sie mussten Alma regelrecht dazu zwingen, sich ebenfalls eine halbe Stunde hinzulegen. Die Schwiegersöhne und Kinder durften im Wohnzimmer fernsehen.

Die Bescherung war sehr turbulent, Geschenkpapier stapelte sich auf dem Fußboden. August kontrollierte alle Umschläge, dass keiner versehentlich mit Geldscheinen im Papierkorb landete. Emma freute sich am meisten über einen neuen Jahreskalender mit Tagessprüchen, den sie von Lore bekam. Mia war ganz aus dem Häuschen, sie bekam von ihren Großeltern ein Handy. Tim und Lukas packten ihre Tablets mit entschieden weniger Euphorie aus, Alma war sichtlich enttäuscht.

„Die Geschenke für die Kinder haben wir im Auftrag von Alma und August besorgt", flüsterte Traude Emma ins Ohr, „da wären die beiden überfordert gewesen."

Ob die Schwester auch die Stereoanlage gekauft hatte? Emma fragte lieber nicht. Denn Traude und Lore bekamen ‚nur' Geldumschläge. Über die Reiseführer freuten sich die Schwestern ungemein, auch Holger war begeistert. Horst gähnte.

Schließlich wurde gemeinsam der Kaffeetisch gedeckt. Alma holte einen Bisquitboden aus dem Vorratskeller, den Mia und Emma mit Früchten und Sahne füllten und belegten. Mia fragte, ob sie mal ein paar Tage Ferien bei Emma machen dürfe, und Emma freute sich sehr. „Klar, melde dich einfach." Ferdl könnte dann seinen Sohn mitbringen, und alle hätten Gesellschaft.

Nach dem Kaffee wollte Alma einen Spaziergang machen, sie liebte es, mit der ganzen Familie unterwegs zu sein. Tim und Lukas verabschiedeten sich, sie hatten noch eine Verabredung. Darüber ärgerte sich August sehr. „Nicht einmal an Weihnachten haben sie Zeit", schimpfte er. Horst sagte gar nichts dazu. Und Traude war es gewohnt, dass die Jungs ihre eigenen Wege gingen.

Zum Abendessen gab es Platten mit belegten Broten, garniert mit Gürkchen und gekochten Eiern. Eigentlich hatte niemand mehr Hunger, doch in Gesellschaft langten alle zu.

Emma blieb noch den zweiten Weihnachtsfeiertag und den Tag darauf, sie brachte es nicht übers Herz, so schnell wieder zu fahren. Zudem fühlte sie sich so gut wie lange nicht. Sie genoss den geregelten Tagesablauf, da hatte alles seine Ordnung. Trautes Familienleben, das ersehnte sie sich mehr denn je, und auf der kommenden Fahrt zum Kaiserstuhl würde sie die Weichen dafür endgültig stellen. Als sie sich verabschiedete, hatte Alma Tränen in den Augen. „Ich verspreche, euch bald wieder zu besuchen", sagte Emma. Dass sie beim nächsten Mal nicht alleine käme, verriet sie noch nicht.

Zurück in Ravensburg musste sie dreimal laufen, um alles in die Wohnung zu bringen. Sie hatte jede Menge eingepackt, Marmeladegläser, die Bettwäsche, obwohl sie leicht vergilbt war, aber Aussteuer war Aussteuer, ein Stapel Tupperschüsseln mit Kuchenresten, einen Beutel getrockneter Bohnenkerne, Braten, Spätzle, Kartoffelsalat und natürlich die Stereoanlage.

Die Wohnung war kalt, obwohl sie auf niedriger Stufe durchgeheizt hatte. Emma stellte Teewasser auf und legte ein Dinkelkissen in die Mikrowelle. Sie freute sich auf die Reise, und je näher der Termin rückte, umso aufgeregter wurde sie. Nach wie vor ging sie davon aus, dass Ferdl fuhr. Sie überlegte, ob sie bei Rädle anrufen und noch einmal fragen sollte, doch sie ließ es. Am Abend schaute sie im Fernsehen einen Liebesfilm an, sie weinte zwischendurch vor Ergriffenheit, denn sie dachte an Ferdl und wie sie sich bald in den Armen liegen würden. Sie sehnte sich nach ihm, nach seinen leidenschaftlichen Umarmungen und seinen Küssen. Sie wünschte sich, dass er im selben Grad liebesfiebrig wie sie selbst war. Falls nicht, hoffte sie auf die Kraft der Engel, dass sie ihn infizierten und dass er an nichts anderes mehr denken konnte als an sie. Wie kitschig sie war.

Am Tag vor Silvester war es endlich so weit. Kurt Tucholskys Tagesspruch würde sie begleiten: Trudele durch die Welt. Sie ist so schön. Gib dich ihr hin, sie wird sich dir geben. Sie war zu Fuß in fünf Minuten am Busbahnhof, so konnte sie ihr Auto daheim stehen lassen. Von dort wurde die Gruppe abgeholt. Nun freute sie sich doch, dass die anderen dabei waren, mit ihnen war bisher noch jede Reise überaus bereichernd gewesen. Emma hatte, obwohl es nur wenige Tage waren, den großen Koffer dabei. Mehr als einmal hatte sie ihre große Kamera und das Laptop ein- und dann wieder ausgeräumt. Diesmal war sie privat unterwegs. Sie musste lernen, beruflich und privat zu trennen. Andererseits, wenn die Fahrt etwas hergeben würde für eine Reportage, würde sie sich ärgern, also packte sie alles wieder ein. Am Ende hatte sie sich für ihren kleinen Fotoapparat und einen Notizblock entschieden. Sie fand, dies sei eine gute Alternative. Den Reiseführer für Ferdl hatte sie in Papier mit Herzen drauf eingepackt. Bei passender Gelegenheit würde er das Geschenk endlich erhalten.

Imme und Bruni kamen, kurz darauf Charlotte und schließlich Bratzl. Die Begrüßung fiel trotz der frühen Morgenstunde fröhlich und laut aus. Bratzl hatte als Einziger einen Rucksack auf. Emma sah den Rädle-Bus anrollen, mit Adleraugen fixierte sie den Fahrer. Es war Paul. Die Enttäuschung ergoss sich über sie wie eine eiseskalte Dusche. Für einen Augenblick überlegte sie, eine Migräne vorzutäuschen und wieder nach Hause zu gehen. Diese Fahrt erfüllte ihren Zweck nicht. Es wäre eine Folter von der ersten bis zur letzten Stunde. Vier Tage und drei Nächte vergeuden, sollte sie sich das tatsächlich antun?

Paul stieg aus und freute sich, so viele bekannte Gesichter zu sehen. Emma lächelte so gut es ging und reichte ihm den Koffer. Bratzl fragte: „Haben wir diesmal mit Ihnen das Vergnügen?"

„Nur ein kleines Stück, dann ist Fahrerwechsel", sagte Paul, während er die Koffer verlud. „Wir haben einige Zubringer im Einsatz. Die Fahrt selbst macht Ferdl."

Emma hätte Paul samt Bratzl vor Freude am liebsten in die Luft geworfen.

In Wangen hieß es umsteigen. Emma hielt sich dicht hinter Imme und Bruni versteckt. Plötzlich glaubte sie, dieses Wiedersehen nicht zu ertragen. Ihr Selbstbewusstsein war dahin. Wie würde er reagieren, sie hatte sich unter anderem Namen angemeldet, er wusste nicht, dass sie mitfuhr. Es herrschte ein ziemliches Durcheinander mit dem Verstauen der Koffer. Sie könnte unbemerkt die Kurve kratzen und sich mit dem Taxi zurück nach Ravensburg bringen lassen. Getrieben von einem unerklärlichen Fluchtgedanken wollte sie in diesem Moment nur noch an ihren Koffer kommen, um ihn an sich zu nehmen und dann das Weite zu suchen. Dann sah sie ihn, wie er mit seinen starken Armen das Gepäck wuchtete, Fahrgäste begrüßte, lachte, ihr Ferdl wie er attraktiver und charmanter nicht sein könnte. Und nun entdeckte auch er sie, starrte sie ungläubig an, als hielte er sie für ein Gespenst. Jetzt lächelte er. Warm, liebevoll, für den Bruchteil einer Sekunde gehörte er ihr ganz allein inmitten dieser schnatternden Menschenmenge. Eine Frau lachte lauthals. Emma ging es durch Mark und Bein. Keine heiße Fata Morgana, vielmehr frostklirrende Realität! Es war diese schreckliche Person, die in Slowenien nur eines im Sinn gehabt hatte, nämlich Ferdl abzuschleppen. Geli. Wieso hatte sie die nicht gleich mitsamt ihrer Freundin in den Whirlpool gestoßen, auf Nimmerwiedersehen!

Entsprechend fiel gleich darauf die Begrüßung beider aus. „So ein Zufall, du auch hier?" hüstelte Geli, und Emma krächzte zurück: „Wie klein ist doch die Welt."

Imme und Bruni gingen ganz nach hinten, Emma schloss sich den beiden an. Charlotte saß etwas weiter vorne neben Bratzl. Und Geli direkt hinter dem Fahrersitz. Der Bus war voll, die Fahrt würde zum Glück nicht so lange dauern.

Imme und Bruni hatten, ohne dass Emma etwas gesagt hätte, die Veränderung bemerkt. Bruni wollte wissen, was los sei und Emma flüsterte, dass diese Geli aus Slowenien auch dabei sei und dass die gewiss die ganze Reise verderben würde.

„Emma, der kannst du das Wasser noch alleweil reichen", sagte Imme.

„Nur komisch, dass ich die in Ravensburg nicht gesehen habe. Soviel ich weiß, wohnt die doch auch dort."

„Beim ersten Halt frage ich sie einfach", meinte Bruni.

Und so kam es, dass Emmas Welt danach komplett zusammenstürzte, und dies in der Schlange, die sich vor der Toilette der Raststätte gebildet hatte.

Bruni stand hinter Geli und schnatterte drauf los, sie hätte sie gar nicht gesehen in Ravensburg, ob sie nicht mehr dort wohne.

„Doch schon, aber ich habe in Wangen übernachtet und bin direkt eingestiegen."

„Ach?" Das war nun Immes Beitrag. „Wieso das denn?"

Geli grinste. „Wo die Liebe so hinfällt."

Der gesamte Erdball hörte es, jedenfalls alle, die aufs Klo mussten. Auch Emma. Es gab nur einen, der in Wangen wohnte. Ferdl. Sie hatte bei ihm geschlafen.

Als der Bus weiterfuhr, schloss Emma die Augen. Es war ihr unerträglich. Geli und Ferdl. Während sie annahm, er müsse seine Trauer ausleben, hatte der was mit dieser Viper. Sie hatte ihn mit ihrem Gift infiziert. Und was sollte sie jetzt tun?

14

Er verhielt sich die ganze Fahr über so, als sei nichts. Emma konnte es nicht fassen. Souverän erklärte er die Landschaft und tat sein Wissen kund. Der Kaiserstuhl erhebe sich aus der Rheinischen Tiefebene, und man müsse wissen, dass er vulkanischen Ursprungs sei. Die Gegend zähle zu den sonnenreichsten Gebieten Deutschlands. So fühlten sich Sonnenanbeter, Wanderer und Weinliebhaber gleichermaßen wohl. Jetzt im Winter sei die weiße Landschaft besonders romantisch. An dieser Stelle sagte Emma „Ha!" und erhielt von Imme einen Boxer.

Nun lag Emma auf ihrem Bett und ging die Fahrt noch einmal geistig durch. Vorhin hatten sie die Zimmer im Hotel bezogen. Emma hatte ein Einzelzimmer gebucht. Und sie musste unbedingt wissen, ob Ferdl auch ein Einzelzimmer hatte. Am Empfang drängten sich ohnehin alle Gäste, jeder wollte zuerst den Schlüssel, auch Geli. Da fiel es nicht auf, dass sie selbst bis zum Schluss wartete. Bis zum Einchecken Ferdls. Danach sah die Lage wieder etwas besser aus. Wenigstens hatte er ein Zimmer für sich. Und das im selben Stock wie sie.

Am Ende würde die wahre Liebe siegen. Sie durfte sich nicht von ihrem Weg abbringen lassen. Emma hatte sich ein Ziel gesteckt, und sie würde alles tun, was getan werden musste. Man würde sich erst zum Mittagessen treffen, bis dahin war noch Zeit. Das Hotel lag im Markgräflerland, etwas mehr als zehn Kilometer südlich von Freiburg. Auf den Stadtbummel in Freiburg freute sie sich, da war sie schon öfter gewesen, und wenn sie eines Tages Ravensburg verlassen würde, dann könnte sie sich gut vorstellen, in Freiburg zu leben. Zweitrangig natürlich. An erster Stelle lag Wangen. Im Hotel gab es einen Wellness-Bereich mit Sauna, Dampfbad und Solarium. Fast wie in Slowenien.

Nach dem Essen standen zwei Stunden zur freien Verfügung, danach würden sie eine Rundfahrt machen, und abends gab es vor dem Hotel eine Feuershow. Emma, Imme, Bruni und Charlotte tranken gemeinsam einen Kaffee. Bratzl hatte sich auf sein Zimmer zurückgezogen. Charlotte sah Emma nachdenklich an. Sie schien zu überlegen, ob sie etwas sagen oder schweigen solle. Schließlich meinte sie: „Emma, ich mache mir Sorgen um dich. Du siehst gar nicht gut aus."

„Oh, mir fehlt nichts."

Da fuhr Imme fort: „Wir alle wissen, dass du in Ferdl verliebt bist. Das hat man ja schon auf der Kreuzfahrt mit blinden Augen sehen können. Wird das jetzt was aus euch oder nicht?"

Emmas Augen füllten sich mit Tränen. Sie wühlte erfolglos in ihrer Handtasche, und Bruni reichte ihr ein Taschentuch. „Ach Emma, es gibt so viele Männer. Muss es denn ausgerechnet der sein?"

Emma schluchzte, nickte und wischte sich die Tränen aus dem Gesicht.

„Aber der ist es nicht wert", sagte Charlotte energisch. „Alleine, wie er während des Mittagessens mit dieser Geli geflirtet hat, also nein!"

Alle hatten das beobachtet. Er hatte sogar seine Hand auf Gelis Rücken gelegt und dort eine halbe Ewigkeit liegen lassen.

„Wie Phönix aus der Asche ist sie aufgetaucht", jammerte Emma, „ich verstehe das nicht."

„Sie war auf Martas Beerdigung, ich habe sie gesehen. Da sie mich nicht mehr zu kennen schien, habe ich sie auch nicht angesprochen", meinte Bruni. „Vermutlich hat sie sich nach der Beisetzung an ihn rangepirscht."

„Vergiss ihn, sonst wirst du keine Stunde dieser Reise fröhlich sein", sagte Imme.

Emma spürte zu ihrer Enttäuschung auch Wut aufkeimen. Was mischten sie alle sich ein, es ging nur Ferdl und sie etwas an. Hätten sie erlebt, was sie mit ihm auf der Kreuzfahrt erlebt hatte, würden sie nicht so deppert daher schwatzen.

Die Rundfahrt war langweilig. Emma döste vor sich hin. Sie hatte keine Lust auf Landschaft und schon gar keine auf einen Blick nach vorne. Mittlerweile saß Geli auf dem Sitz der Reiseleitung, quasi neben ihm. Ob das überhaupt zulässig war? Imme fragte, ob sie einen Schokoriegel wolle und Emma verdrückte gleich zwei. Sie dachte an die Volksweisheit, Essen sei der Sex des Alters. Bald würde sie mit einem Rucksack voller Vesper rumlaufen wie Bratzl.

Noch schlimmer wurde es am Abend bei der Feuershow. Zwei Künstler führten im Hotelgarten tollkühne Jonglagen mit Feuerkugeln vor. Etwas abseits hatte man ein loderndes Feuer entzündet, so mancher Funkenbauer wäre hier vor Neid erblasst. An einer Bar wurde Glühwein und Punsch ausgeschenkt, und ein Mann in Lederhosen und Janker spielte volkstümliche Harmonikamusik. Emma machte lustlos ein paar Fotos. Sie trug allen Kummer der Welt in sich, ihre Glieder waren so schwer, als bekäme sie eine fiebrige Grippe. Dabei hätte es so romantisch sein können, das Prasseln, die fliegenden Funken, die Stimmung wäre perfekt gewesen für ein Liebespaar. Doch sie hielt sich tapfer neben Charlotte und Bratzl, hatte allerdings nur Augen und Ohren für Ferdl und Geli, die ein paar Schritte entfernt standen. Dass die beiden sich nicht schämten. So dicht beieinander, ohne Abstand, und ohne Anstand. Sie wollte nicht wissen, was in dieser Nacht noch folgen würde.

Trotz des Feuers war sie nach einer Weile so durchgefroren, dass sie eine heiße Dusche und ein warmes Bett ersehnte. Sie verabschiedete sich von Charlotte und Bratzl, wünschte auch Imme und Bruni eine gute Nacht und ging hinein. Drinnen war es menschenleer, alle anderen Gäste hielten sich noch draußen auf. Nicht einmal einen interessanten Kellner oder Animateur gab es hier, keinen Ivan und keinen Luca. Sie ging auf ihr Zimmer, es war hübsch eingerichtet mit cremefarbenen Möbeln. Doch selbst wenn Schrank und Stuhl schneeweiß gewesen wären, hätte sie nur Düsternis wahrgenommen. Emma nahm eine kleine Flasche Wein aus der Minibar, Kaiserstühler natürlich, goss sich ein Glas voll und leerte es mit einigen großen Schlucken. Dann goss sie nach und nahm die zweite Flasche heraus. Nach einer heißen Dusche setzte sie sich mit ihrem Weinglas ins Bett, schaltete den Fernseher ein, zappte durch, obwohl sie gar nicht auf das Programm achtete. Ihre Gedanken trieben sie viel zu sehr um. Der nächste Tag stand zur freien Verfügung, am Abend wäre der große Silvesterball. Das würde eine Katastrophe werden. Geli würde sich an Ferdl ranschmeißen, er würde mit niemandem ein Wort reden können. Geli raubte ihm die Luft, das würde nicht lange gut gehen. Das mochten die Männer nur kurz, nur solange sie die rosarote Brille aufhatten. Sie könnte mit dem Zug heim fahren. Nur, dort wartete niemand auf sie, hier hatte sie wenigstens Gesellschaft. Als sie die zweite Flasche geleert hatte, fühlte sie sich besser. Noch war nicht aller Tage Abend. Sie war mit Gabi fertig geworden, weshalb nicht auch mit Geli.

Man konnte sich hinsetzen, wo man wollte, und Emma setzte sich beim Frühstück direkt Ferdl gegenüber an den Tisch. Sie hatte einen üblen Kater, doch sie wusste wenigstens warum. Oft genug hatte sie Kopfweh ohne ersichtlichen Grund. Geli war nicht da. Überhaupt war niemand außer den beiden da. Emma dankte dem Engel der Fügung für dieses Zusammentreffen, und sogleich fasste sie Mut. „Ferdl", sagte sie, „was ist denn los?"

„Emma, was soll los sein? Was meinst denn?"

„Ich meine", sagte sie nach einem Schluck heißen Kaffees, „dass du mir aus dem Weg gehst."

„Na, geh!" Er biss herzhaft in eine Semmel, dick beschmiert mit Butter und Honig. Der Honig klebte am Mundwinkel.

„Doch. Ich bilde mir das nicht ein. Du hast wohl ganz vergessen, was auf dem Schiff zwischen uns war?" Sie blickte ihn an. Allerdings lenkte der Honigtupfen an seinem Mund ziemlich ab.

„Ich habe nichts vergessen."

„Bist du jetzt mit Geli zusammen?"

„Ach Emma, was du immer denkst."

„Genau das denke ich, dass ihr beide zusammen seid, kaum dass deine Frau begraben wurde."

„Lass die Marta", sagte er unwillig, „sei so gut."

Sie wollte nicht so gut sein. Sie wollte endlich Klarheit. „Ferdl, sag mir nur eins. Haben wir beide eine Chance?"

Er biss abermals in seinen Honigwecken. Mit vollem Mund antwortete er: „Alles im Leben hat seine Zeit, und alles geschieht zu seiner Zeit."

In diesem Augenblick kam Geli, umhüllt von einer Duftwolke. Sie setzte sich neben Ferdl, schenkte ihm ein wonniges Lächeln, legte eine Hand auf seine, tupfte mit ihrer Serviette den Honig von seinem Mund. Emma erntete ein rohes „Guten Morgen".

„Gut geschlafen?" fragte sie ihn.

„Danke ja. Du auch?"

„Wie ein Stein."

Diese drei Sätze wirkten besser als jede Schmerztablette. Sie hatten nicht in einem Zimmer übernachtet, sondern jeder in seinem. Er hatte sich nicht für Geli entschieden, oh nein. Er war offen für alles. Alles zu seiner Zeit, das waren seine Worte. Charlotte kam und setzte sich zu ihnen.

Ferdl sagte: „Es freut mich wirklich ganz außerordentlich, dass Sie wieder dabei sind, Sie und all die anderen."

All die anderen! Damit meinte er sie, Emma!

„Ja", sagte Charlotte, „ich kann Rädle wärmstens empfehlen."

Ferdl lachte. „Das gebe ich weiter an den Chef."

Nach und nach füllte sich der Raum. Als Bratzl kam, setzte er sich an einen anderen Tisch, obwohl noch Platz bei ihnen war. Emma blickte fragend Charlotte an. Sie schüttelte unmerklich den Kopf. Ferdl und Geli gingen zum Buffet. „Was ist los?" flüsterte Emma. „Habt ihr gestritten?"

Charlotte antwortete sehr leise. „Er will einfach mehr, aber er ist ein Freund für mich, alles andere wäre unvorstellbar."

Hörte das nie auf? War das noch ein Thema mit siebzig? „Will er Sex?" fragte Emma geradeheraus.

Charlotte errötete. „Pst, Geli kommt zurück."

Geli brachte eine kleine Schale Obstsalat und einen Becher Naturjoghurt. „Gesunde Ernährung ist wichtig", sagte sie.

Auch Ferdl kam, auf seinem Teller türmten sich Rührei, Schinken, Käseaufschnitt, Butter und auf einem zweiten Teller zwei Brötchen und ein Croissant. Das war schon die zweite Fuhre.

Emma fragte: „Geli, kochst du auch für deinen Mann und dein Kind so gesund?"

Sie rührte den Joghurt unter die Obststückchen und tat, als habe sie die Frage nicht gehört.

„Ist es ein Mädchen oder ein Junge, ich weiß es gar nicht mehr", schürte Emma weiter.

„Ein Junge."

Charlotte wollte wissen, wie alt der Kleine sei und wie er denn heiße.

„Nick ist vier", sagte sie gepresst.

„Wie süß", züngelte Emma, „ist er bei deinem Mann daheim, verbringt ihr tatsächlich den Jahreswechsel getrennt?"

„Sieht so aus." Geli schob sich den beladenen Löffel in den Mund und kaute, als sei es zähes Büffelfleisch.

„Was wünschen die Damen heute zu unternehmen?" fragte Ferdl.

„Sauna und schwimmen", sagte Geli, „und eine Massage habe ich auch vorbestellt. Schließlich muss man die Wellnessangebote ausnutzen."

„Ich möchte spazieren gehen", erklärte Charlotte, „es ist solch ein schöner Wintertag. Möchte jemand mitkommen?"

„Wenn ich darf, komme ich gerne mit", antwortete Ferdl.

„Und ich auch." Emma strahlte übers ganze Gesicht.

„Na ja", meinte Geli, „wir sehen uns ja nach dem Mittagessen wieder."

Sie verabredeten sich auf eine halbe Stunde später am Empfang. Emma hatte, bevor sie den Frühstückssaal verließ, anstandshalber auch Imme und Bruni angesprochen, doch die beiden wollten ebenfalls einen Spa-Vormittag verbringen. Zur vereinbarten Zeit standen Ferdl und Emma parat. Charlotte kam, allerdings nur, um sich zu entschuldigen. Planänderung, sie würde mit Anton einen kleinen Spaziergang machen. Dabei zwinkerte sie Emma zu.

„Dann gehen wir eben zu zweit", sagte Ferdl.

„Ja."

Sie liefen nebeneinander her, jeder hing seinen Gedanken nach. Doch es war ein angenehmes Schweigen, und die Stimmung war sehr entspannt. Der Weg führte in einen lichten Wald mit Hinweisschildern zu einer Burgruine. Emma kam der Weihnachtsspaziergang mit ihrem Vater in den Sinn, und nun konnte sie mit ihrem Wissen über Bäume prahlen. Sie waren die einzigen Spaziergänger, keine Menschenseele weit und breit. Die Burgruine entpuppte sich als Mauerwerk mit ein paar Stufen, die von Efeu überwuchert wurden. Emma sagte, es sei wie im Märchen so schön. Sie fotografierte die Gegend mit und ohne ihn drauf. Ferdl zog sie an sich, sie küssten sich lange, und Emma fühlte sich trunken vor Wonne. Dann wollte Ferdl auf die Mauer klettern. Emma lachte. Es steckte doch in jedem Mann ein Kind. Er stieg über herausstehende Steine bis auf halbe Höhe und rief „Hollariö!" – und in diesem Augenblick wusste Emma, dass sie ihn jetzt wieder an der Angel hatte. Sie kehrten erst am späten Nachmittag zurück, Ferdl folgte Emma aufs Zimmer bis ins Bett. Was auch immer in den letzten Wochen war oder nicht war, nun war es vorbei. Neues Jahr, neue Liebe, neues Leben. Bevor er ihr Zimmer verließ, reichte sie ihm feierlich das überfällige Präsent. Er stieß einen Pfiff aus, wünschte ihr einen Platz auf der Bestsellerliste. Eine Widmung musste sie ihm reinschreiben, was ihr leicht von der Hand ging: „Für Ferdl, in Liebe Emma".

Zum Silvesterball mussten sich die Gäste in Schale werfen. Emma hätte kein teures Kleid und kein Make-up gebraucht, sie strahlte auch so. Dennoch verkünstelte sie sich ungemein, sie hatte sogar den Lippenstift farblich zum Nagellack abgestimmt. Ausnahmsweise trug sie hochhackige Schuhe, Schönheit musste schon immer leiden. Das Kleid hatte sie sich extra für den Ball gekauft, schwarze Seide, es lag wie angegossen am Körper und unterstrich ihre schlanke Figur. Dem Fitnessstudio sei Dank. Sie trug die Ohrringe, die Charlotte ihr geschenkt hatte. Ihre blonden Haare sprühte sie mit ein wenig glitzerndem Haarlack ein, gerade so viel, dass es dezent schimmerte. Sie würde die Königin der Nacht sein.

Bevor man sich an die Tische setzte, gab es einen Stehempfang mit Sekt. Die Damenwelt beäugte sich, Emma spürte sehr wohl die bewundernden Blicke. Die Herren trugen Anzüge, manche hatten ein Sakko über dem weißen Hemd und Jeans an, was auch flott aussah. „Kleider machen Leute", sagte Imme. Sie standen beisammen, Imme, Bruni, Emma, Charlotte und Bratzl. Die beiden schienen sich wieder zu vertragen, Emma wollte in einer ruhigen Minute nach dem Stand der Dinge fragen. Alle hatten sich für den Abend gerichtet. Dann kam Ferdl, er sah umwerfend aus in seinem schwarzen Anzug. Er stieß mit allen an, Emma schenkte ihm einen schmachtenden Blick. Und schließlich trat Geli zur Gruppe. Sie musste den ganzen Tag damit verbracht haben, sich herrichten zu lassen, das hatte sie unmöglich selbst gemacht. Diese Haarfrisur, die Schminke und das weiße wehende Kleid! Instinktiv dachte Emma an Marilyn Monroe. Genau so sah Geli aus. Ferdl pfiff durch die Zähne, und selbst Bratzl schnalzte mit der Zunge.

Imme sagte übertrieben laut: „Auch eine verheiratete Frau kann was aus sich machen." Bruni flüsterte, dieses Kleid gebe es im Versand sehr billig schon ab neunzehn Euro. Emma fragte leise, woher sie das wisse, und Bruni sagte ebenso leise, sie habe so ein Ding vor Jahren als Faschingskostüm getragen.

Der Hoteldirektor bat die Gäste zu Tisch. Das Buffet war üppig bestückt, an der Tafel mit den warmen Speisen standen zwei Köche mit ihren Kochmützen, das sah fesch aus. Wie auf dem Schiff. Alles war wie auf dem Schiff. Der stilvolle Raum, das traumhafte Essen, die noblen Gäste, ihre Freundinnen und Ferdl. Nur dass an dessen rechter Seite statt Marta Geli weilte.

Imme saß Ferdl gegenüber. „Du hast vielleicht ein Glück, wie der Gockel zwischen den schönsten Frauen. Hast du das verdient?"

Ferdl lachte. „Freilich! Der Misthaufen zwischen den Rosenstöcken!"

Bruni stimmte gekünstelt in die Schäkerei ein und presste hervor: „Rosenstock wie Rose sprich unsere Emma. Und Geli wie geil!"

Notgeil, dachte Emma, aber das ginge dann doch zu weit, so etwas zu äußern.

Mit jedem Glas Wein wurde es lustiger. Bratzl hatte, bevor sie bestellten, eine kurze Belehrung über die Kaiserstühler Rebsorten gegeben. Müller-Thurgau, Riesling, Silvaner, Ruländer, Blauer Spätburgunder, Weißer Burgunder und Gewürztraminer habe man zur Auswahl. Als er dann noch über Lößterrassen und Zuckergehalt sprechen wollte, fielen ihm Imme und Bruni ins Wort. „Hauptsache, er schmeckt. Mit einem Müller-Thurgau kann man nichts falsch machen", meinte Imme. „Den kenne ich wenigstens vom Namen her."

Auch hier hatte Bratzl eine ausführliche Antwort parat. „In der Tat, diesen Namen kennt man landauf landab. Die Müller-Thurgau-Rebe wurde gezüchtet von einem Professor namens Hermann Müller, der aus dem Schweizer Kanton Thurgau stammt. Der Wein ist saftig und trägt ein Muskatbukett."

„Erstaunlich", sagte Imme, „das habe ich nicht gewusst."

Das spornte Bratzl zu weiteren Ausführungen an. Der Riesling sei aus der rheinischen Wildrebe entstanden, und der Gewürztraminer sei steinalt, diese Sorte erbringe hervorragende Spitzenweine, allerdings erfordere die Rebe allerbeste Lagen.

„Wie im Leben", sagte Emma, „man erntet, was man sät."

Nach dem Dessert spielte eine Band, und Ferdl forderte Emma zum Tanz auf. Auch Geli hatte sofort einen Herrn, der sie aufs Parkett geleitete. Imme und Bruni genierten sich nicht, miteinander zu tanzen, so hatten alle ihren Spaß. Nach drei Runden war kurze Pause. Als die Band wieder loslegte, sagte Geli: „Ferdl, der nächste Tanz gehört mir, gell." Das war Emma egal, sie war die Erste gewesen, seine Augen sprachen Bände, dies hatte mehr Bedeutung als alles andere. Da Bratzl frische Luft schnappen wollte, konnte Emma endlich mit Charlotte unter vier Augen ein paar Worte wechseln.

„Habt ihr euch versöhnt?" wollte sie wissen.

„Was heißt schon versöhnt. Wir sind ja kein Paar in dem Sinn, und wir werden nie eines sein. Entweder er akzeptiert das Ganze als reine Freundschaft oder ich kann mich nicht mehr mit ihm treffen", sagte Charlotte. „Was mir aber sehr leid täte."

„Was genau hat er denn zu dir gesagt?"

„Na ja, er habe sich in mich verliebt, und er wolle mit mir zusammen ziehen. Aber dafür bin ich zu alt, das alles will und brauche ich nicht mehr."

Emma nahm einen Schluck Wein. „Was meinst du mit ‚das alles'?"

„Ha ja, Leidenschaft, Abhängigkeiten, Sex, mit all dem macht man sich nur unglücklich. Sei mir nicht böse, aber ich sehe es ja an dir. Dieses ständige Hin und Her mit Ferdl, das würde mich vielleicht nerven. Weißt du, Emma, ich fahre seit Jahren gut nach dem Motto: Männer nur noch ambulant, nicht mehr stationär!"

Emma lachte. „Und wie geht es jetzt weiter?"

„Jetzt bringen wir diese paar Tage hier in Frieden hinter uns, und dann sehen wir schon."

Emma nickte Richtung Tanzfläche. „Dasselbe in grün. Diese Geli will Ferdl auch mit aller Gewalt an sich reißen, aber da wird sie Pech haben."

Charlotte schüttelte nachdenklich den Kopf. „Da wäre ich mir nicht so sicher."

Bratzl kehrte zurück und forderte Charlotte zum Tanz auf. So saß Emma schließlich alleine am Tisch. Und das fand sie wenig angenehm.

Nach der Tanzrunde wurde eine Programmeinlage durch das Mikrofon angekündigt, eine Komikerin namens Stella. „Hoffentlich singt die nicht so lange, sonst kommen wir beide nicht mehr zum Tanzen", sagte Emma. Ferdl drückte daraufhin ihre Hand. „Der Abend ist noch lang, keine Sorge."

Stella palaverte eine halbe Stunde, allerdings war sie nicht besonders komisch. Das Räuspern und Hüsteln wurde immer heftiger. Imme sagte: „Wenn die jetzt nicht bald aufhört, fliegen noch Tomaten."

„Hier gibt es keine Tomaten, das Buffet ist längst abgeräumt", belehrte Bratzl.

„Das ist eine Redewendung, meine Güte. Dann fliegen eben Servietten oder Gläser."

Bratzl setzte sich aufrecht hin. „Johann Gottfried von Herder sagt: Was die Schickung schickt, ertrage! Wer ausharret, wird gekrönt."

Emma antwortete: „Und von Dryden sagt: Hütet euch vor der Wut eines Geduldigen."

Jetzt sah Bratzl erstaunt drein. „In der Tat, auch ein gutes Sprichwort. Woher kennst du das, meine Liebe?"

Bratzl duzte, das war eine Neuerung. Hatte er zu viel Müller-Thurgau erwischt?

Emma sagte, sie habe einmal eine Reportage über Sprichwörter geschrieben, und jenes sei ihr hängen geblieben.

Ob sie noch eines kenne?

„Ja", sagte Emma. „Es ist von Ovid, und man muss bedenken, dass er noch vor Christus gelebt hat. Er sagte: Harre nur aus in Geduld. Der Schmerz wird einst dir noch nützen."

„Und glaubst du so einen Mist?" fragte Geli.

„Und ob", entgegnete Emma. „Es heißt ja auch, wer zuletzt lacht, lacht am besten."

Jemand vom Nachbartisch schimpfte, sie sollen endlich ruhig sein, man wolle das Programm auf der Bühne hören und nicht das dumme Gequatsche.

Abermals drückte Ferdl Emmas Hand, die sie auf dem Tisch liegen hatte. Aus dem Augenwinkel sah sie, dass er auch Gelis Hand auf deren Schoß drückte. Emma sagte im Flüsterton in die Runde: „Und Nietzsche sagte: Alles Entscheidende entsteht trotzdem."

Bis Mitternacht hatte Ferdl ganz schön zu tun, er schwang mit Imme, Bruni, Geli und Emma abwechselnd das Tanzbein. Sein Hemd war durchgeschwitzt und sein Gesicht gerötet, was ihn für Emma noch attraktiver machte. Immer wenn er mit Geli tanzte, kribbelte alles in ihr. Charlottes Worte kamen ihr in den Sinn, ein ewiges Hin und Her. Doch allem zu entsagen war auch keine Lösung. Andererseits, Charlotte ging es bestens, Imme und Bruni hatten ihren Spaß ohne Männer, vielleicht war ja doch was dran.

Um Mitternacht gingen alle hinaus, vor dem Hotel hatten einige der Gäste Raketen in Flaschenhälse gesteckt, die sie nun anzündeten. Auch von ringsum erhellten rote, gelbe und grüne Sterne, Kreise und Spiralen den Himmel, es knallte und zischte. Bunt und farbenfroh wurde das Jahr begrüßt. Es gab Sekt, alle wünschten einander Gesundheit und Glück. Ferdl zog Emma an sich, und sie küssten sich.

Währenddessen wurde im Restaurant eine Mitternachtssuppe aufgetischt. Als alle wieder Platz genommen hatten und die dampfende Suppe löffelten, sagte Imme: „Geli, eines würde mich schon interessieren. Wieso bist du hier alleine und nicht mit deinem Mann und deinem Kind zusammen? Das ist doch abartig, oder?"

Geli verschluckte sich. „Das kann jeder halten wie er will", antwortete sie, vom Husten unterbrochen. „Außerdem feiern die gesellig mit den Großeltern."

Imme blieb hartnäckig. „Ja schon, aber du musst zugeben, dass es eigenartig ist. Habt ihr euch denn getrennt?"

Alle schauten nun auf Geli. Sie hatte einen roten Kopf und hustete immer noch. Ferdl klopfte ihr auf den Rücken. „Geht's wieder?" fragte er besorgt.

Sie nickte. „Es geht dich zwar nichts an", sagte sie schließlich, den Blick auf Imme gerichtet, „aber gut. Ich bin seit einigen Wochen mit Ferdl zusammen. So einfach ist das."

Charlotte starrte Emma an, Emma starrte Ferdl an, Imme und Bruni starrten Geli an. Bratzl sagte: „Oh, das ist kurios. Ich dachte, Emma und Ferdl sind jetzt zusammen. In der Tat, sehr verwunderlich."

Ferdl räusperte sich. „Nun, so einfach ist das alles nicht."

Imme fand als Erste die Fassung wieder. „Es ist einfach. Entweder Geli oder Emma. Wer nun?"

„Ihr wisst, dass ich noch nicht lange meine Marta verloren habe. Es ist für mich sehr schwer. Und ich bekomme Trost von Geli und von Emma."

„Das ist nicht in Ordnung", erklärte Bruni, „du spielst mit den Gefühlen der beiden, und so etwas tut man nicht."

Emma trank ihr Glas leer. „Ich denke, für mich ist es Zeit. Gute Nacht." Erhobenen Hauptes schritt sie hinaus.

Noch während sie durch die suppenschlürfende Gästeschar Richtung Tür ging, wurmte sie dieser unüberlegte Abgang. Jetzt hatte Geli freie Bahn.

Sie schloss sich in ihrem Zimmer ein, riss ihr Seidenkleid vom Leib, dass es ratschte, und das verstimmte sie obendrein. Wegen dieser dummen Kuh hatte sie jetzt auch noch das Kleid zerfetzt. Nach einer heißen Dusche fühlte sie sich noch elender. Sie hüllte sich in den Bademantel und warf sodann einen Blick in die Minibar. Guter Service, man hatte den kleinen Kühlschrank mit Müller-Thurgau in Piccoloflaschen gefüllt. Sie war mit der zweiten fertig, als es klopfte. Ihr erster Gedanke war, dass Charlotte nach ihr schaue. Sie öffnete die Tür einen Spalt. Ferdl.

„Du?"

„Bitte, Emma, ich möchte mit dir reden."

Sie hatte zwei Möglichkeiten, die Tür vor seiner Nase zuzuknallen oder ihn reinzulassen. Er sah ihr in die Augen, wie ein geprügelter Hund. „Also gut."

Er setzte sich neben sie aufs Bett. Dann begann er zu erzählen von Marta. Wie gut sie es gehabt hätten, als der Hansi noch klein gewesen sei, habe die Familie ihm Halt und Sinn gegeben. Marta sei eine gute Mutter und Ehefrau gewesen. Ihre schlimme Eifersucht, gegen die sie machtlos gewesen sei, habe er stets als Zeichen von Liebe gesehen.

„Wie deine Eifersucht, Emma." Er legte den Arm um sie, zog sie an sich, strich ihr die Haare aus der Stirn und flüsterte in ihr Ohr: „Deine Eifersucht zeigt mir, wie sehr du mich liebst. Und ich liebe dich auch." Emma liefen jetzt die Tränen über die Wangen. Doch sie fühlte sich so tief geborgen, behütet, zugehörig, und genau dies machte den Unterschied. Wenn man keinen Partner hatte, hatte man all diese wundervollen Momente auch nicht.

Er blieb die ganze Nacht, am Morgen lagen sie aneinandergeschmiegt. Sie fand dieses vertraute gemeinsame Aufwachen ein gutes Omen und den besten Start in ein verheißungsvolles Jahr.

Er sagte: „Ist schon ein bisschen eng in einem solch schmalen Bett."

Das versetzte ihr einen Stich, doch sie schwieg.

Er müsse sich richten, meinte er und schwang sich aus den Federn.

„Ich könnte den ganzen Tag im Bett verbringen", sagte sie.

„Aber geh. Es gibt gleich Frühstück, und danach machen wir doch einen Ausflug." Immerhin drückte er ihr noch einen Kuss auf die Wange, bevor er aus dem Zimmer hechtete.

Vor lauter Ferdl hatte Emma in der Silvesternacht nicht einmal ihre Eltern angerufen, um ein gutes neues Jahr zu wünschen. Das fiel ihr siedend heiß ein, und sie würde es gleich nach dem Frühstück nachholen. Wieso schaffte er es ständig, sie in Hochs und Tiefs zu katapultieren, wie es ihm passte?! Erst eine launische Silvesterfeier, dann eine rauschende Liebesnacht und nun ein dürrer Abgang.

Sie zwang sich unter die Dusche, danach fühlte sie sich etwas frischer. Im Frühstücksraum herrschte bereits reger Betrieb, schon von weitem sah sie Geli neben ihm sitzen, und ihr Lachen war bis in die hinterste Ecke zu vernehmen. Auch Charlotte und Bratzl waren bereits da. Emma wünschte einen guten Morgen in die Runde und setzte sich Ferdl gegenüber. Er schmunzelte. Fehlte nur noch, dass er sie fragte, wie sie geschlafen habe.

Bratzl sagte mit vollem Mund: „Wir müssen uns beeilen. In einer halben Stunde fährt der Bus."

„Du kommst doch mit auf den Tagesausflug?" wandte Charlotte sich an Emma.

„Natürlich. Ich muss nur noch einmal hoch und meine Jacke holen. Ach ja, und meinen Eltern muss ich schnell anrufen. Das habe ich heute Nacht vergessen."

Ferdls Augen weiteten sich, er hatte wohl Angst, dass sie nun aus dem Nähkästchen plaudern würde.

Geli wollte wissen, wer den Ausflug begleite, und Ferdl antwortete, er fahre, und es sei eine Reiseleitung vom Hotel dabei. Emma fragte, ob er denn vom nächtlichen Alkoholpegel her schon fahrtüchtig sei, und er lachte. Jedenfalls konnte Geli nicht auf den Reiseleitersitz, denn der war offiziell belegt. Sie selbst allerdings auch nicht.

Bratzl richtete sich zwei große Vesperwecken mit Wurstaufschnitt und steckte diese samt zwei hartgekochten Eiern in seinen Rucksack. Emma konnte es sich nicht verkneifen zu fragen, ob er nicht auch ein Messer einpacken wolle, woraufhin er meinte, das sei eine gute Idee, doch er habe sein Victorinox. „Das beste Taschenmesser, das es gibt, ein Weihnachtsgeschenk von Charlotte."

Emma grinste. Als die Runde sich auflöste, kamen Imme und Bruni angerauscht, sie hatten verschlafen und wollten nur rasch einen Kaffee trinken und dann zum Treffpunkt kommen.

Dieses Mal waren andere Gäste schneller und belegten die vordersten Plätze. So konnte Emma entspannt hinten zu ihren Freundinnen sitzen.

Es war ausgesprochen warm, fast schon frühlingshaft dank Föhn und milder oberrheinischer Tieflage. Alle hofften, dass das Wetter so bliebe. „Seinen Namen hat der Kaiserstuhl vermutlich von König Otto", sprach sie in angenehmer Stimme durch das Mikrofon. „Dieser König Otto hielt bei Sasbach am 22. Dezember des Jahres 994 einen Gerichtstag ab. Danach wurde das gesamte Gebirge als Königsstuhl bezeichnet. Im Mai 996 wurde König Otto zum Kaiser gekrönt, und aus dem Königsstuhl wurde der Kaiserstuhl. Allerdings vermuten die Historiker, dass diese Umbenennung erst einige hundert Jahre später erfolgte."

Imme meinte, ihr sei das alles egal, großartig sei es hier so oder so. Die Reiseleiterin berichtete über die Ausdehnungen des Kaiserstuhls, die weiteste sei vom Michaelsberg bei Riegel im Nordosten bis zum Fohrenberg bei Ihringen im Südwesten mit einer Länge von rund fünfzehn Kilometern, die größte Breite betrage knapp dreizehn Kilometer.

„Wir werden nun einen Spaziergang machen, Sie haben die Möglichkeit, die gewaltigen Weinterrassen aus der Nähe zu betrachten."

Ferdl steuerte einen Parkplatz an. Sie gingen einen breiten Weg entlang, vorneweg die Reiseleiterin. Sie erzählte, dass der Kaiserstühler Wein seine Kraft aus dem wertvollen Lößboden und dem vulkanischen Gestein beziehe. Im Sommer diene das Vulkangestein als Wärmespeicher für die kühleren Nächte.

„Das ist eine perfekte Gegend, um sich zu erholen", sagte Bruni, „diese Weinterrassen sind beeindruckend. Wie schön muss das erst im Sommer sein, wenn alles im Saft steht."

Die weitläufigen Hügel erinnerten Emma an die Toskana. Statt der Zypressen strahlten hier die Weinberge Ruhe und Harmonie aus. Zumindest auf die Wanderer. Sie würde gerne mit einem Winzer sprechen, wie anstrengend diese Arbeit war und ob man dafür geboren sein musste. Sie seufzte. Arbeit hin oder her. Sie hatte Urlaub, auch wenn sie ständig ihren Fotoapparat mitschleppte und auf den Auslöser drückte, wann immer sich ein Motiv bot. Es könnte so wundervoll sein, wenn sie hier mit Ferdl alleine spazieren gehen könnte. Oder auf einer Bank sitzen und diese reizvolle Landschaft wirken lassen. Nicht wie jetzt, wo er dicht umlagert war von allen möglichen Damen, natürlich auch von Geli. Und sie musste hinterhertrotten, was sehr frustrierend war. Sie ahnte, wie sich Marta auf den gemeinsamen Reisen gefühlt haben musste. Er zählte zur Gattung der umworbenen Männer, die einem niemals alleine gehörten.

Später ging die Fahrt weiter nach Freiburg, wo man in einem Restaurant Tische vorbestellt hatte und zu Mittag essen konnte. Danach war Aufbruch zur Stadtführung. Die Straßen waren noch übersät von den Silvesterhinterlassenschaften, Neujahr war garantiert der ungeeignetste Tag des Jahres für eine Stadtbesichtigung.

Sie besuchten den Münsterplatz, das Martinstor, es ging hin und her, sie liefen durch die Straßen und Gässchen mit den Wasserrinnen, vorbei am Wallgrabentheater. Emma hörte schon gar nicht mehr zu, was die Reiseleiterin schwatzte. Sie hatte nur Augen für Ferdl, vielmehr für dessen Rücken. Nicht einmal beim Mittagessen hatte sie neben ihm sitzen können.

Bevor sie zurück zum Hotel mussten, stand eine gute Stunde zur freien Verfügung. Die Gruppe splittete sich auf, die meisten wollten irgendwo einen Kaffee trinken, wobei einige Cafés geschlossen hatten und die Lauferei von Neuem begann.

Schließlich trafen sie sich am Bahnhof, wo Ferdl sie mit dem Bus abholte. Emma hatte praktisch gar nichts von ihm gehabt. Sie hatte den ganzen Ausflug überhaupt nicht genießen können. Nur gut, dass noch eine romantische Fackelwanderung bei Nacht auf dem Programm stand. Dann schlüge ihre Stunde!

Auf der Rückfahrt fielen den meisten Leuten die Augen zu, Bratzl stieß sogar ein paar Schnarchtöne aus. Auch die Reiseleiterin gab sich schweigsam, entweder war sie ebenfalls müde, oder sie wusste einfach nichts mehr.

Nach dem Abendessen sollte man sich zur Fackelwanderung am Empfang treffen. Doch nur ganz wenige hatten Lust darauf, Emma, Imme und Bruni und noch ein paar Hotelgäste, die sie nicht kannten. Frust auf der ganzen Linie! Jeder bekam eine brennende Fackel in die Hand gedrückt, und dann zogen sie los. Emma malte sich aus, wie Ferdl und Geli sich zu zweit amüsierten, und zudem hatte sie Angst, sich die Finger zu verbrennen. Sie lief immer langsamer, am liebsten wäre sie umgekehrt. Doch wie hätte das ausgesehen, nein, diesen Triumph gönnte sie Geli nicht. Imme und Bruni nahmen Emma schließlich in ihre Mitte, stets darauf bedacht, die Flammen vom Körper wegzuhalten.

Imme fragte leise: „Ach Emma, was bist du denn so traurig? Ist es wegen Ferdl?"

Sie nickte.

„Saublöd ist, dass er nicht mitgegangen ist. Obwohl er das vorgehabt hat. Aber du solltest den Kopf nicht hängen lassen. Du solltest deine Freude nicht von ihm abhängig machen. Es kann einem auch ohne Mann sehr gut gehen."

„Schau uns an, wir können jeden Tag hier genießen ohne Männerstress", meinte Bruni.

Imme schwärmte: „Klare Luft, Sternenhimmel, dieser Feuerschein, es ist doch traumhaft."

„Ist ja schon gut, ihr habt ja recht", antwortete Emma, „ab sofort gelobe ich Besserung."

Sie war nach der Tour dennoch froh, wieder im Hotel zu sein. In der Bar trafen sie Ferdl und Geli, sie saßen zusammen an einem Tisch mit Charlotte und Bratzl. Wenigstens keine traute Zweisamkeit, dachte Emma erleichtert. Sie gingen zu ihnen hinüber. Geli hatte ihre Hand auf seinem Schenkel liegen. Emmas erster Impuls war, wegzulaufen. Doch sie zwang sich zu einem Lächeln. Die drei setzten sich hinzu und schwärmten von der idyllischen Nachtwanderung. Es wurde dann noch ganz lustig, vor allem, weil Ferdl zur Toilette musste und im Vorübergehen mit seiner Hand über Emmas Nacken strich.

Auch in dieser Nacht kam er zu ihr. Allerdings stand er sehr früh auf, um den Bus vollzutanken und sonstige Vorbereitungen für die Rückfahrt zu treffen. Nach dem Frühstück war Abfahrt, sie machten kurze Abstecher in Meersburg und Birnau. Doch niemand wollte sich lange verweilen, ein Schneeregen hatte eingesetzt, und ein kalter Wind fegte um die Häuser. So kamen sie am Mittag in Ravensburg an. Zum Abschied legte Ferdl seine Hand kurz um Emmas Hüfte. Geli blieb im Bus, da sie ihr Auto in Wangen stehen hatte.

Nachdem sich alle vor dem Busbahnhof voneinander verabschiedet hatten, marschierte Emma zu ihrer Wohnung. Sie stellte ihren Koffer ab und ging gleich noch einmal los, um einzukaufen. Falls Ferdl käme, wollte sie einen vollen Kühlschrank haben. Sie fühlte sich blendend und war nach der letzten Liebesnacht optimistisch gestimmt. Geli würde nun wieder den Rückzug zu Mann und Kind antreten, sie hatte schließlich selbst erlebt, wie verliebt Ferdl und Emma waren. Als sie auspackte, kamen ihr der leere Notizblock und ihr kleiner Fotoapparat in die Hände. Sie hatte nichts aufgezeichnet, wenigstens hatte sie Fotos geschossen. Damit sie die Eindrücke auch schriftlich bewahren konnte, setzte sie sich mit einer Tasse Früchtetee an den Tisch, und in kurzer Zeit war der Block voll. Sie stellte sich vor, wie sie diese Aufschriebe einmal an ihn gekuschelt im Bett vorlesen könnte. Das wäre viel elegischer als ein Laptop einzuschalten.

Emma hatte noch bis Ende der Woche frei. So wunderte sie sich, als am nächsten Morgen Prinzen-Sepp anrief. Sie war gerade dabei, ihren Kaffee aufzubrühen.

„Emma, es ist unglaublich", trötete er durch den Hörer, „dein Reiseführer ist eingeschlagen wie eine Bombe, und das innerhalb dieser paar Wochen, seit er auf dem Markt ist! Ich habe hier jede Menge Mails, wie irre spannend und vielschichtig das Werk ist. Wenn die Nachfrage so bleibt, müssen wir eine Zweitauflage drucken lassen. Formidabel!"

„Du veräppelst mich", antwortete sie.

„Nein, wirklich. Ich denke, die guten Zeitungskritiken nach Erscheinen haben bewirkt, dass es als Geschenk unter vielen Christbäumen lag."

„Wenn das kein guter Start ins Jahr ist", sagte sie. „Und was ist mit der Hüttengaudi?"

„Da muss Alena jetzt ran, es hilft alles nichts. Aber weshalb ich eigentlich anrufe, könntest du dir vorstellen, noch einmal solch einen Reise-Krimi zu schreiben?"

„Ich weiß nicht, ob man das wiederholen kann."

„Ein Versuch wäre es wert. Überleg's dir."

Während sie ihren Kaffee trank, ging ihr die Idee des Chefs durch den Kopf. Könnte sie aus der Fahrt zum Kaiserstuhl einen Krimi basteln? Geli als Opfer, das war durchaus vorstellbar. Hinschied im Weinberg. Traubengift. Am Titel sollte es nicht scheitern. Fragte sich nur, wie sie Geli ins Jenseits befördern sollte. Der Whirlpool schied aus, zweimal dieselbe Todesart war ausgeschlossen. Vom Berg stürzen konnte sie demzufolge auch nicht, das würde man in Verbindung mit der Stadtmauer bringen. Es war gar nicht so einfach, wie Prinzen-Sepp sich das vorstellte. Vielleicht sollte sie seine Pferde einbauen, das wäre immerhin eine Möglichkeit. Vom Pferd abgeworfen und das Genick gebrochen. Leider passten die Pferde nicht zum Kaiserstuhl. Weit und breit hatten sie keinen Gaul gesehen. Andererseits, es wäre nur eine Phantasie-Geschichte in Verbindung mit einer Reise. Die Fahrt zum Kaiserstuhl war vorbei, und rein gar nichts war passiert. Sie könnte also ihrer Phantasie freien Lauf lassen.

Während sie ihr Brot mit Frischkäse bestrich, klingelte das Telefon abermals.

Ferdl. Er habe gegen fünf Feierabend und könne danach zu ihr kommen. Sie fragte, was er gerne esse, sie wolle kochen. Saure Bohnen und Spätzle. Bohnen aus Mutters Garten würde sie zubereiten, das würde ein Festessen geben.

Emma konnte es kaum glauben, der Engel des Glücks schüttete sein Füllhorn über ihr aus. Sie nahm ihren neuen Kalender und klappte ihn auf. Ein Spruch von Tagore schien wie geschrieben für sie: Ich sah die Welt in einem wunderbaren Glanz gebadet und Wogen der Freude und Schönheit auf allen Seiten emporsteigen. Sie putzte das Bad, staubte die Möbel ab, alles musste blitzen. Den Kühlschrank hatte sie bereits gut gefüllt, nur ein Dessert hatte sie nicht im Haus. Sie wollte heiße Himbeeren mit Vanilleis und Sahne servieren, wie an Weihnachten in Schramberg. So machte sie sich auf den Weg zum Supermarkt, dieser Minieinkauf war rasch erledigt. Sie hielt es in ihrer Wohnung nicht aus, packte eine Gartenschere in ihre Jackentasche, ein paar grüne Zweige wären gefällig. Dann marschierte sie Richtung Friedhof, hinauf zum Wald ins Hirschgehege. Die frische kalte Luft tat ihr gut. Sie begegnete einigen Joggern und Familien, die sich am Zaun postiert hatten, um die Wildschweine im Gehege zu beobachten. Am Ende kam sie heim mit einem Bündel grüner Nadelzweige, die sie von einem Eiben-Busch abgeschnitten hatte. Die Zweige drapierte sie in eine große Vase, das machte sich dekorativ in der Ecke ihres Wohnzimmers.

Alsdann begab sie sich in die Küche, dass die Spätzle selbstgemacht auf den Tisch kamen, war Ehrensache. Die Bohnen wurden nicht so sauer wie ihre Linsen, obwohl sie reichlich Essig rein schüttete. Für jeden hatte sie ein paar Saitenwürste eingeplant, die könnte sie allerdings erst kurz vor dem Essen in die Bohnen geben.

Zu diesem schwäbischen Mahl musste sie den Tisch rustikal dekorieren. Sie kramte zwei Bierkrüge aus der hintersten Schrankecke, die waren ein Erbe ihrer Oma und kamen endlich zum Einsatz. Eigentlich hätten karierte Servietten dazu gepasst, doch in Ermangelung solcher mussten ihre Servietten mit Rosenmuster herhalten.

Es wurde sechs, es wurde sieben. Kein Ferdl. Um acht rief sie ihn an. Mailbox. Ans Festnetz ging er auch nicht. Leider hatte sie keine Nummer von Hansi, sonst hätte sie den angerufen.

Um neun immer noch kein Lebenszeichen. Sie hatte die Bohnen und Spätzle längst vom Herd genommen. Um halb zehn wurde sie von solcher

Unruhe getrieben, dass sie sich ins Auto setzte und nach Wangen fuhr. Vor dem Haus stand ein Auto, drinnen war es hell. Er war daheim. Sie hatte den Daumen bereits auf dem Klingelknopf, als sie das Lachen hörte. Sie kannte dieses Johlen nur allzu gut. Emma schlich auf Zehenspitzen an der Hauswand entlang, bis sie zur Terrasse auf der Rückseite gelangte. Sie spähte geduckt durch die Tür, drinnen brannte Festbeleuchtung, aber niemand war im Raum. Tapfer hielt sie sich auf den Beinen, obwohl sie einem Schwächeanfall nahe war.

Ferdl und Geli feierten eine Orgie, anders waren diese Lachsalven nicht zu deuten. Sie hielt sich die Ohren zu und machte auf dem Absatz kehrt. Schon war sie auf dem Gehweg, da trieb die Neugierde sie zurück. Sie ging wieder zum Haus, drückte sich erneut an der Wand entlang, diesmal in die entgegengesetzte Richtung. Das Fenster war so nieder, dass sie mühelos hineinschauen konnte. Der Rollladen war unten, doch nicht ganz, und sie konnte durch den freien Schlitz spähen. Es war ein Albtraum. Die beiden saßen am Küchentisch, auf einem Stuhl, Geli auf seinem Schoß. Sie fütterte ihn mit irgendwas, ihre Bluse war halb aufgeknöpft, die Haare zerwühlt. Ekelhaft. Emma kämpfte mit den Tränen, mit der Wut, mit sich selbst aber am meisten. Wenn sie jetzt klingelte, würde sie Geli eine reinhauen. Und ihm dazu. Wenn sie davon fuhr, würde sie sich die Augen aus dem Kopf heulen. Er war mit ihr verabredet, sie hatte ein Recht zu erfahren, weshalb er nicht gekommen war. Also ging sie zur Haustür. Sie putzte die Nase, atmete ein paarmal tief durch, klingelte. Nichts geschah, sie presste den Daumen auf den Klingelknopf und blieb drauf. Ferdl riss die Tür auf, setzte an zum Schreien. Als er Emma sah, versagte seine Stimme. Geli rief: „Wer schellt denn wie ein Verrückter?"

Ferdl löste sich aus seiner Erstarrung. „Was um alles in der Welt tust du hier?"

„Wir waren verabredet, du hast mich heute Morgen angerufen. Hast du das vergessen?"

Er schlug sich mit der Hand an die Stirn. „Jesses."

„Der Jesses hilft jetzt auch nicht", grinste Geli, die sich mittlerweile von hinten an Ferdl drückte.

Schadenfreude ist auch eine Freude, dachte Emma. Ferdl machte keine Anstalten, sie hereinzubitten, vielleicht, weil Geli von hinten wie eine Wand wirkte.

„Darf ich reinkommen?"

„Also, ha ja, klar." Er wich einen Schritt zurück und schob Geli sanft von sich. „Gehen wir doch ins Wohnzimmer", sagte er, wieder ganz Herr seiner Stimme. Er nahm ihr sogar die Jacke ab.

Geli knöpfte die Bluse zu und fuhr sich auf provokante Weise mit der Hand durchs Haar, woraufhin es noch zerwühlter aussah.

Emma und Geli nahmen auf der Couch Platz. Ferdl hantierte in der Küche. Kurz darauf brachte er Emma ein Glas Wasser. „Du musst ja noch fahren", sagte er.

Geli und sich stellte er halb leere Weingläser hin. Er setzte sich den beiden gegenüber in den Sessel.

„Und jetzt?" säuselte Geli. „Sollen wir Mensch-ärgere-dich-nicht spielen?"

„Das spielen wir doch schon." Emma blickte finster drein.

Ferdl sagte: „Tut mir leid, unsere Spielesammlung ist nicht mehr vollständig. Aber was haltet ihr von Mikado, da macht es nichts, wenn ein paar Stäbe fehlen."

Die Frauen schauten ihn verdutzt an. Der meinte das tatsächlich ernst.

„Was macht deine Familie?" Emma setzte sich aufrecht hin und wandte sich Geli zu.

„Wieso?"

„Na ja, ich dachte, du bist jetzt zu deinem Mann und deinem Kind zurück. Ich hätte nicht erwartet, dich hier anzutreffen. Zumal Ferdl heute Morgen bei mir angerufen hat und ich den ganzen Abend auf ihn gewartet habe, gell, Ferdl."

Ferdl schaute Emma entschuldigend an. „Tut mir leid. Das habe ich völlig versemmelt. Ich war halt auch verwundert."

Geli schlug ihre Beine übereinander. „Wie fein, dann habe ich mit einem Besuch gleich zwei Leute überrascht", flötete sie.

„Und", hakte Emma nach, „bist du jetzt mit Ferdl zusammen oder wie?"

Geli und Emma nagelten ihn gleichermaßen mit ihren Blicken fest. Er verzog keine Miene.

„Ob wir zusammen sind, willst du wissen? Ferdl, sag du es", erklärte Geli spitz.

Ferdl räusperte sich. „Wisst ihr, ich bin noch nicht lange Witwer. Ich weiß nicht, wo mir der Kopf steht."

„Ach Ferdl", sagte Emma, „du hast doch alle Zeit der Welt. Lass dich nicht drängen, dein Herz wird dir schon sagen, was richtig ist."

„Ja, Emma, so wird es sein", sagte Ferdl.

„Hört, hört", Geli hatte wieder ihr Grinsegesicht aufgesetzt, „dann wollen wir doch alle auf die Stimme des Herzens warten. Emma, wir sollten verschwinden." Sie leerte ihr Weinglas und stand abrupt auf.

Ferdl erhob sich ebenfalls. „Ich muss jetzt eh schlafen, die Nacht ist schon halb um. Eure Jacken sind an der Garderobe."

Kurz darauf standen Emma und Geli draußen, beide hatten eine flüchtige Umarmung und ein kurzes „Gute Nacht, bis dann" zum Abschied bekommen.

Bevor sie in ihre Autos einstiegen, sagte Geli: „Emma, in einen Mann wie Ferdl sollte man sich nicht verlieben, wenn man nicht teilen kann."

„Das musst gerade du sagen!"

„Ich will ein wenig Ablenkung", sagte Geli, „so komme ich schneller über meine Trennung hinweg. Aber du, du willst einen Ehemann, und das ist ein großer Unterschied."

„Du kannst dich mit jemand anderem zerstreuen, wenn Gefühle bei dir keine Rolle spielen", sagte Emma traurig.

Geli lachte auf. „Unterstelle mir nicht Dinge, die ich nicht gesagt habe. Gefühle spielen sehr wohl eine Rolle. Du musst mir nicht das Wort im Mund verdrehen. Schau uns einfach an, wenn wir zusammen sind, dann weißt du Bescheid."

„Bilde dir bloß nichts ein. Wenn er mit mir zusammen ist, dann ist das die ganz große Liebe."

„Papperlapapp. Du tust mir echt leid." Geli ließ Emma ohne ein weiteres Wort stehen und brauste davon.

Emma wankte für einen Moment, noch einmal zu klingeln. Doch dann ließ sie es. Er hatte mittlerweile alle Lichter gelöscht, das Haus starrte duster entgegen. Vermutlich schnarchte und sägte er bereits wie ein Waldarbeiter, während sie hier draußen stritten und froren. Auf der Heimfahrt drehte Emma das Autoradio auf. Geli hatte alles, einen Nochehemann, ein Kind, einen Poussierstängel. Und sie selbst hatte nichts, rein gar nichts. Keinen Mann, keinen Liebhaber, keinen Stammhalter. Für Letzteres war sie schon zu alt, da war es doch nicht zu viel verlangt, wenigstens einen Eheliebsten zu bekommen. Ferdl oder keinen. Selbst, wenn es weitere Leichen geben würde. Im Radio lief jetzt „Du trägst keine Liebe in dir, nicht für dich, nicht für irgendwen", und sie schrie lauthals mit. Auf der Höhe von Gullen beruhigte sie sich etwas. In zehn Minuten wäre sie daheim. Welche Irrfahrt! Prinzen-Sepp sollte seinen nächsten Krimi bekommen.

15

Es war Ende Januar. Charlotte hatte alle für Samstag zum Kaffee eingeladen. Bratzl war bereits da, als Emma eintraf. Der Kaffeetisch war reizend gedeckt mit geblümtem Porzellan, es duftete nach frischgebackenem Kuchen, und ein heimeliges Gefühl breitete sich in Emma aus. Kurz darauf klingelte es wieder. Imme, Bruni und ein pummeliger Typ traten ein. Emma schätzte ihn um die fünfzig, zu alt um Immes Sohn zu sein, zu jung, um etwas anderes zu sein. Doch genau dies traf zu, er wurde von Imme vorgestellt als „Das ist mein Norbi Schatzi".

Schatzi schmunzelte übers ganze Gesicht. Sein Mund reichte von einem zum anderen Ohr. Er hatte Pausbacken, einen Bauch wie im achten Monat Schwangerschaft und einen Stoppelhaarschnitt. Er setzte sich selbstverständlich an den Tisch, ohne dass er dazu aufgefordert worden wäre.

Charlotte brachte Käsekuchen herein, ganz warm und sattgelb. Sie musste mindestens sechs Eier genommen haben.

„Lasst es euch schmecken", sagte sie, während sie die Stückchen auf die Teller bugsierte.

„Wir haben uns beim Tanzen kennengelernt", sagte Imme.

„Ach, wo habt ihr denn getanzt?" fragte Emma.

„Im Konzerthaus. Ist jetzt gerade eine Woche her. Es war ein großartiger Ball, nicht wahr, Schatzi", strahlte Imme ihn an.

„Dann kennt ihr euch erst sieben Tage?" hakte Charlotte nach.

„Hm, ja", sagte Norbi mit vollem Mund.

„In der Tat, darf ich fragen, wie Sie zu Imme stehen?" wollte Bratzl wissen.

Norbi wischte sich mit der Serviette die nicht vorhandenen Krümel vom Mund. „Wir haben uns gesehen, und es war wie ein Blitz aus heiterem Himmel."

„Ja, wie ein Blitz", plapperte Imme ihm nach.

Bruni sagte: „Die beiden kleben regelrecht aneinander. Deshalb ist er heute auch mitgekommen, gell, Norbert."

Der nickte, kaute und grinste. Emma fragte sich, was es da zu grienen gab, wenn man einfach zu einer Einladung mitkam, wo man gar nicht eingeladen war. Sie fragte sich, weshalb Norbi hier bei Imme saß. Nach einem simplen Tanzabend. Und sie fragte sich, weshalb sie alleine hier saß.

Wo sie nun bereits dreimal eine gemeinsame Reise mit Ferdl unternommen und das Bett mit ihm geteilt hatte.

„Was machen Sie denn beruflich? Sie arbeiten doch sicher noch?" forschte Bratzl.

Norbi hatte den Teller leergeputzt, und sein Blick galt dem Käsekuchen auf der Tischmitte. „Ich bin Landwirtschaftshelfer. Könnte ich noch von diesem köstlichen Kuchen bekommen?"

„Es freut mich, wenn es schmeckt." Charlotte gab ihm ein extra breit geschnittenes Stück.

„Das klingt interessant, was müssen Sie da tun?" Bratzl schien echtes Interesse zu haben.

„Oh, ich helfe auf den Höfen, wenn der Bauer krank ist oder mal Urlaub macht."

„Früher machten die Bauern keinen Urlaub", sagte Bratzl.

„Heute auch nicht oft. Es sind mehr die Krankheitsvertretungen."

„Ihr könnt Norbi ruhig duzen", sagte Imme, „oder Schatzi?"

Norbi nickte. Der zweite Kuchen war zu einem Drittel in seinem Mund, und er konnte nichts sagen.

Ob Norbi wusste, dass Imme auf die siebzig zuging, überlegte Emma. Sie war drauf und dran, zu fragen, wie groß denn der Altersunterschied sei, fünfzehn oder zwanzig Jahre. Doch dann ließ sie es. Selbst, wenn dieser Mann nur hinter ihrem Geld her war, eine naheliegende Vermutung, Imme war einfach rundum glücklich, Norbi offensichtlich auch. Imme hatte nie viel über sich erzählt, nur dass sie dreimalige Witwe mit vier Kindern sei. Sie hatte sich nie beklagt über ihr Leben, hatte gewiss harte Zeiten durchmachen müssen bei so vielen verstorbenen Gatten. Neid war hier nicht angebracht. Schließlich musste Emma von ihrer Arbeit berichten. Sie sprach über ihr neuestes Werk, an dem sie derzeit schreibe. „Ein Reise-Krimi wie der letzte, nur diesmal über die Region um den Kaiserstuhl."

„Ich bin beeindruckt", sagte Bratzl, „dieses Kreuzfahrtbüchlein liegt in jedem Buchgeschäft Ravensburgs. Selbst im Gänsbühl und in der Bahnhofshandlung."

Norbi fragte, ob es eine Lesung gebe.

„Ach, du gehst auf Lesungen?" fragte Emma erstaunt.

„Nein, ehrlich gesagt nicht. Aber wenn du eine Lesung machst, komme ich natürlich."

„Bisher habe ich mich gedrückt davor. Doch ich habe eine beharrliche Anfrage, und deshalb werde ich wohl eine halten."

„Das sagst du so nebenbei?" Charlotte wollte wissen, wann und wo. „Am 20. Februar. Im Kulturzentrum. Die Plakate werden nächste Woche ausgehängt, und einige Flyer werden ausgelegt auf den Kulturämtern. Aber ich denke, es kommen nicht viele Leute."
„Wir sind jedenfalls da", versprach die Tischrunde einhellig.
Und Ferdl würde auch kommen. Sie hatte ihn nur noch nicht einladen können, da sie ihn seit jenem Rauswurf nicht mehr gesehen hatte.

Am Montag bat ihr Chef sie in sein Büro. Er fragte, wie weit sie mit dem Kaiserstuhl sei, er wolle es in Druck geben. „Schon noch ein Stück Arbeit. Und zuvor ist ja eh Alena mit der Hüttengaudi dran, oder?" sagte Emma gereizt.
„Die Alena ist nicht so versiert, die braucht noch ein paar Wochen. Und dann muss es gründlich lektoriert werden. Das kannst du dann übernehmen. Bis die Hüttengaudi in Druck geht, das kann dauern."
Emma schluckte. „Also, mein Buch vor Weihnachten war völlig außer der Reihe, es wurde nicht einmal lektoriert, und so arbeitet kein Mensch. Normalerweise gehen Wochen ins Land, bis man an einen Druck auch nur denken kann."
„Stell dich nicht an. Es sind ja keine dicken Wälzer. In zwei Wochen legst du es mir vor, ja?"
Prinzen-Sepp bekam als Antwort einen grimmigen Knurrlaut und ein „Ich tu mein Bestes".
Emma hatte keineswegs die Absicht, noch einmal so überhastet zu arbeiten. Zudem, er war doch mit Alena in den Bergen gewesen, da könnte er gefälligst selbst mit der Praktikantin hinsitzen und an der Gaudi feilen. Sie musste nicht immer und überall der Trottel sein.
Als sie am Abend nach Hause ging, schneite es, und die Autos schlichen über eine weiße Decke. Sie war froh, dass sie nicht fahren musste. Ihre miese Laune wurde dennoch mit jedem Schritt noch schlechter. Und sie wusste genau, weshalb. Nicht der Arbeit wegen. Mit Prinzen-Sepp kam sie eigentlich ganz gut klar, er hatte immer wieder einen Rappel, dann musste morgen gestern sein. Aber das legte sich wieder. Sie schätzte seine Ehrlichkeit, er war keiner jener Sorte, der vorne hui und hintenherum pfui schwätzte. Cholerisch war er, aber das hing gewiss mit seiner chronischen Überlastung zusammen. Nein, ihre Übellaunigkeit hatte andere Wurzeln. Der Samstagskaffee bei Charlotte hatte ihr einmal mehr verdeutlicht, wie sehr Ferdl ihr fehlte. Sie verzehrte sich geradezu, wollte, dass er sich bei

ihr meldete. Aber das geschah nicht. Gut, sie könnte ihn zu ihrer Lesung einladen, aber bis dahin?

In ihrer Wohnung schnappte sie die Sporttasche und ging ins Fitnessstudio. Nach zehn Minuten hatte sie genug vom Laufband, und die anderen Geräte machten sie nicht an. Es war so voll wie selten, gewiss wollten alle den Weihnachtsspeck wieder loswerden. Sie duschte, trank an der Theke einen Früchtecocktail und machte sich wieder auf den Heimweg. Sie hätte schreiben können, doch ihre Gedanken kreisten immerzu um ihn. Sie wählte seine Nummer.

„Ja bitte."

Sie hatte gar nicht damit gerechnet, dass er abnahm.

„Ja danke", sagte sie, „ich bin's."

Ferdl lachte. „Ja gerne."

Wie blöd war das denn, ja bitte, ja danke, ja gerne. „Wie geht es dir?" fragte sie.

Sie zwang sich, am Tisch sitzen zu bleiben und zu lächeln. Das Gegenüber am Telefon spürte, ob man aufmerksam war oder ob man nebenher etwas anderes tat und nur halb zuhörte. Es registrierte sogar im Unterbewusstsein, ob man fröhlich dreinschaute oder zürnte. Das hatte sie mal in einem Kurs gelernt.

„Es geht mir gut, danke. Und dir?"

Er war der Unbedarfteste weit und breit, das regte sie auf. „Ich dachte, du meldest dich, aber anscheinend bin ich aus den Augen aus dem Sinn."

Er lachte.

Das reizte sie noch mehr. Dieses ewige grundlose Lachen, das war die reinste Provokation. „Was ist denn so lustig?"

„Ach, ich lache nur, weil Geli solche Grimassen zieht."

Dieser Fausthieb traf ins Volle. Es war der Tropfen, der das Fass zum Überlaufen brachte. „Geli ist bei dir, aha."

„Ja. Wenn es nicht so schneien würde, könntest du auch rauffahren."

„Ich habe Winterreifen, ich komme gerne. Bis gleich." Sie legte auf und tigerte im Wohnzimmer auf und ab. War sie von allen guten Geistern verlassen? Sie hasste es, bei solchen Straßenverhältnissen zu fahren. Eh nach Wangen, das war ein Schneeloch. Geli war bei ihm – was wollte sie da um alles in der Welt? Einen solchen Auftritt brauchte sie nicht noch einmal. In jenem Augenblick fasste sie einen Entschluss. Sie wartete eine Viertelstunde und wählte abermals. „Ferdl, es tut mir leid, aber ich kann doch nicht kommen. Mein Auto springt nicht an. Möchtest du mich dafür morgen Abend besuchen?"

„Ja mei", sagte er.

„Ich koche auch deine geliebten sauren Bohnen."

„Hm."

„Ich habe tolle Schwabenbohnen, die dicken Kerne, die man aus den Stangenbohnen gewinnt. Dazu gibt es selbstgemachte Spätzle und Saitenwürstle."

„Das ist ein Wort!"

Die letzten Bohnen waren im Mülleimer gelandet. Diesmal würden sie gegessen werden.

Anderntags meldete sie sich krank, sie habe Darmprobleme. Prinzen-Sepp war sehr besorgt und sagte, sie solle ja erst wieder erscheinen, wenn sie gesund sei. Sie wusste, wie sehr er solche Geschichten hasste, es graute ihm vor Durchfall, und man musste deshalb immer daheim bleiben. Sie kaufte ein und bereitete abermals das Spätzle-Bohnen-Menü zu. Statt des Bohnenkrauts zerrieb sie im Mörser eine Hand voll Nadeln der Eibe, die sie vor kurzem vom Spaziergang mitgebracht hatte.

Ferdl kam um halb sieben, er nahm sie in die Arme, lachte und sagte, er habe einen Bärenhunger. Sie schöpfte ihm einen Teller randvoll, sich selbst nur Spätzle. Bohnen auf die Nacht vertrage sie nicht, da bekomme sie schreckliche Blähungen.

Sie wusste nicht, wie die Wirkung war, da sie die Nadeln kurz mitgekocht hatte. Im Internet hatte sie gelesen, dass die toxischen Verbindungen der hochgiftigen Eibe rasch im Verdauungstrakt aufgenommen würden und Erscheinungen bereits eine halbe Stunde nach Einnahme auftreten könnten. Symptome seien beschleunigter Puls, Erweiterung der Pupillen, Erbrechen, Schwindel und Kreislaufschwäche. Dann Bewusstlosigkeit. Bereits fünfzig bis einhundert Gramm Eibennadeln könnten für den Menschen tödlich sein. Der Tod trete durch Atemlähmung und Herzversagen auf. Welch ein Glück, dass die Eibe auch im Winter grüne Nadeln hat, dachte sie, als sie ihm beim Essen zuschaute. Vor allem, als er ihr erzählte, dass dies sein letzter Besuch hier sei, da Geli ihn darum gebeten habe.

Eineinhalb Jahre später

Emma hatte großen Spaß beim Schreiben ihrer Krimi-Reisebücher. Auch der Kaiserstuhl war weggegangen wie warme Wecken. Inzwischen hatte sie etliche Lesungen gehalten, die allesamt sehr gut besucht waren. Andere verfassten kulinarische Reiseführer, sie mörderische Fremdenführer. Prinzen-Sepp schickte sie rundum, und sie genoss diese Reisen ungemein. Alena war Schnee von gestern, die Hüttengaudi hatte nie das Licht der Welt erblickt. Einen Mann hatte Emma nicht. Die Beerdigung von Ferdl war die letzte Begegnung mit Geli gewesen. Sie hatte gehört, dass Geli danach zu ihrem Mann zurückgekehrt sei. Der Hansi hatte ihr leid getan, so tränenüberströmt am Grab seines Papas. Doch seine Freundin hatte ihm die Hand gehalten, er war nicht alleine. Das mit den Eibennadeln kam nie heraus. Gleich nach dem Essen hatte sie ihn hinausgeworfen. Er war hinter Amtzell auf der schneeglatten Fahrbahn ins Schleudern geraten, sein Auto hatte sich überschlagen, war auf einen Baum aufgeprallt, und er konnte nur noch tot geborgen werden. Sie würde nie erfahren, ob er der Vergiftungssymptome oder zu schnellen Fahrens wegen diesen Unfall gebaut hatte.

Charlotte und Bratzl verbrachten viel Zeit gemeinsam, doch jeder behielt das eigene Dach über dem Kopf. Einmal nahm Emma ihre Freundinnen mit nach Schramberg, um sie den Eltern vorzustellen, das war ein sehr erbauliches Wochenende gewesen. Ihre Nichte Mia war schon einige Male zu Besuch in Ravensburg gewesen, Emma lud das Mädchen jedes Mal aufs Neue ein, so hatte sie wenigstens ein bisschen etwas zu bemuttern.

Imme und Norbi waren selbst nach dem ersten Jahr beseligt, trotz des großen Altersunterschiedes und der vielen Arbeit Norberts. Vielleicht auch gerade deswegen. Norbi war bei ihr eingezogen, und Imme bereitete es Freude, ihn zu verwöhnen.

In diesem Sommer fuhr Emma ein weiteres Mal beruflich mit Rädle-Reisen nach Tschechien. Busfahrer Paul war am Steuer. Sie saß direkt hinter ihm und beobachtete ihn mit zunehmendem Wohlwollen. Er lenkte den Bus mit sicherer Hand. Paul trug keinen Ring. Er wusste so vieles, erzählte Geschichten über die Gegend, durch die sie fuhren. Bei der ersten Pause fragte er sie, ob sie mit ihm einen Kaffee in der Raststätte trinken wolle. Er legte den Arm um ihre Schulter und bezahlte für beide. Ach, dachte sie, wäre doch Paul schon damals nach Slowenien hinterm Steuer gesessen. Vieles wäre erspart geblieben.

ROSA LANER IM SCHARDT VERLAG

Kehrenwies. Roman
ISBN 978-3-89841-609-2
Broschur, 198 Seiten, 12,80 Euro

Für Lina, Anni und Eva ist ihr „Glückshaus" zum Schritt in ein neues Leben geworden. Das Wellness-Hotel hat sich zu einer erfolgreichen Einrichtung gemausert, und die Frauen können ihre neue Unabhängigkeit genießen. Doch die Ruhe währt nicht lang: Eva ist noch immer unglücklich in ihren Chef verliebt, Anni begegnet einer alten Flamme aus Italien wieder, und Lina wird von einem attraktiven Architekten umworben. Dazu sucht Evas Mutter Paula in Kehrenwies Unterschlupf – im Gepäck die Scherben ihrer Ehe. Man kann nicht mit den Männern leben ...

Mordsgewinn. Schwaben-Krimi
ISBN 978-3-89841-445-6
Broschur, 221 Seiten, 12,80 Euro

Albert eröffnet seiner Frau Linda, dass er sie verlässt. Für die Fünfzigjährige bricht die wohlgepflegte bürgerliche Hausfrauen- und Mutterwelt wie ein Kartenhaus zusammen – ein Schock, zweifellos. Drei weiteren Frauen geht es ähnlich. Sie werden gemobbt, belogen und betrogen. Doch aus Hoffnungslosigkeit erwachsen neue Chancen auf ein Leben in Autonomie und Freiheit, als sich das Quartett auf einem Glücksseminar kennenlernt ...

Helens Gräber. Schwaben-Krimi
ISBN 978-3-89841-160-8
Broschur, 268 Seiten, 12,80 Euro

In Helen Hahns Leben wiederholt sich auf erschreckende Weise ein ganz bestimmtes Muster: Immer wieder kommen ihre Lebensgefährten zu Tode. Nüchtern und mit einer gehörigen Portion Selbstironie beschreibt die Protagonistin ihre durch diesen Umstand erheblich erschwerte Suche nach dem Mann ihres Lebens. Wird sie einen finden, der eine Beziehung mit ihr überlebt? In diesem Roman mangelt es nicht an grotesker Situationskomik, wenn auch das Lachen dem Leser manches Mal im Halse stecken bleibt.